I0590476

CONFESIONES

CONFESIONES

una novela

COLLEEN HOOVER

TRADUCCIÓN
Ana Isabel Domínguez Palomo y
Mª del Mar Rodríguez Barrena

PRIMERO
SUEÑO PRESS

ATRIA

NUEVA YORK ÁMSTERDAM/AMBERES LONDRES
TORONTO SÍDNEY/MELBOURNE NUEVA DELHI

**PRIMERO
SUEÑO PRESS**

ATRIA

Un sello de Simon & Schuster, LLC
1230 Avenida de las Américas
Nueva York, NY 10020

Por más de 100 años, Simon & Schuster ha abogado por sus autores y por las
historias que estos crean. Al respetar los derechos de la propiedad intelectual,
permite que Simon & Schuster y sus autores continúen publicando libros
excepcionales en los años venideros. Le agradecemos su apoyo a proteger
los derechos de autor al comprar una edición autorizada de este libro.

Quedan prohibidas la reproducción, copia o distribución total o parcial de
este libro en cualquier medio o formato, así como su almacenamiento en cualquier
sitio web, base de datos, modelo de aprendizaje de idiomas u otro repositorio,
sistema de recuperación o sistema de inteligencia artificial sin permiso expreso.
Todos los derechos reservados. Para cualquier duda o consulta, diríjase a
Simon & Schuster, 1230 Avenida de las Américas, Nueva York, NY 10020,
o a permissions@simonandschuster.com.

Este libro es una obra de ficción. Los nombres, personajes, lugares e incidentes
son productos de la imaginación del autor o se utilizan de manera ficticia.
Cualquier semejanza con acontecimientos, lugares o personajes reales, vivos o
muertos, es pura coincidencia.

Copyright © 2015 por Colleen Hoover
COLLEEN HOOVER® Registrado en la Oficina de Patentes y
Marcas Registradas de los Estados Unidos (USPTO)
Copyright de la traducción al español © 2025 por Simon & Schuster, LLC

Todos los derechos están reservados, incluido el derecho de reproducción total o
parcial en cualquier forma. Para obtener cualquier información diríjase al departamento
de Derechos Subsidiarios (Subsidiary Rights) de Atria Books Subsidiary Rights
Department, 1230 Avenida de las Américas, Nueva York, NY 10020.

Primera edición en rústica de Primero Sueño Press/Atria Paperback,
noviembre 2025

Publicado originalmente por Simon & Schuster, Inc.,
en inglés bajo el título *Confess*

PRIMERO SUEÑO PRESS / ATRIA PAPERBACK y su colofón son
sellos editoriales de Simon & Schuster, LLC

Simon & Schuster cree enfáticamente en la libertad de expresión y está
en contra de la censura en todas sus formas. Para más información,
visite BooksBelong.com.

Para obtener información respecto a descuentos especiales en ventas
al por mayor, diríjase al departamento de Ventas Especiales (Special Sales)
de Simon & Schuster al 1-866-506-1949 o a la siguiente dirección de
correo electrónico: business@simonandschuster.com.

La Oficina de Oradores (Speakers Bureau) de Simon & Schuster puede presentar
autores en cualquiera de sus eventos en vivo. Para obtener más información o para
hacer una reservación para un evento, llame al Speakers Bureau de Simon & Schuster,
1-866-248-3049, o visite nuestra página web en www.simonspeakers.com.

Obras de arte creadas por Danny O'Connor (alias DOC)

Impreso en los Estados Unidos de América

1 3 5 7 9 10 8 6 4 2

Datos del Catálogo de la Biblioteca del Congreso se han solicitado.

ISBN 978-1-6682-2391-8 (pbk)
ISBN 978-1-6682-2393-2 (ebook)

Las confesiones que vas a leer en esta novela son verdaderas, enviadas por los lectores de forma anónima. Dedico este libro a todos los que han tenido el valor de compartirlas.

Primera parte

Auburn

Atravieso las puertas del hospital sabiendo que scrá la última vez.

En el ascensor, pulso el número tres y lo veo iluminarse por última vez.

Las puertas se abren en la tercera planta y le sonrío a la enfermera de guardia, mirando la cara de pena que pone cuando me ve por última vez.

Paso por el almacén de suministros, por la capilla y por la sala de descanso de los empleados, todo por última vez.

Sigo por el pasillo y mantengo la mirada al frente y el corazón audaz mientras llamo con suavidad a la puerta, a la espera de que Adam me invite a pasar por última vez.

—Adelante. —Su voz de alguna manera todavía está llena de esperanza, y no entiendo por qué.

Está en la cama, tumbado boca arriba. Cuando me ve, esboza una sonrisa que me reconforta y levanta la sábana, invitándome a acostarme con él. La barandilla ya está bajada, así que me subo a su lado, le paso un brazo por el torso y entrelazo las piernas con las suyas. Le entierro la cara el cuello, en busca de su calor, pero no lo encuentro.

Hoy está frío.

Se acomoda hasta encontrar nuestra postura habitual, con su brazo izquierdo por debajo de mí y el derecho por encima, pegándome a él. Tarda un poco más de lo normal en ponerse cómodo, y noto que se le acelera la respiración con cada movimiento que hace, por pequeño que sea.

Intento no darme cuenta de estas cosas, pero es difícil. Soy consciente de su creciente debilidad, de la cada vez más evidente palidez de su piel, de la fragilidad de su voz. Día a día, durante el tiempo que tengo asignado para estar con él, lo veo alejarse cada vez más de mí y no puedo hacer nada para evitarlo. Nadie puede hacer nada, salvo verlo irse.

Hace seis meses que sabemos que este sería el final. Aunque todos rezamos por un milagro, el que necesita no es el tipo de milagro que ocurre en la vida real.

Cierro los ojos cuando los fríos labios de Adam me tocan la frente. Me he dicho a mí misma que no voy a llorar. Sé que es imposible, pero por lo menos puedo intentar con todas mis fuerzas contener las lágrimas.

—Estoy muy triste —susurra.

Sus palabras no tienen nada que ver con su habitual optimismo, pero me reconfortan. Claro que no quiero que esté triste, pero ahora mismo necesito que lo esté conmigo.

—Yo también.

Casi todas las visitas de las últimas semanas han estado llenas de risas y conversaciones, por muy forzadas que fueran. No quiero que esta sea distinta, pero al saber que es la última me resulta imposible encontrar algo de lo que reírme. O de lo que hablar. Solo quiero llorar con él y gritar sobre lo injusto que es esto para nosotros, aunque eso empañaría este recuerdo.

Cuando los médicos de Portland dijeron que no podían hacer nada más por él, sus padres decidieron trasladarlo a un hospital de Dallas. No porque esperasen un milagro, sino porque toda su familia vive en Texas y pensaron que sería mejor que estuviera cerca de su hermano y de todos sus seres queridos. Adam llevaba unos dos meses en Portland con sus padres antes de que empezáramos a salir hace un año.

La única forma de que aceptase volver a Texas era que me dejasen venir a mí también. Al final, fue una lucha conseguir que nuestros padres accedieran, pero Adam les soltó que él era quien se estaba muriendo y que la decisión de con quién estaba y de lo que iba a pasar cuando llegara el momento debía ser suya.

Han pasado cinco semanas desde que llegué a Dallas, y la compasión de nuestros padres ha llegado a su fin. Me han dicho que tengo que volver a Portland de inmediato o denunciarán a mis padres por absentismo escolar. Si no fuera por eso, sus padres me habrían dejado quedarme, pero lo último que necesitan mis padres ahora mismo son problemas legales.

Mi pasaje de avión es para hoy, y hemos agotado todas las demás ideas para convencerlos de que no tengo por qué subirme a dicho avión. No se lo he dicho a Adam, y no pienso hacerlo, pero anoche, después de seguir suplicándole, su madre, Lydia, por fin me dijo lo que pensaba de verdad de todo este asunto.

—Tienes quince años, Auburn. Crees que lo que sientes por él es real, pero dentro de un mes lo habrás superado. Los que lo queremos desde el día que nació tendremos que sufrir su pérdida hasta que muramos. Esas son las personas con las que necesita estar ahora mismo.

Es una sensación extraña cuando a los quince años sabes que acaban de decirte las palabras más duras que vas a oír a lo largo de toda tu vida. Ni siquiera supe qué replicar. ¿Cómo puede defender su amor una chica de quince años cuando todo el mundo lo desestima? Es imposible defenderse de la inexperiencia y de la edad. Y tal vez tengan razón. Quizá no conozcamos el amor como lo conocen los adultos, pero desde luego que lo sentimos. Y, ahora mismo, es una sensación desgarradora.

—¿Cuánto falta para tu vuelo? —me pregunta Adam mientras traza círculos con los dedos en mi brazo por última vez.

—Dos horas. Tu madre y Trey están esperándome abajo. Dice que tenemos que salir dentro de diez minutos para llegar a tiempo.

—Diez minutos —repite en voz baja—. No es suficiente para compartir contigo toda la sabiduría que he acumulado mientras estaba en mi lecho de muerte. Necesitaré por lo menos quince. Veinte, a lo mejor.

Suelto la carcajada más patética y triste que jamás haya salido de mi boca. Ambos somos conscientes de su desesperación, y me estrecha un poco más contra él, aunque en realidad está muy débil. Tiene muy poca fuerza, incluso comparándola con la del día anterior. Me acaricia el pelo con una mano y me da un beso en la coronilla.

—Quiero darte las gracias, Auburn —dice en voz baja—. Por muchísimas cosas. Pero, sobre todo, quiero darte las gracias por estar tan molesta como lo estoy yo.

Me río otra vez. Siempre tiene algo gracioso que decir, aun cuando sabe que no le queda mucho tiempo.

—Adam, tienes que ser más específico, porque ahora mismo estoy cabreada por un montón de cosas.

Me suelta, y hace un gran esfuerzo por colocarse de costado para mirarme y así quedar frente a frente. Podría decirse que sus ojos son de color verde, pero no es así. Son una mezcla de verde y marrón, que se tocan sin llegar a mezclarse, creando los ojos más intensos y definidos que me han mirado en la vida. Unos ojos que una vez fueron la parte más brillante de su persona, pero que, a estas alturas, están demasiado vencidos por un destino inoportuno que les va robando el brillo poco a poco.

—Me refiero específicamente a que los dos estamos muy cabreados con la Muerte, porque es una cabrona avariciosa; pero supongo que también me refiero a nuestros padres, por no entender esto. Por no permitirme tener lo único que quiero a mi lado ahora mismo.

Tiene razón. Desde luego que estoy cabreada por esas dos cosas, pero ya hemos hablado del tema bastantes veces en los últimos días como para saber que hemos perdido y que ellos han ganado. Ahora mismo solo quiero concentrarme en él y absorber hasta la última pizca de su presencia mientras todavía la tenga.

—Has dicho que tienes muchas cosas por las que darme las gracias. ¿Cuál es la siguiente?

Sonríe y me acerca una mano a la cara. Me roza los labios con el pulgar, y siento que mi corazón se abalanza hacia él en un intento desesperado por permanecer aquí mientras mi cascarón vacío se ve obligado a regresar en avión a Portland.

—Quiero darte las gracias por dejarme ser el primero —contesta—. Y por ser mi primera.

Su sonrisa lo transforma por un instante de un chico de dieciséis años en su lecho de muerte a un adolescente guapo, alegre y lleno de vida que está pensando en la primera vez que echó un polvo.

Sus palabras, y su propia reacción ante ellas, me arrancan una sonrisa avergonzada al pensar en aquella noche. Fue antes de saber que tendría que volver a Texas. En aquel momento, ya éramos conscientes de su pronóstico y todavía seguíamos intentando aceptarlo. Pasamos una noche entera hablando de todas las cosas que podríamos haber vivido si hubiéramos tenido la oportunidad de estar juntos una vida entera. Viajar, casarnos, tener hijos (incluso hablamos de los nombres que les habríamos puesto), todos los lugares en los que habríamos vivido y, por supuesto, el sexo.

Predijimos que habríamos tenido una vida sexual estupenda si nos hubieran dado la oportunidad. Nuestra vida sexual habría sido la envidia de todos nuestros amigos. Habríamos hecho el amor todas las mañanas antes de irnos a trabajar y todas las noches antes de acostarnos, y a veces entre medias.

Nos reímos, pero la conversación pronto se calmó cuando nos dimos cuenta de que ese era el único aspecto de nuestra relación que todavía controlábamos. No teníamos ni voz ni voto sobre nuestro futuro, pero sí podíamos tener eso, algo privado, que la muerte jamás podría arrebatarnos.

Ni siquiera lo discutimos. No hizo falta. En cuanto me miró y vi mis propios pensamientos reflejados en sus ojos, empezamos a besarnos y no paramos. Nos besamos mientras nos desnudábamos, nos besamos mientras nos tocábamos, nos besamos mientras llorábamos. Nos besamos hasta que terminamos e, incluso entonces, seguimos besándonos para celebrar que habíamos ganado esa pequeña batalla contra la vida, contra la muerte y contra el tiempo. Y seguimos besándonos cuando después me abrazó y me dijo que me quería.

Igual que ahora me abraza y me besa.

Me acaricia el cuello con la mano y separa los labios de los míos para pronunciar lo que parece la sombría apertura de una carta de despedida.

—Auburn —susurra contra mis labios—, te quiero mucho.

Puedo saborear mis lágrimas en nuestro beso y odio estropear nuestra despedida con mi debilidad. Se separa de mi boca y presiona la frente contra la mía. Me cuesta muchísimo respirar, pero el pánico se está apoderando de mí, enterrándose en mi alma y dificultándome la tarea de pensar. La tristeza es como un calor que me sube por el pecho, creando una presión insoportable cuanto más se acerca al corazón.

—Cuéntame algo sobre ti que nadie sepa. —Su voz se tiñe con sus propias lágrimas mientras me mira—. Un secreto que yo pueda guardar.

Me lo pide todos los días y todos los días le digo algo que nunca antes había dicho en voz alta. Creo que lo reconforta saber cosas de mí que nadie más sabrá jamás. Cierro los ojos y pienso, mientras recorre con las manos todas las zonas de la piel que puede alcanzar.

—Nunca le he dicho a nadie lo que se me pasa por la cabeza cuando me duermo por la noche.

Detiene la mano en mi hombro.

—¿Qué se te pasa por la cabeza?

Abro los ojos y lo miro de nuevo a los suyos.

—Pienso en todas las personas que desearía que murieran en tu lugar.

Al principio no responde, pero al final reanuda el movimiento de la mano, me recorre el brazo hasta llegar a mis dedos, y cubre la mía.

—Seguro que no tienes muchos nombres.

Esbozo una suave sonrisa y niego con la cabeza.

—Sí que tengo. Muchísimos. A veces, digo todos los que conozco, y luego sigo con nombres de personas que no he conocido en persona. A veces, incluso me los invento.

Adam sabe que no lo digo en serio, pero oírlo lo alegra. Me limpia las lágrimas de la mejilla con el pulgar, y me da rabia no haber podido esperar ni diez minutos antes de llorar.

—Lo siento, Adam. He intentado con todas mis fuerzas no llorar.

Sus ojos se suavizan mientras replica:

—Me habría destrozado que hubieras salido hoy de esta habitación sin hacerlo.

Al oírlo, dejo de luchar contra las lágrimas. Me aferro con las dos manos a la pechera de su pijama y empiezo a sollozar contra su pecho mientras él me abraza. A pesar del llanto, intento escuchar su corazón, mordiéndome la lengua para no insultar su cuerpo por ser tan poco heroico.

—Te quiero mucho —repite con voz frágil y cargada de miedo—. Te querré siempre. Incluso cuando no pueda.

Mis lágrimas caen con más fuerza al oír esas palabras.

—Yo también te querré siempre. Incluso cuando no deba.

Nos aferramos el uno al otro mientras experimentamos una tristeza tan insoportable que nos dificulta el deseo de seguir viviendo. Le digo que lo quiero porque necesito que lo sepa. Le repito que lo quiero. Sigo diciéndoselo, más veces de las que nunca lo he dicho en voz alta. Cada vez que lo digo, él me lo repite. Lo decimos tanto que ya no estoy segura de quién se lo repite a quién, pero seguimos diciéndolo, una y otra vez, hasta que su hermano, Trey, me toca el brazo y me dice que es hora de irnos.

Seguimos diciéndolo mientras nos besamos por última vez.

Seguimos diciéndolo mientras nos aferramos el uno al otro.

Seguimos diciéndolo mientras nos besamos por última vez otra vez.

Todavía sigo diciéndolo…

CAPÍTULO UNO

Auburn

Me muevo en la silla en cuanto él me dice sus honorarios por hora. Es imposible que pueda permitírmelo con mis ingresos.

—¿Ofrece algún tipo de facilidad de pago? —le pregunto.

Las arrugas que le rodean la boca se hacen más prominentes en su intento por no fruncir el ceño. Cruza los brazos sobre la mesa de caoba y junta las manos, presionando las yemas de los pulgares una contra la otra.

—Auburn, lo que me pides que haga va a costar dinero.

¡No me digas!

Se echa hacia atrás en la silla, se lleva las manos al pecho y las apoya en el abdomen.

—Los abogados son como las bodas. Obtienes lo que pagas.

No le digo que es una analogía horrible. En cambio, miro la tarjeta de visita que tengo en la mano. Me lo han recomendado porque es bueno y sabía que iba a ser caro, pero no imaginaba hasta qué punto. Necesitaré un segundo trabajo. Puede que incluso un tercero. En realidad, voy a tener que robar un dichoso banco.

—¿Y no hay garantía de que el juez falle a mi favor?

—La única promesa que puedo hacerte es que haré todo lo posible para que el juez falle a tu favor. Según la documentación que se presentó en Portland, te has colocado en una situación difícil. Esto llevará tiempo.

—Tengo de sobra —murmuro—. Volveré en cuanto cobre mi primera nómina.

Me hace concertar una cita con su secretaria y me despacha para que vuelva a salir al calor de Texas.

Llevo tres semanas viviendo aquí y, de momento, todas mis expectativas se han cumplido: es un lugar caluroso, húmedo y solitario.

Crecí en Portland, Oregón, y supuse que pasaría allí el resto de mi vida. Vine a Texas una vez, cuando tenía quince años, y aunque no fue agradable, no me arrepiento en absoluto de haberlo hecho. No como ahora, que haría cualquier cosa por regresar a mi ciudad natal.

Me cubro los ojos con las gafas de sol y echo a andar hacia mi apartamento. Vivir en el centro de Dallas no se parece en nada a vivir en el centro de Portland. Por lo menos allí tenía acceso a casi todo lo que la ciudad podía ofrecer con un simple paseo. Dallas es enorme y se expande, y ¿he mencionado el calor? Hace mucho calor. Y tuve que vender el carro para poder permitirme la mudanza, así que me veo obligada a elegir entre el transporte público y mis pies, teniendo en cuenta que estoy ahorrando para poder pagarle al abogado con el que acabo de reunirme.

No me puedo creer que haya llegado a esto. Ni siquiera he conseguido una clientela en la peluquería donde trabajo, así que definitivamente tendré que buscarme un segundo empleo. No sé de dónde voy a encontrar tiempo para hacerlo, por culpa de los erráticos horarios de Lydia.

Y hablando del rey de Roma...

Marco su número y espero a que conteste. Al oír que sale el buzón de voz, me debato entre dejarle un mensaje o llamarla más tarde. Estoy segura de que borra los mensajes, así que corto la llamada y meto el teléfono en el bolso. Noto que me sube el rubor por el cuello y las mejillas, y que me arden los ojos. Es la decimotercera vez que camino de vuelta a casa en mi nuevo estado, en una ciudad habitada solo por desconocidos, pero estoy decidida a que sea la primera vez que no llego llorando. Mis vecinos seguramente me creen una psicótica.

Es que la caminata del trabajo a casa es muy larga, y los paseos largos hacen que contemple mi vida, y mi vida me hace llorar.

Hago una pausa y me miro en el escaparate de un local para comprobar si se me ha corrido el rímel. Observo mi reflejo y no me gusta lo que veo.

Una chica que odia las decisiones que ha tomado en su vida.

Una chica que odia su carrera profesional.

Una chica que echa de menos Portland.

Una chica que necesita desesperadamente un segundo empleo, y una chica que está leyendo un cartel de SE NECESITA AYUDANTE en el escaparate.

Se necesita ayudante.
Tocar para solicitar empleo.

Doy un paso atrás y evalúo el edificio que tengo delante. He pasado por aquí todos los días de camino al trabajo y nunca me había fijado en él. Seguramente porque por las mañanas voy hablando por teléfono y por las tardes vuelvo con demasiadas lágrimas en los ojos como para fijarme en lo que me rodea.

CONFESIONES

Es lo único que dice el cartel. El nombre me hace pensar que podría ser una iglesia, pero la idea se desvanece rápidamente cuando miro de cerca los demás escaparates. Están cubiertos de papel de distintas formas y tamaños, que ocultan por completo el interior del local. En todos hay palabras y frases escritas con distintos tipos de letra. Me acerco y leo algunas.

Todos los días doy gracias porque mi marido y su hermano se parezcan tanto. Eso significa que hay menos probabilidad de que mi marido descubra que nuestro hijo no es suyo.

Me llevo la mano al corazón. Pero ¿¡qué es esto!? Leo otro.

Hace cuatro meses que no hablo con mis hijos. Me llaman en vacaciones y en mi cumpleaños, nada más. No los culpo. Fui un padre horrible.

Leo otro.

Mentí en mi currículo. No tengo ningún título académico. En los cinco años que llevo trabajando para mi empresa, no me lo han pedido.

Me quedo boquiabierta y con los ojos como platos mientras leo todas las confesiones que alcanzo con la mirada. Sigo sin saber lo que es este local ni lo que pienso de todas estas cosas expuestas a cualquiera que pase, pero leerlas me da una sensación de normalidad. Si todo esto es cierto, a lo mejor mi vida no es tan mala como creo.

Después de un cuarto de hora más o menos, llego al segundo escaparate, una vez que he leído la mayoría de las confesiones situadas a la derecha de la puerta, que empieza a abrirse. Retrocedo un paso para evitar que me golpee y, al mismo tiempo, lucho contra el fuerte impulso de asomarme para echarle un vistazo al interior del local.

Veo un brazo y una mano que arranca el cartel de SE NECE-SITA AYUDANTE y luego oigo el sonido de un rotulador sobre el vinilo, mientras espero detrás de la puerta. En mi afán por ver quién es o qué es este lugar, hago ademán de asomarme al interior, cuando la mano vuelve a pegar el cartel.

~~Se necesita ¡ayudante!~~
~~Interesados, entrar y preguntar~~
¡¡NECESITO AYUDA URGENTEMENTE!!
¡¡GOLPEA LA MALDITA PUERTA!!

Me río cuando leo las modificaciones que le han hecho al cartel. A lo mejor es cosa del destino. Necesito un segundo trabajo urgentemente, y quienquiera que sea necesita ayuda con urgencia.

La puerta se abre más y, de repente, me encuentro bajo el escrutinio de los ojos de un hombre que puedo garantizar que tienen más tonos de verde que los que lleva en la camisa salpicada de pintura. Tiene una abundante mata de pelo negro, que se aparta de la frente con las dos manos, dejando su rostro más despejado. Al principio, abre los ojos de par en par, llenos de ansiedad, pero después de verme, suelta un suspiro. Es casi como si reconociera que estoy justo donde debería estar y se sintiera aliviado de que por fin esté aquí.

Me mira muy concentradamente durante varios segundos. Cambio el peso del cuerpo de un pie a otro y desvío la mirada. No porque me sienta incómoda, sino porque su forma de mirarme me resulta reconfortante por raro que parezca. Seguramente sea la primera vez que me siento bienvenida desde mi regreso a Texas.

—¿Has venido para salvarme? —me pregunta, consiguiendo que vuelva a mirarlo a los ojos. Sonríe y sujeta la puerta con el codo. Me mira de los pies a la cabeza, y no puedo evitar preguntarme qué estará pensando.

Miro de nuevo el cartel de SE NECESITA AYUDANTE y me planteo un millón de hipótesis sobre lo que podría pasar si respondo afirmativamente a su pregunta y lo sigo al interior del local.

El peor escenario que se me ocurre es uno que acaba con mi asesinato. Por desgracia, no logra disuadirme por completo cuando pienso en el mes que he tenido.

—¿Eres tú quien contrata? —le pregunto.

—Si eres tú quien lo solicita.

Su voz es amistosa. No estoy acostumbrada a que me traten con tanta amabilidad, y no sé qué hacer con ella.

—Tengo algunas preguntas antes de aceptar ayudarte —replico, orgullosa de mí misma por no ofrecerme de buenas a primeras a que me asesine.

Él quita el cartel de SE NECESITA AYUDANTE del escaparate. Lo arroja al interior del local y apoya la espalda en la puerta para abrirla completamente mientras me hace un gesto para que pase.

—No tenemos tiempo para preguntas, pero te prometo que no te torturaré, que no te violaré y que no te mataré si con eso te quedas más tranquila.

Su voz sigue siendo amistosa pese a lo que acaba de soltar. También lo es su sonrisa, que deja a la vista dos hileras de dientes casi perfectos, porque tiene el incisivo izquierdo un poco torcido. Sin embargo, ese defectillo en su sonrisa es, en realidad, mi parte preferida de él. Eso y su total indiferencia a mis preguntas. Odio las preguntas. A lo mejor no es un mal trabajo.

Suspiro y paso a su lado en dirección al interior.

—¿En qué me estoy metiendo? —murmuro.

—En algo de lo que no querrás salir —contesta.

La puerta se cierra a nuestra espalda, bloqueando toda la luz natural. Algo que no estaría mal si hubiera luces interiores encendidas, pero no las hay. Solo se aprecia un débil resplandor procedente de lo que parece un pasillo al otro lado de la estancia.

Tan pronto como mi corazón empieza a informarme con sus acelerados latidos de lo imbécil que soy por entrar en un local con un completo desconocido, las luces empiezan a zumbar y a parpadear hasta que cobran vida.

—Lo siento. —Su voz me llega desde muy cerca, así que me doy media vuelta justo cuando el primero de los fluorescentes alcanza su máxima potencia—. No suelo trabajar en esta parte del estudio, así que mantengo las luces apagadas para ahorrar energía.

Ahora que toda la zona está iluminada, recorro despacio la estancia con la mirada. Las paredes son de un blanco níveo, adornadas con varios cuadros. No puedo verlos bien, porque están colocados a varios metros de mí.

—¿Esto es una galería de arte?

Él se ríe, algo que me parece raro, así que me vuelvo para mirarlo.

Me está observando con los ojos entrecerrados y una expresión curiosa.

—Yo no llegaría al extremo de llamarlo «galería de arte». —Se da media vuelta, cierra la puerta y pasa a mi lado—. ¿Qué talla usas?

Atraviesa la amplia estancia en dirección al pasillo. Sigo sin saber por qué estoy aquí, pero que me pregunte por mi talla hace que me preocupe más de lo que estaba dos minutos antes. ¿Estará calculando el tamaño del ataúd? ¿El tamaño de las esposas?

Efectivamente, empiezo a preocuparme mucho.

—¿Qué quieres decir? ¿Te refieres a mi talla de ropa?

Me mira, caminando de espaldas en dirección al pasillo.

—Sí, a tu talla de ropa. No puedes ponerte eso esta noche —dice, y señala mis blue jeans y mi camiseta. Me hace un gesto para que lo siga mientras se vuelve para subir una escalera que conduce a un espacio situado justo encima de donde estamos.

Aunque tenga debilidad por los incisivos torcidos, debería poner ciertos límites y no seguir a un desconocido a un lugar extraño.

—Espera —le digo al tiempo que me detengo al pie de la escalera. Él también se detiene y se da media vuelta—.

¿Puedes contarme por lo menos de qué va esto? Porque estoy empezando a dudar de mi ridícula decisión de depositar mi confianza en un completo desconocido.

Mira hacia atrás, hacia donde conduce la escalera, y luego vuelve a mirarme. Suelta un suspiro exasperado antes de bajar varios escalones, sentarse en uno y mirarme a los ojos. Apoya los codos en las rodillas, se inclina hacia delante y esboza una sonrisa serena.

—Me llamo Owen Gentry. Soy artista y este es mi estudio. Inauguro una exposición en menos de una hora, necesito a alguien que se encargue de todas las transacciones y mi novia me dejó la semana pasada.

Artista.

Exposición.

¿En menos de una hora?

¿Su novia? No pienso tocar ese tema.

Me pongo en pie, vuelvo a mirar el estudio y, luego, a él.

—¿Voy a recibir algún tipo de entrenamiento?

—¿Sabes utilizar una calculadora básica?

Pongo los ojos en blanco.

—Sí.

—Considérate entrenada. Solo te necesito dos horas como mucho y luego te daré tus doscientos dólares y podrás irte.

Dos horas.

Doscientos dólares.

Algo no cuadra.

—¿Dónde está el truco?

—No hay truco.

—¿Para qué necesitas ayuda si pagas cien dólares a la hora? Seguro que hay gato encerrado. Deberías tener una cola de gente interesada.

Owen se pasa la palma de la mano por la cara y mueve la mandíbula a un lado y a otro como si estuviera tratando de eliminar la tensión.

—A mi novia se le olvidó mencionar que también iba a dejar su trabajo el día que cortó conmigo. La llamé hace dos horas al ver que no aparecía para ayudarme con los preparativos. Es una especie de oportunidad de empleo de última hora. A lo mejor estabas en el lugar adecuado en el momento adecuado. —Se pone en pie y se da media vuelta.

Yo me quedo donde estoy, al pie de la escalera.

—¿Contrataste a tu novia como empleada? Eso nunca es buena idea.

—Convertí a mi empleada en mi novia. Que es todavía peor. —Se detiene en lo alto de la escalera y se vuelve para mirarme—. ¿Cómo te llamas?

—Auburn.

Me mira el pelo, algo comprensible. Todo el mundo supone que me pusieron Auburn por el color de mi pelo, pero como mucho soy rubia cobriza. Decir que soy pelirroja es una exageración.

—¿Y qué más?

—Mason Reed.

Owen echa la cabeza hacia atrás despacio para mirar al techo mientras suelta una bocanada de aire. Lo imito y miro al techo con él, pero allí arriba solo están los paneles blancos que conforman el techo. Levanta la mano derecha y se toca la frente, luego el pecho y, después, sigue tocándose primero un hombro y luego otro, hasta que acaba de santiguarse.

¿Se puede saber qué está haciendo? ¿Rezando?

Me mira de nuevo, en esta ocasión con una sonrisa.

—¿Es cierto que tu segundo nombre es Mason?

Asiento con la cabeza. Que yo sepa, Mason no es un nombre tan raro, así que no sé por qué se ha santiguado.

—Mi segundo nombre también es Mason —dice.

Lo miro en silencio, mientras asimilo sus palabras y la extraña coincidencia.

—¿Lo dices en serio?

Asiente con la cabeza y se saca la cartera del bolsillo trasero. Vuelve a bajar la escalera y me entrega su carnet de conducir. Lo miro y veo que su segundo nombre es Mason.

Aprieto los labios mientras le devuelvo el carnet de conducir.

«OMG».

Intento contener la risa, pero me cuesta, así que me tapo la boca con la esperanza de que no se dé cuenta.

Vuelve a meterse la cartera en el bolsillo. Levanta una ceja y me mira con recelo.

—¿Te has dado cuenta así de rápido?

A estas alturas, me tiemblan los hombros por la risa reprimida. Me siento fatal. Por él, claro.

Pone los ojos en blanco y parece un poco avergonzado porque también está intentando contener la risa. Sube de nuevo la escalera, pero con mucha menos confianza que antes.

—Por eso nunca le digo a nadie mi segundo nombre —murmura.

Me siento culpable por encontrarlo tan gracioso, pero su humildad me ayuda a encontrar el valor para subir el resto de la escalera.

—¿De verdad que tus iniciales son OMG? —Me muerdo el interior de un carrillo, conteniendo la sonrisa que no quiero que vea. Llego al final de la escalera, y él no me hace ni caso mientras se acerca a una cómoda.

Lo veo abrir un cajón antes de empezar a rebuscar algo, así que aprovecho para echarle un vistazo a la enorme estancia. Hay una cama extragrande en el rincón más alejado. En el rincón opuesto, veo una cocina completa, flanqueada por dos puertas que dan a otras habitaciones.

Esta es su casa.

Se da media vuelta y me lanza algo negro. Lo agarro y, al desdoblarlo, descubro que es una falda.

—Debería quedarte bien. La traidora y tú parecéis de la misma talla. —Se acerca al armario y saca una camisa blanca de una percha—. A ver si esto te sirve. Los zapatos que llevas están bien.

Le quito la camisa y miro hacia las dos puertas.

—¿El baño?

Señala la puerta de la izquierda.

—¿Y si no me quedan bien? —pregunto, preocupada por no poder ayudarlo si no voy vestida de forma profesional. Doscientos dólares no son fáciles de conseguir.

—Si no te quedan bien, quemamos las dos cosas, junto con todo lo que dejó.

Me río y echo a andar hacia el cuarto de baño. Una vez dentro, no le presto atención a la estancia en sí y empiezo a ponerme la ropa que me ha dado. Por suerte, me queda perfecta. Me miro en el espejo de cuerpo entero y me avergüenzo porque tengo el pelo hecho un desastre. Debería darme vergüenza llamarme cosmetóloga. No me lo he tocado desde que salí del apartamento esta mañana, así que me hago un arreglo rápido y uso uno de los peines de Owen para hacerme un moño. Doblo la ropa que acabo de quitarme y la dejo en la encimera.

Cuando salgo del baño, Owen está en la cocina sirviendo dos copas de vino. Me pregunto si debería decirle que todavía me faltan unas semanas para poder beber legalmente, pero los nervios me piden a gritos una copa de vino.

—Me quedan bien —digo mientras me le acerco.

Levanta la mirada y sus ojos se clavan en la camisa durante mucho más tiempo del que se tarda en comprobar si una camisa queda bien o no. Carraspea y vuelve a mirar el vino que está sirviendo.

—Te quedan mejor que a ella —replica.

Me siento en un taburete mientras lucho por ocultar la sonrisa. Hace tiempo que no recibía un cumplido y había olvidado lo bien que sientan.

—No lo dices en serio. Solo estás amargado porque te ha dejado.

Me acerca una copa, deslizándola por la encimera.

—No estoy amargado, estoy aliviado. Y lo digo en serio, te lo aseguro. —Levanta su copa de vino y yo levanto la mía—. Por las exnovias y las nuevas empleadas.

Me río mientras chocamos las copas.

—Mejor que por las exempleadas y las nuevas novias.

Se detiene con la copa en los labios y me mira mientras yo bebo de la mía. Cuando termino, sonríe y por fin bebe un sorbo.

En cuanto dejo la copa sobre la encimera, algo blando me roza la pierna. Mi primera reacción es gritar, que es justo lo que hago. O, a lo mejor, lo que sale de mi boca es más bien un alarido. En cualquier caso, levanto las dos piernas y miro hacia abajo para ver a un gato negro de pelo largo que roza el taburete en el que estoy sentada. Vuelvo a bajar de inmediato las piernas al suelo y me agacho para levantarlo. No sé por qué, pero saber que este hombre tiene un gato alivia parte de la incomodidad que siento. Alguien que tiene mascota no puede ser peligroso. Sé que no es la mejor manera de justificar mi presencia en la casa de un desconocido, pero me ayuda a sentirme mejor.

—¿Cómo se llama tu gato?

Owen se acerca y lo acaricia.

—Owen.

Me río al instante de su chiste, pero su expresión permanece serena. Hago una pausa de unos segundos, esperando que se ría, pero no lo hace.

—¿Le has puesto tu nombre a tu gato? ¿En serio?

Me mira, y veo el asomo de una sonrisa en la comisura de sus labios. Se encoge de hombros, casi con timidez.

—Nada más verla me recordó a mí mismo.

Me vuelvo a reír.

—¿Es una hembra? ¿Has llamado Owen a una gata?

Baja la mirada hacia Owen la Gata y sigue acariciándola mientras yo la abrazo.

—Shhh —dice en voz baja—. Puede entenderte. No la acomplejes.

Como si tuviera razón y pudiera oír que me he burlado de su nombre, Owen la Gata salta de mis brazos al suelo. En cuanto desaparece detrás de la encimera, me obligo a borrar la sonrisa de mi cara. Me encanta que le haya puesto su nombre a una gata. ¿Quién hace eso?

Apoyo el brazo en la encimera y coloco la barbilla en la mano.

—Bueno, ¿qué necesitas que haga esta noche, OMG?

Owen menea la cabeza y lleva la botella de vino al refrigerador.

—Puedes empezar por no volver a llamarme por mis iniciales. Después de que aceptes, te contaré lo que está a punto de pasar.

Debería sentirme mal, pero creo que le parece gracioso.

—Trato hecho.

—En primer lugar —dice al tiempo que se inclina sobre la encimera—, ¿cuántos años tienes?

—No tengo edad para beber vino. —Bebo otro sorbo.

—¡Uf! —exclama con sequedad—. ¿A qué te dedicas? ¿Estás en la universidad? —Apoya la barbilla en la mano y espera mi respuesta a sus preguntas.

—¿De qué manera van a prepararme estas preguntas para el trabajo de esta noche?

Owen sonríe. Su sonrisa es muy agradable cuando va acompañada por unos sorbos de vino. Asiente una vez con la cabeza y se endereza. Me quita la copa de la mano y la deja en la encimera.

—Sígueme, Auburn Mason Reed.

Lo obedezco, porque por cien dólares la hora, hago casi cualquier cosa.

Casi.

Cuando llegamos de nuevo a la planta baja, camina hacia el centro de la estancia y levanta los brazos mientras gira sobre sí mismo, trazando un círculo completo. Sigo su mirada alrededor y me fijo en lo espacioso que es el estudio. Lo primero que me llama la atención es la iluminación. Cada lámpara ilumina un cuadro concreto de los que adornan las paredes blancas, centrando la atención en el arte y en nada más. Bueno, en realidad *no* hay nada más. Solo paredes blancas de arriba abajo, un suelo de hormigón pulido y arte. Es tan sencillo como abrumador.

—Este es mi estudio. —Hace una pausa y señala un cuadro—. Ese es el arte. —Señala un mostrador al otro lado de la estancia—. Ahí es donde estarás la mayor parte del tiempo. Yo me encargo de la sala y tú cobras las ventas. Eso es todo. —Lo explica con despreocupación, como si cualquiera fuese perfectamente capaz de crear algo de esta magnitud. Pone los brazos en jarras mientras yo lo asimilo todo.

—¿Cuántos años tienes? —le pregunto.

Entrecierra los ojos e inclina un poco la cabeza antes de mirar hacia otro lado.

—Veintiuno. —Lo dice como si su edad lo avergonzase. Es casi como si no le gustara ser tan joven y haber encontrado ya el éxito en su carrera profesional.

Pensaba que era mucho mayor. Sus ojos no parecen los de un chico de veintiún años. Son oscuros y profundos, y siento el repentino impulso de sumergirme en sus profundidades para ver todo lo que él ha visto.

Aparto la mirada y me fijo en el arte. Echo a andar hacia el cuadro que tengo más cerca, cada vez más consciente del talento que hay detrás del pincel. Cuando llego, contengo el aliento.

En cierto modo, es triste, impresionante y hermoso a la vez. El cuadro representa a una mujer que parece proyectar tanto el amor como la vergüenza y todas las emociones intermedias.

—¿Qué usas además de pintura acrílica? —le pregunto al tiempo que doy un paso hacia el cuadro. Acaricio el lienzo con un dedo y oigo sus pasos, que se acercan. Se detiene a mi lado, pero no puedo apartar los ojos del cuadro el tiempo suficiente como para mirarlo.

—Uso distintos medios, desde la pintura acrílica hasta el espray. Depende de la pieza.

Clavo los ojos en el trozo de papel pegado a la pared que hay junto al cuadro. Leo las palabras que aparecen en él.

A veces me pregunto si estar muerta sería más fácil que ser su madre.

Toco el papel y miro de nuevo el cuadro.

—¿Una confesión? —Cuando me vuelvo para mirarlo, descubro que su sonrisa juguetona ha desaparecido. Tiene los brazos cruzados delante del pecho; y la barbilla, inclinada. Me mira como si estuviera nervioso por mi reacción.

—Sí —contesta sin más.

Miro hacia el escaparate y veo todos los trozos de papel que cubren el cristal. Recorro con la mirada todos los cuadros del estudio y veo tiras de papel pegadas a las paredes junto a cada uno de ellos.

—Todas son confesiones —digo, asombrada—. ¿Son de personas reales? ¿De gente que conoces?

Niega con la cabeza y echa a andar hacia la puerta.

—Todas son anónimas. La gente deja sus confesiones en esa ranura, y uso algunas de inspiración para pintar.

Me acerco al siguiente cuadro y leo la confesión antes incluso de mirar la pieza interpretada.

Nunca he dejado que me vean sin maquillaje. Mi mayor temor es el aspecto que tendré en mi funeral. Estoy casi segura de que me incinerarán, porque mis inseguridades son tan profundas que me seguirán al más allá. Gracias por eso, madre.

Miro de inmediato al cuadro.

—Es increíble —susurro, dándome media vuelta para ver el resto de las creaciones. Me acerco a la pared de las confesiones y encuentro una, escrita en tinta roja y resaltada.

Tengo miedo de ser incapaz de dejar de comparar mi vida sin él con mi vida con él.

No sé si me fascinan más las confesiones, el arte o el descubrimiento de que me identifico con todo lo que hay aquí. Soy una persona muy cerrada. Rara vez comparto mis verdaderos pensamientos con alguien, sin importar lo beneficioso que pueda ser para mí. Ver todos estos secretos, y saber que es muy probable que estas personas nunca los hayan compartido con nadie y que nunca los compartirán, me lleva a sentir una conexión con ellas. Me provoca una sensación de pertenencia.

En cierto modo, el estudio y las confesiones me recuerdan a Adam.

«Cuéntame algo sobre ti que nadie sepa. Algo que pueda guardarme para mí».

Odio mi costumbre de relacionar a Adam con todo lo que veo y hago, y me pregunto si algún día desaparecerá, y cuándo lo hará. Han pasado cinco años desde la última vez que lo vi. Cinco años desde que murió. Cinco años, y me pregunto si, al igual que la confesión que tengo delante, estaré siempre comparando mi vida con él con mi vida sin él.

Y me pregunto si alguna vez dejaré de sentirme decepcionada.

CAPÍTULO DOS

Owen

Está aquí. Está justo aquí, de pie en mi estudio, mirando mis cuadros. Pensaba que nunca volvería a verla. Siempre he estado tan convencido de que la probabilidad de que nuestros caminos se cruzaran era tan mínima que ni siquiera recuerdo la última vez que pensé en ella.

Sin embargo, está aquí, delante de mí. Quiero preguntarle si se acuerda de mí, pero sé que no. ¿Cómo va a acordarse si no intercambiamos ni una palabra?

Yo sí la recuerdo. Recuerdo el sonido de su risa, su voz, su pelo, aunque antes lo llevaba mucho más corto. Y aunque entonces sentía que la conocía, nunca pude verle bien la cara.

Ahora que la veo de cerca, tengo que obligarme a no mirarla fijamente. No por su belleza discreta, sino porque es justo como imaginaba que sería de cerca. Una vez intenté pintarla, pero no conseguí recordar suficientes detalles como para terminar el cuadro. Tengo la sensación de que volveré a intentarlo después de esta noche. Y ya sé que llamaré al cuadro *Más de uno*.

Desvía su atención hacia otro cuadro, y yo aparto la mirada antes de que me descubra mirándola fijamente. No quiero que parezca demasiado evidente que estoy intentando decidir qué colores mezclar para crear el tono único de su piel, o si la pinto con el pelo recogido o suelto.

Hay muchísimas cosas que debería estar haciendo ahora mismo aparte de mirarla. «¿Qué debería estar haciendo?». Ducharme. Cambiarme de ropa. Prepararme para la llegada de las personas que van a aparecer dentro de dos horas.

—Tengo que darme una ducha rapidita —digo. Ella se da media vuelta, deprisa, como si la hubiera sorprendido—. Echa un vistazo como si estuvieras en tu casa. Repasaré todo lo demás cuando termine. No tardo.

Ella asiente con la cabeza y sonríe, y por primera vez pienso: «¿Quién es Hannah?».

Hannah, la última chica que contraté para ayudarme. Hannah, la chica que no soportó no ser mi prioridad en la vida. Hannah, la chica que se peleó conmigo la semana pasada.

Espero que Auburn no sea como Hannah.

Había muchas cosas que no me gustaban de ella, y no debería ser así. Hannah me decepcionaba cuando hablaba, por eso pasábamos mucho tiempo sin hablarnos. Y siempre, siempre se empeñaba en decirme que su nombre, deletreado al revés, seguía siendo Hannah.

—Un palíndromo —repliqué la primera vez que me lo dijo.

Me miró, perpleja, y entonces supe que nunca podría amarla. Qué desperdicio de palíndromo era Hannah.

Aunque ya sé que Auburn no es como Hannah. Veo las capas de profundidad en sus ojos. Me doy cuenta de que mi arte la emociona por la concentración que demuestra mientras mira los cuadros, ignorando todo lo demás que la rodea. Espero que no sea como Hannah en absoluto. Ojo, que le queda la ropa de Hannah mucho mejor de lo que le quedaba a la propia Hannah.

Ojo. Otro palíndromo.

Entro en el cuarto de baño, veo su ropa y quiero llevársela a la planta inferior. Quiero decirle que tranquila, que quiero que lleve su *propia* ropa esta noche, no la de Hannah. Quiero que sea ella misma, que esté cómoda, pero mis clientes son ricos, la flor y nata, y esperan faldas negras y camisas blancas. No vaqueros azules y ese top rosa (¿es rosa o rojo?) que me hace pensar en la señora Dennis, mi profesora de arte de secundaria.

La señora Dennis amaba el arte. La señora Dennis también amaba a los artistas. Y un día, al darse cuenta de mi increíble talento con el pincel, la señora Dennis me amó a *mí*. Aquel día llevaba una camisa rosa o roja, o puede que de ambos colores, y eso es lo que recuerdo mientras miro la camisa de Auburn, porque, a ver, ¿quién es la señora Dennis?

No era un palíndromo, pero su nombre escrito al revés seguía siendo muy apropiado, porque Dennis = Sinned, que es «pecado» en inglés, y eso es justo lo que hicimos, pecamos.

Pecamos durante una hora entera. Ella más que yo.

Y no creas que no es una confesión que no se ha convertido en un cuadro. Fue uno de los primeros que vendí. Lo llamé *Ella pecó conmigo. Aleluya.*

Por desgracia, no quiero pensar en la secundaria ni en la señora Dennis ni en Hannah el Palíndromo porque son el pasado y esto es el presente, y Auburn es… ambas cosas de alguna manera. Se sorprendería si supiera cuánto de su pasado ha afectado a mi presente, por eso no compartiré la verdad con ella. Algunos secretos nunca deben convertirse en confesiones. Lo sé mejor que nadie.

No sé qué hacer con el hecho de que haya aparecido en mi puerta, con los ojos muy abiertos y callada, porque ya no sé qué creer. Hace media hora creía en las coincidencias y las casualidades. ¿Ahora? La idea de que solo sea una coincidencia que ella esté aquí me parece ridícula.

Cuando bajo de nuevo, está inmóvil, mirando el cuadro que titulé *No existes, Dios. Y si lo haces, deberías avergonzarte.*

No fui yo quien le puso nombre, claro. Nunca soy yo quien les pone nombre a los cuadros. Todos llevan el título de las confesiones anónimas que los inspiran. No sé por qué, pero esta confesión me inspiró para pintar a mi madre. No como la recuerdo, sino como imaginaba que era cuando tenía mi edad. Y la confesión no me recordaba a ella por sus ideas religiosas. Las palabras solo me recordaban lo que sentí en los meses siguientes a su muerte.

No sé si Auburn cree en Dios, pero algo en este cuadro la ha emocionado. Una lágrima resbala por su mejilla y se desliza despacio hacia su mentón.

Me oye, o quizá me ve de pie a su lado, porque se seca la mejilla con el dorso de la mano y respira hondo. Parece avergonzada por haberse identificado con esta pieza. O quizá solo le da vergüenza que yo lo haya notado.

En vez de preguntarle qué le parece el cuadro o por qué llora, me quedo mirándolo con ella. Lo tengo desde hace más de un año y ayer decidí añadirlo a la exposición de hoy. No suelo tenerlos tanto tiempo, pero, por motivos que se me escapan, me resulta más difícil desprenderme de este que del resto. Es difícil desprenderse de todos, pero unos más que otros.

Tal vez tenga miedo de que, una vez que salgan de mis manos, los cuadros se malinterpreten. Que no los aprecien.

—Sí que ha sido una ducha rápida —dice.

Intenta cambiar de tema, aunque no hayamos dicho nada en voz alta. Los dos sabemos que, aunque estuviéramos callados, el tema de los últimos minutos han sido sus lágrimas y qué las provocó y «¿Por qué te gusta tanto este cuadro, Auburn?».

—Siempre me ducho rápido —replico, y me doy cuenta de que mi respuesta no es nada del otro mundo y ¿por qué quiero que lo sea? Me vuelvo para mirarla a la cara y ella hace lo mismo, pero no antes de bajar la mirada a los pies, porque sigue avergonzada de que la haya visto identificarse con mi arte. Me encanta que se haya mirado primero los pies, porque me encanta que esté avergonzada. Para que una persona se avergüence, tiene que importarle la opinión de los demás.

Eso significa que le importa mi opinión, aunque solo sea un poquito. Y eso me gusta, porque es evidente que me importa la opinión que tiene de mí o, de lo contrario, no estaría deseando en secreto que no haga ni diga nada que me recuerde a Hannah la Palíndromo.

Da una vuelta, despacio, e intento pensar en algo más impresionante que decirle, pero no hay tiempo suficiente, porque vuelve a clavar los ojos en los míos y me da la sensación de que tiene la esperanza de que sea yo quien tenga más confianza en sí mismo y hable primero.

Hablaré primero, aunque no creo que la confianza tenga nada que ver.

Me miro la muñeca para ver la hora, y ni siquiera llevo reloj, y me apresuro a rascarme un picor inexistente para que no parezca que no tengo confianza en mí mismo.

—Abrimos dentro de un cuarto de hora, así que debería explicarte cómo va la cosa.

Suelta el aire, al parecer mucho más aliviada y relajada antes de que esa frase saliera de mi boca.

—Estupendo —dice.

Me acerco a *No existes, Dios…* y señalo la confesión pegada a la pared.

—Las confesiones son también los títulos de las obras. Los precios están escritos en el dorso. Solo tienes que cobrar las ventas, pedirles a los compradores que rellenen una hoja informativa para entregar el cuadro y pegar la confesión a la hoja de entrega para que yo sepa adónde mandarlo.

Asiente con la cabeza y mira fijamente la confesión. Quiere verla, así que la quito de la pared y se la doy. La observo mientras lee la confesión de nuevo antes de darle la vuelta a la tarjeta.

—¿Crees que la gente compra alguna vez sus propias confesiones?

Sé que lo hacen. Algunas personas han admitido delante de mí que son quienes escribieron la confesión.

—Sí, pero prefiero no saberlo.

Me mira como si estuviera loco, pero también con fascinación, así que lo acepto.

—¿Por qué no quieres saberlo? —pregunta.

Me encojo de hombros, y ella baja la mirada hacia uno de mis hombros y quizá la detenga en mi cuello. Me pregunto en qué estará pensando cuando me mira así.

—¿Sabes eso que pasa cuando escuchas a un grupo en la radio y te haces una imagen de ellos en la cabeza? —le pregunto—. Pero ¿luego ves una foto o un vídeo de ellos y no se parecen en nada a lo que suponías? No tiene que ser necesariamente mejor o peor de lo que te imaginabas, solo distinto. —Ella asiente con la cabeza para decirme que lo entiende—. Eso es lo que siento cuando he terminado un cuadro y alguien me dice que su confesión lo inspiró. Cuando pinto, me monto una historia en la cabeza de lo que inspiró la confesión y de quién partió; pero cuando descubro que la imagen que tenía mientras pintaba no encaja con la imagen real que tengo delante, de alguna manera invalida el arte para mí.

Sonríe y vuelve a mirarse los pies.

—Hay una canción llamada «Hold On» del grupo Alabama Shakes —dice para explicar el rubor de sus mejillas—. Escuché esa canción durante más de un mes antes de ver el vídeo y darme cuenta de que la cantante era una mujer. Eso sí que te deja tocado.

Me echo a reír. Comprende a la perfección lo que estoy diciendo, y no puedo dejar de sonreír porque conozco a ese grupo y me cuesta creer que alguien piense que el cantante es un hombre.

—La cantante dice su propio nombre en la canción, ¿no?

Se encoge de hombros, y ahora soy yo quien le mira un hombro.

—Creía que el cantante se refería a otra persona —dice, y sigue hablando de él en masculino, aunque ya sabe que es una mujer. Aparta la mirada y me rodea para dirigirse al mostrador. Todavía lleva la confesión en la mano, pero no le digo nada—. ¿Se te ha ocurrido dejar que la gente compre de forma anónima?

Me coloco en el otro extremo del mostrador y me inclino hacia delante, para acercarme a ella.

—Pues la verdad es que no.

Ella desliza los dedos por el mostrador, la calculadora, las tarjetas informativas y mis tarjetas de visita. Levanta una. Le da la vuelta.

—Deberías poner confesiones en el dorso de las tarjetas.

En cuanto esas palabras salen de su boca, aprieta los labios con fuerza. Cree que sus sugerencias me resultan ofensivas, pero no es así.

—¿En qué me beneficiaría que las compras fueran anónimas?

—Bueno —dice con cautela—, si yo fuera una de las personas que escribió una de estas —sigue, y levanta la confesión que tiene en la mano—, me daría demasiada vergüenza comprarlo. Me daría miedo que supieras que la escribí yo.

—Creo que es raro que las personas que escriben las confesiones vengan a una exposición.

Me devuelve la confesión, por fin, y cruza los brazos sobre el mostrador.

—Aunque no hubiera escrito la confesión, me daría demasiada vergüenza comprar el cuadro por miedo a que creyeras que la había escrito.

Lo que dice tiene sentido.

—Creo que las confesiones añaden un elemento de realidad a tus cuadros que no se puede encontrar en otros. Si una persona entra en una galería de arte y ve un cuadro con el que se identifica, puede que lo compre; pero si una persona entra en tu galería y ve un cuadro, o una confesión, con el que se identifica, puede que no quiera sentirse relacionado con esa obra o confesión. Aunque así sea. Es posible que se avergüence de haberse identificado con un cuadro que trata de una madre que admite que tal vez no quiera a su propio hijo. Y si le dan la tarjeta de esa confesión a quienquiera que vaya a cobrar la venta, básicamente le están diciendo a esa persona: «Me siento identificado con esta espantosa admisión de culpabilidad».

Puede que me tenga asombrado e intento no mirarla con una fascinación tan evidente. Me pongo derecho, pero no puedo librarme de las repentinas ganas de hibernar dentro de su cabeza. De fermentar en sus pensamientos.

—Traes un buen punto.

Me sonríe.

—Ah, ¿acaso estábamos discutiendo?

Nosotros no. Desde luego que nosotros no.

—Pues vamos a hacerlo —le digo—. Pondremos un número debajo de cada cuadro y la gente podrá traerte el número en vez de la tarjeta de confesión. Eso les dará una sensación de anonimato.

Me fijo en cada detalle de su reacción mientras rodeo el mostrador para acercarme a ella. Se endereza un poco y contiene la respiración. Llego a su lado y busco un trozo de papel y las tijeras que tiene delante. No la miro a los ojos cuando hago estas cosas tan cerca de ella, pero me mira fijamente, casi como si quisiera que lo hiciese.

Echo un vistazo por el estudio y empiezo a contar los cuadros cuando ella me interrumpe y dice:

—Hay veintidós. —Casi parece avergonzada de saber cuántos cuadros hay, porque desvía la mirada y carraspea—. Los he contado antes... mientras estabas en la ducha. —Me quita las tijeras de las manos y empieza a cortar el papel—. ¿Tienes un rotulador negro?

Busco uno y lo dejo en el mostrador.

—¿Por qué crees que necesito confesiones en mis tarjetas de visita?

Ella sigue cortando meticulosamente los cuadrados mientras me contesta.

—Las confesiones son fascinantes. Diferencian tu estudio de los demás. Si tienes confesiones en tus tarjetas de visita, despertarán interés.

Tiene razón otra vez. No me puedo creer que, a estas alturas, no se me haya ocurrido eso. Seguro que estudia negocios o algo así.

—¿A qué te dedicas, Auburn?

—Corto el pelo en una peluquería a unas manzanas de aquí. —Su respuesta carece de orgullo, y me entristece por ella.

—Deberías estudiar empresariales. —No responde, y temo haberla insultado—. A ver, que cortar el pelo no es algo de lo que avergonzarse —sigo—. Es que creo que tienes cabeza para los negocios. —Me hago con el rotulador negro y empiezo a escribir números en los cuadrados, del uno al veintidós, porque esos son los cuadros que ella dice que hay colgados y le creo lo suficiente como para no contarlos.

—¿Cada cuánto abres? —No le hace ni caso a mi insulto/halago sobre su profesión actual.

—El primer jueves de cada mes.

Me mira, desconcertada.

—¿Solo una vez al mes?

Asiento con la cabeza.

—Ya te he dicho que no es realmente una galería de arte. No expongo a otros artistas y casi nunca abro. Solo es algo que empecé a hacer hace unos años y gustó, sobre todo después de salir en la portada del *Dallas Morning News* el año pasado. Me va lo bastante bien la única noche que abro para ganarme la vida.

—Me alegro por ti —dice, impresionada de verdad.

Nunca he intentado impresionar a nadie antes, pero ella hace que me sienta un poco orgulloso de mí mismo.

—¿Siempre tienes un número concreto de cuadros disponibles?

Me encanta que demuestre tanto interés.

—No. Una vez, hace como tres meses, abrí con un solo cuadro.

Se da media vuelta para mirarme.

—¿Por qué uno solo?

Me encojo de hombros para restarle importancia al asunto.

—Ese mes no estaba muy inspirado para pintar.

No es del todo verdad. Fue cuando empecé a salir con Hannah el Palíndromo, y aquel mes me pasé casi todo el tiempo dentro de ella, intentando concentrarme en su cuerpo e ignorando el hecho de que no me conectaba demasiado con su mente. Claro que Auburn no tiene por qué saber nada de eso.

—¿Cuál era la confesión?

La miro con gesto interrogante, porque no sé muy bien a qué se refiere.

—La del cuadro que pintaste aquel mes —explica—. ¿Qué confesión lo inspiró?

Recuerdo aquel mes y la única confesión que parecía querer pintar. Aunque no era una confesión mía, de algún modo me parece que lo era ahora que ella me pide que le cuente cuál fue mi única inspiración durante todo aquel mes.

—El cuadro se llamaba *Cuando estoy contigo, pienso en todas las cosas increíbles que podría ser si estuviera sin ti.*

No aparta la mirada de mí, y frunce el ceño como si intentara conocer mi historia a través de esta confesión.

Su expresión se relaja y sigue cambiando hasta que parece molesta.

—Eso es tristísimo —dice.

Aparta la mirada, ya sea para ocultar que la confesión la ha molestado o para ocultar que sigue intentando descifrarme a través de la confesión. Echa un vistazo a algunos de los cuadros que tenemos más cerca para dejar de mirarme directamente. Estamos jugando al escondite y parece que los cuadros son nuestra casa.

—Debes de haber estado muy inspirado este mes, porque veintidós son muchos. Eso es casi un cuadro al día.

Quiero decirle: «Pues espérate al mes que viene», pero no lo hago.

—Algunos son cuadros antiguos. No los he pintado todos este mes. —La rodeo de nuevo, en busca de la cinta adhesiva esta vez, pero es distinto. Y es distinto porque le rozo sin querer el brazo con la mano, y no la había tocado de verdad hasta ahora. Sin embargo, acabamos de entrar en contacto, porque ella es absolutamente real y yo me aferro con más fuerza a la cinta porque quiero más de lo que sea que acaba de entregar sin darse cuenta.

Quiero decirle: «¿Lo has sentido también?», pero no lo hago, porque veo los escalofríos que le recorren el brazo.

Quiero soltar la cinta y tocar la piel de gallina que acabo de provocarle.

Carraspea, y retrocede un pasito con rapidez hacia el centro del estudio y se aleja de nuestra cercanía.

Respiro, aliviado por el espacio que acaba de dejar entre nosotros. Parece incómoda y, la verdad, yo también me estaba sintiendo incómodo, porque todavía estoy intentando hacerme a la idea de que está aquí.

Si tuviera que arriesgarme a decir algo, diría que es introvertida. Que no acostumbra a estar rodeada de otras personas, y mucho menos de personas que son completos desconocidos para ella. Se parece mucho a mí. Una solitaria, una pensadora, una artista con su vida.

Y parece que teme que altere su lienzo si me deja acercarme demasiado.

No necesita preocuparse. El sentimiento es mutuo.

∽

Pasamos el siguiente cuarto de hora colgando los números debajo de cada cuadro. La observo escribir el nombre de cada confesión en un papel y lo relaciona con su número. Se comporta como si lo hubiera hecho un millón de veces. Creo que podría ser una de esas personas que son buenas en todo lo que hacen. Tiene talento para la vida.

—¿Siempre viene gente a estas cosas? —me pregunta mientras volvemos al mostrador. Me encanta que no tenga ni idea de mi estudio ni de mi arte.

—Ven aquí. —Camino hacia la puerta principal, sonriendo por su inocencia y su curiosidad. Me provoca cierta nostalgia y me recuerda a la primera noche que abrí hace más de tres años.

Ella me devuelve un poco de aquella emoción, y me encantaría que pudiera ser siempre así.

Cuando llegamos a la puerta principal, aparto una de las confesiones para que pueda echar un vistazo al exterior. Veo que abre los ojos de par en par al ver la fila de gente que sé que está en la puerta. No siempre ha sido así. Desde que salí en portada el año pasado, el boca a boca ha hecho que aumenten las visitas, y he tenido mucha suerte.

—Exclusividad —susurra al tiempo que retrocede un paso.

Vuelvo a pegar la confesión al cristal.

—¿A qué te refieres?

—Por eso te va tan bien. Porque restringes la cantidad de días que abres y solo puedes hacer un número determinado de cuadros en un mes. Eso hace que tu arte sea más valioso para la gente.

—¿Estás diciendo que no me va bien por mi talento? —Sonrío al decirlo para que sepa que solo estoy bromeando.

Me da un empujoncito juguetón en un hombro.

—Ya sabes a lo que me refiero.

Quiero que vuelva a darme un empujoncito, porque me ha encantado su forma de sonreír mientras lo hacía; en cambio, se da media vuelta y mira el interior del estudio. Toma una honda bocanada de aire, y su reacción me lleva a preguntarme si toda la gente de fuera la ha puesto nerviosa.

—¿Preparada?

Asiente con la cabeza y esboza una sonrisa forzada.

—Preparada.

Abro las puertas, y empiezan a entrar. Esta noche hay mucha gente y, durante los primeros minutos, me preocupa que se sienta intimidada. Pero pese a lo callada y tímida que parecía cuando entró en la galería, ahora es todo lo contrario.

Está resplandeciente, como si de alguna manera estuviera en su elemento, cuando seguramente no sea una situación en la que se haya visto antes.

Claro que no me habría dado cuenta observándola.

Durante la primera media hora, se mezcla con los invitados y comenta los cuadros y algunas de las confesiones. Reconozco algunas caras, pero la mayoría son desconocidos. Ella actúa como si los conociera a todos. Al final vuelve al mostrador cuando ve que alguien tira del número cinco. El número cinco corresponde al cuadro titulado *Me fui a China dos semanas sin decírselo a nadie. Cuando volví, nadie se dio cuenta de que me había ido.*

Me sonríe desde el otro lado de la sala mientras cobra la primera venta. Sigo atendiendo a la gente, mezclándome con ella, mientras la miro de reojo. Esta noche, todo el mundo se centra en mi arte, pero yo me centro en ella. Es la pieza más interesante de toda la sala.

—¿Va a venir tu padre esta noche, Owen?

Aparto la mirada de ella el tiempo suficiente para responder a la pregunta del juez Corley con un movimiento de cabeza.

—Esta noche no puede venir —le miento.

Si yo fuera una prioridad en su vida, lo habría hecho.

—Qué lástima —dice el juez Corley—. Estoy redecorando mi despacho y me sugirió que me pasara para ver tu trabajo.

El juez Corley es un hombre de metro setenta, pero con un ego el doble de alto. Mi padre es abogado y pasa mucho tiempo en el juzgado del centro, donde está el despacho del juez. Lo sé porque mi padre no es su fan y, a pesar de que el juez demuestra cierto interés, estoy bastante seguro de que él tampoco es fan de mi padre.

«Amigos superficiales», así lo llamo yo. Cuando la amistad

es solo una fachada y, en el fondo, es una enemistad. Mi padre tiene muchos amigos superficiales. Creo que es un efecto secundario de ser abogado.

Yo no tengo. Ni quiero.

—Tienes un talento excepcional, aunque no estoy seguro de que sea de mi agrado —dice el juez Corley, que me rodea para mirar otro cuadro.

Pasa una hora volando. Auburn ha estado ocupada la mayor parte del tiempo e, incluso cuando no lo está, encuentra algo que hacer. No se queda sentada detrás del mostrador con cara de aburrimiento, como hacía Hannah el Palíndromo. Hannah perfeccionó el arte del aburrimiento, limándose tanto las uñas durante las dos exposiciones en las que trabajó para mí que me sorprende que le quedaran uñas cuando terminamos.

Auburn no parece aburrida. Parece que se lo está pasando bien. Cuando no se acerca nadie al mostrador, se levanta, se mezcla con los presentes, sonríe y se ríe de los chistes que sé que ella piensa que son patéticos.

Ve al juez Corley acercarse al mostrador con un número. Le sonríe y le dice algo, pero el hombre se limita a gruñir. Cuando mira el número, la veo fruncir el ceño, pero de inmediato muestra una sonrisa falsa. Desvía un momentito la mirada hacia el cuadro titulado *No existes, Dios...*, y enseguida comprendo su expresión. El juez Corley va a comprar el cuadro, y ella sabe tan bien como yo que no se lo merece. Me acerco a toda prisa al mostrador.

—Ha habido un malentendido.

El juez Corley me mira, molesto, y Auburn me mira con expresión sorprendida. Le quito el número de la mano.

—Este cuadro no está a la venta.

El juez resopla y señala el número que tengo en la mano.

—Pues el número estaba en la pared. Creía que eso significaba que estaba a la venta.

Me guardo el número en el bolsillo.

—Se ha vendido antes de abrir —le aseguro—. Supongo que se me olvidó quitarlo. —Señalo con la mano el cuadro que tiene a su espalda. Uno de los pocos que quedan—. ¿Le gustaría algo así?

El juez Corley pone los ojos en blanco y vuelve a meterse la cartera en el bolsillo.

—No, no me gustaría —responde—. Me gustaba el naranja del otro cuadro. Hace juego con el sofá de cuero de mi despacho.

Le gusta por el color naranja. ¡Menos mal que he evitado que caiga en sus manos!

Le hace un gesto a una mujer que está de pie a varios metros y echa a andar hacia ella.

—Ruth —dice—, vamos a pasarnos mañana por Pottery Barn. Aquí no hay nada que me guste.

Los veo marcharse y luego me doy media vuelta para mirar a Auburn. Sonríe.

—No podías dejar que se llevara a tu chiquitín, ¿verdad?

Suelto un suspiro aliviado.

—No me lo habría perdonado nunca.

Veo que mira a alguien que se acerca por detrás de mí, así que me aparto y la dejo obrar su magia. Pasa otra media hora, y cuando la última persona se marcha, la mayoría de los cuadros están vendidos. Una vez que se marchan todos, cierro la puerta.

Me doy media vuelta, y ella sigue de pie detrás del mostrador, organizando las ventas. Tiene una sonrisa de oreja a oreja, que no intenta ocultar en absoluto. Sea cual sea el estrés con el que entró en el estudio, a estas alturas la ha abandonado. Ahora es feliz, y resulta embriagador.

—¡Has vendido diecinueve! —exclama, casi chillando—. ¡OMG, Owen! ¿Te das cuenta de cuánto dinero acabas de ganar? ¿Y te das cuenta de que acabo de usar tus iniciales en una oración?

Me río porque, sí, me doy cuenta de cuánto dinero acabo de ganar y, sí, me doy cuenta de que acaba de usar mis iniciales en una oración, pero no pasa nada, porque se veía preciosa. También debe de tener una habilidad natural para los negocios, porque puedo decir sin mentir que nunca he vendido diecinueve cuadros en una noche.

—Bueno, ¿estás libre el mes que viene? —pregunto, con la esperanza de que no sea la última vez que me ayuda.

Ya está sonriendo, pero mi oferta de trabajo la hace sonreír todavía más. Asiente con la cabeza y me mira.

—Siempre estoy libre para ganar cien dólares la hora. —Está contando el dinero, separando los billetes en montoncitos. Levanta dos de cien con una sonrisa—. Estos son míos. —Los dobla y se los mete en el bolsillo delantero de la camisa (de Hannah el Palíndromo).

El subidón de la noche empieza a desvanecerse en cuanto me doy cuenta de que ha terminado, y no sé cómo prolongar el tiempo juntos. Todavía no estoy preparado para que se vaya, pero ella ya está guardando el dinero en un cajón y apilando los pedidos en el mostrador.

—Son más de las nueve —comento—. Seguro que te mueres de hambre. —Quiero aprovechar el comentario para preguntarle si quiere comer algo, pero pone los ojos como platos de inmediato y su sonrisa desaparece.

—¿Ya son más de las nueve? —Su voz rebosa pánico y

vuela hacia la escalera, que sube corriendo de dos en dos peldaños. No tenía ni idea de que fuera capaz de actuar tan rápido.

Espero que baje corriendo con la misma prisa, pero no lo hace, así que me acerco a la escalera. Cuando llego al pie de la misma, oigo su voz.

—Lo siento mucho —dice—. Lo sé, lo sé. —Se queda callada unos segundos y luego suspira—. Bueno. No pasa nada, ya hablamos mañana.

Cuando la llamada llega a su fin, subo la escalera, preso de la curiosidad por saber qué tipo de llamada telefónica puede provocarle tanto pánico a alguien. La veo sentada tranquilamente a la barra, con la mirada fija en el teléfono que tiene entre las manos. La veo enjugarse la segunda lágrima de la noche, y de inmediato me cae mal quienquiera que estuviese al otro lado de esa llamada. No me gusta la persona que la ha hecho sentir así cuando hace solo unos minutos no podía dejar de sonreír.

Suelta el teléfono boca abajo en la encimera cuando se da cuenta de que estoy en la escalera. No está segura de si acabo de ver esa lágrima (que sí he visto), así que esboza una sonrisa.

—Lo siento —se disculpa.

Es muy buena ocultando sus verdaderas emociones. Tan buena que da miedo.

—No pasa nada —le aseguro.

Se levanta y mira hacia el cuarto de baño. Está a punto de decir que es hora de cambiarse de ropa e irse a casa. Tengo miedo de no volver a verla si lo hace.

«Compartimos el segundo nombre. En fin, podría ser cosa del destino».

—Tengo una tradición —le digo. Es mentira, pero parece la clase de chica renuente a romper tradiciones—. Mi mejor amigo trabaja en el bar de enfrente. Siempre voy a tomar algo con él cuando terminan mis exposiciones. Quiero que me acompañes. —Vuelve a mirar hacia el cuarto de baño. A juzgar por su vacilación, solo puedo llegar a la conclusión de que o bien no está acostumbrada a ir a bares, o bien no está segura de querer ir a uno *conmigo*—. También sirven comida —añado, en un intento por quitarle importancia al hecho de que acabo de invitarla a un bar a tomar algo—. Aperitivos sobre todo, pero están bastante buenos y me muero de hambre.

Debe de tener hambre, porque se le iluminan los ojos cuando menciono los aperitivos.

—¿Tienen palitos de queso? —pregunta.

No estoy seguro de si tienen palitos de queso, pero a estas alturas diré lo que sea con tal de pasar unos minutos más con ella.

—Los mejores de la ciudad.

Vuelve a poner cara dubitativa. Mira el teléfono que tiene en las manos antes de mirarme de nuevo.

—Pues… —Se muerde el labio inferior, avergonzada—. Seguramente debería llamar primero a mi compañera de apartamento. Para que sepa dónde estoy. Normalmente estoy en casa a esta hora.

—Claro.

Mira el teléfono y marca un número. Espera a que la otra persona descuelgue.

—Hola —dice—. Soy yo. —Me sonríe con expresión tranquilizadora—. Llegaré tarde esta noche. Me voy a tomar unas copas con un chico. —Hace una pausa y me mira con expresión dudosa—. Pues… sí, supongo. Está aquí mismo. —Me ofrece el teléfono—. Quiere hablar contigo.

Doy un paso hacia ella y agarro el teléfono.

—¿Hola?

—¿Cómo te llamas? —me pregunta una voz femenina al otro lado de la línea.

—Owen Gentry.

—¿A dónde llevas a mi compañera de apartamento?

Me está interrogando con voz monótona y autoritaria.

—Al Harrison's Bar.

—¿A qué hora va a volver a casa?

—No lo sé. Dentro de un par de horas, ¿quizá? —Miro a Auburn en busca de confirmación, pero se limita a encogerse de hombros.

—Cuida de ella —dice su compañera—. Le voy a dar una contraseña para que la use si necesita pedirme ayuda. Y si no me llama a medianoche para decirme que está a salvo en casa, llamaré a la policía y denunciaré su asesinato.

—Pues… muy bien —replico entre risas.

—Déjame hablar con Auburn otra vez —dice.

Le devuelvo el teléfono a Auburn, un poco más nervioso que antes. Por la expresión desconcertada de su cara, sé que está enterándose de lo de la contraseña. Supongo que, o bien ella y su compañera de apartamento llevan poco tiempo viviendo juntas, o bien Auburn no sale nunca.

—¿¡Qué!? —exclama Auburn—. ¿Se puede saber qué clase de contraseña es «pene enano»? —Se tapa la boca con la mano y dice—: Lo siento. —Se queda callada un rato y luego pone cara de desconcierto—. ¿En serio? ¿Por qué no puedes elegir palabras normales, como «uva pasa» o «arcoíris»? —Menea la cabeza y suelta una risita—. Muy bien, te llamo a medianoche. —Termina la llamada y sonríe—. Emory. Es un poco rara.

Asiento con la cabeza, porque estoy de acuerdo en lo de rara.

Señala hacia el baño.

—¿Te importa que me cambie primero?

Le digo que adelante, aliviado al saber que se pondrá de nuevo la ropa con la que la encontré. En cuanto entra en el cuarto de baño, saco el móvil para mandarle un mensaje a Harrison.

Yo: Voy para tomar algo. Sirven palitos de queso?

Harrison: No.

Yo: Hazme un favor. Cuando pida palitos de queso, no digas que no los sirves. Solo di que se te han acabado.

Harrison: Está bien. Un favor raro, pero como quieras.

CAPÍTULO TRES

Auburn

La vida es extraña.

No tengo ni idea de cómo he pasado de trabajar en la peluquería esta mañana, a mantener una conversación con un abogado en un bufete por la tarde, a trabajar en un estudio de arte por la noche y, para rematar el día, a entrar en un bar por primera vez en mi vida.

Me daba vergüenza decirle a Owen que nunca había entrado en un bar, pero estoy segura de que se ha dado cuenta al verme titubear en la puerta. No sabía qué esperar cuando entramos, porque todavía no he cumplido veintiún años. Se lo recordé a Owen, pero él negó con la cabeza y me dijo que no lo mencionara si Harrison me pedía el carnet.

—Dile que te lo has dejado en el estudio y yo responderé por ti.

Desde luego que no es como yo esperaba que fuera un bar. Me imaginaba bolas de discoteca, una enorme pista de baile en el centro y a John Travolta. En realidad, este sitio es mucho más discreto de lo que imaginaba. Es tranquilo, y estoy segura de que los dedos de las dos manos me alcanzan para contar el número de clientes. Hay más mesas cubriendo la pista que espacio para bailar. Y no hay ninguna bola de discoteca. Eso me decepciona un poco.

Owen pasa entre unas cuantas mesas hasta que llega al fondo del local, medio en penumbra. Saca un taburete y me indica que me siente mientras él se acomoda en el de al lado.

El camarero que atiende la barra nos mira justo cuando me siento, y supongo que se trata de Harrison. Es un chico de veintitantos años, con el pelo rojo y rizado. La combinación de su piel clara con los tréboles de cuatro hojas en casi todos los letreros hace que me pregunte si es irlandés o si solo desearía serlo.

Sé que no debería sorprenderme que tenga un bar y parezca tan joven, porque si todo el mundo por aquí se parece un poco a Owen, esta ciudad debe de estar llena de jóvenes emprendedores. «¡Estupendo!», pienso. Ahora me siento todavía más fuera de lugar.

Harrison saluda a Owen con un gesto de la cabeza y luego me mira un instante. No repara mucho en mí antes de volver a mirar a Owen con expresión perpleja. No sé qué lo ha confundido, pero Owen no le hace ni caso y se vuelve hacia mí.

—Has estado maravillosa esta noche —me dice.

Ha apoyado la barbilla en una mano y me está mirando con una sonrisa. Su cumplido hace que le devuelva el gesto, o tal vez sonrío porque es él. Tiene un aire inocente y encantador. Las arruguitas que le salen en los rabillos de los ojos al sonreír hacen que su sonrisa parezca más genuina que la de los demás.

—Tú también. —Los dos seguimos sonriéndonos, y me doy cuenta de que, aunque no frecuento bares, me lo estoy pasando bien. Llevaba muchísimo tiempo sin pasármelo bien y no sé por qué Owen parece sacar un lado totalmente distinto de mí, pero me gusta. También sé que tengo muchas otras cosas en las que debería concentrarme ahora mismo, pero solo es una noche. Una copa. ¿Qué daño puede hacer?

Owen apoya el brazo en la barra y gira el taburete hasta quedar de frente a mí. Yo hago lo mismo con el mío, pero están muy juntos y nuestras rodillas acaban chocándose. Él se acomoda hasta que una de mis rodillas queda entre las suyas y la suya entre las mías. No estamos demasiado cerca y tampoco estamos frotándonos las piernas, pero sí que se rozan y es una forma muy íntima de estar sentada con alguien a quien apenas conozco. Veo que mira nuestras piernas.

—¿Estamos flirteando?

Nos miramos de nuevo a la cara. Ambos seguimos sonriendo, y me doy cuenta de que creo que ninguno de los dos ha dejado de hacerlo desde que salimos de su estudio.

Niego con la cabeza.

—No sé cómo hacerlo.

Vuelve a mirar nuestras piernas y está a punto de hacer un comentario cuando Harrison se acerca a nosotros. Se inclina hacia delante y apoya los brazos en la barra con naturalidad, mirando fijamente a Owen.

—¿Cómo ha ido?

Está claro que es irlandés. Casi no lo entiendo por el acento tan fuerte que tiene.

Owen sigue mirándome con una sonrisa.

—Bastante bien.

Harrison asiente con la cabeza y luego me mira.

—Tú debes de ser Hannah. —Me tiende la mano—. Yo soy Harrison.

No miro a Owen, pero lo oigo carraspear. Acepto la mano de Harrison y se la estrecho.

—Encantado de conocerte, Harrison, pero en realidad soy Auburn.

Harrison abre mucho los ojos y se vuelve despacio hacia Owen.

—¡Mierda, colega! —exclama entre risas, disculpándose—. No puedo seguirte el ritmo.

Owen no le hace caso al comentario.

—No pasa nada —le asegura—. Auburn sabe lo de Hannah.

La verdad es que no. Doy por supuesto que Hannah es la chica que acaba de dejarlo. Lo único que sé es que Owen me dijo que es una tradición venir a este bar después de una exposición. Así que tengo curiosidad por saber cómo es posible que Harrison no haya conocido a Hannah si ella trabajaba en el estudio. Owen me mira y se da cuenta de que me siento confundida.

—No la traje aquí.

—Owen siempre viene solo —añade Harrison, que vuelve a mirar a Owen—. ¿Qué pasó con Hannah?

Owen menea la cabeza como si no quisiera hablar del tema.

—Lo de siempre.

Harrison no pregunta qué es «lo de siempre», así que supongo que entiende exactamente lo que le pasó con Hannah. Ojalá yo supiera qué significa «lo de siempre».

—Auburn, ¿qué quieres de beber? —me pregunta Harrison.

Miro a Owen con los ojos abiertos un poco más de la cuenta, porque no tengo ni idea de lo que pedir. Nunca he pedido una bebida alcohólica, teniendo en cuenta que todavía no tengo edad para hacerlo. Él interpreta mi expresión y se vuelve hacia Harrison al instante.

—Tráenos dos Jack con Coca-Cola —dice—. Y una orden de palitos de queso.

Harrison golpea la barra con el puño y dice:

—Enseguida. —Hace ademán de darse media la vuelta, pero vuelve a mirar a Owen—. ¡Vaya! Me he quedado sin palitos de queso. Qué mal. ¿Unas papas fritas con queso?

Intento no fruncir el ceño, pero tenía muchas ganas de comer palitos de queso. Owen me mira, y yo asiento con la cabeza.

—Me parece bien —contesto.

Harrison sonríe y otra vez hace ademán de darse media vuelta, pero me mira de repente.

—Tienes más de veintiún años, ¿verdad?

Asiento con rapidez y, por un segundo, veo aparecer la duda en su expresión, pero acaba volviéndose y se marcha sin pedirme el carnet.

—Mientes fatal —dice Owen entre risas.

Suelto un suspiro.

—Es que no suelo mentir.

—Ya veo por qué —replica. Se acomoda en el taburete y nuestras piernas vuelven a rozarse. Sonríe—. ¿Cuál es tu historia, Auburn?

Allá vamos. El momento en el que normalmente doy por terminada la noche antes de que empiece.

—¡Vaya! —exclama—. ¿A qué viene esa mirada?

Me doy cuenta de que debo de estar frunciendo el ceño cuando dice eso.

—Mi historia es que tengo una vida muy privada y no me gusta hablar de ella.

Él sonríe, que no es la reacción que yo esperaba.

—Pues se parece mucho a la mía.

Harrison vuelve con las bebidas, salvándonos de lo que estaba a punto de convertirse en una conversación fallida. Los dos bebemos al mismo tiempo, pero él parece tolerar el alcohol mejor que yo. Aunque no tengo edad para beber, sí que he bebido algunas copas con amigos en Portland, pero esto es demasiado fuerte para mi gusto. Me tapo la boca para toser y Owen, por supuesto, vuelve a sonreír.

—Bueno, ya que ninguno de los dos tiene ganas de hablar, ¿quieres bailar por lo menos? —Mira por encima de mi hombro hacia la pequeña pista de baile vacía en el lado opuesto del bar.

Niego con la cabeza de inmediato.

—¿Por qué sabía que esa iba a ser tu respuesta? —Se pone en pie—. Vamos.

Vuelvo a negar con la cabeza y, casi al instante, mi humor cambia. No pienso bailar con él y menos al ritmo de la canción lenta que empieza a sonar ahora mismo. Él me toma de la mano e intenta levantarme, pero yo me agarro a la silla con la otra, dispuesta a luchar si hace falta.

—¿De verdad no quieres bailar? —me pregunta.

—De verdad que no quiero bailar.

Me mira fijamente durante unos segundos y luego vuelve

a sentarse en el taburete. Se inclina hacia delante y me hace un gesto para que me acerque. Me agarra de nuevo la mano, y noto que me la roza ligeramente con el pulgar al tiempo que se inclina hacia mí hasta que su boca queda cerca de mi oreja.

—Diez segundos —susurra—. Dame diez segundos en la pista de baile. Si sigues sin querer bailar conmigo cuando acabe ese tiempo, puedes irte.

Siento escalofríos en los brazos, en las piernas y en el cuello. Su voz es tan relajante y convincente que me descubro asintiendo con la cabeza antes incluso de saber a qué estoy accediendo.

Sin embargo, diez segundos no es tanto. Puedo aguantar diez segundos. Diez segundos no son suficientes para hacer el ridículo. Y cuando pasen, volveré a sentarme y me dejará en paz con lo del baile, o eso espero.

Owen vuelve a ponerse en pie y me hala hacia la pista de baile. Me alivia que el lugar esté relativamente vacío. Aunque seremos los únicos bailando, hay tan poca gente que no voy a sentirme el centro de atención.

Cuando llegamos a la pista de baile, él me coloca una mano en la base de la espalda.

—Uno —susurro.

Sonríe cuando se da cuenta de que estoy contando. Usa la otra mano para colocarse las mías alrededor del cuello. He visto bailar a bastantes parejas como para saber la posición que debo poner, por lo menos.

—Dos.

Niega con la cabeza riendo y me rodea la parte baja de la espalda con la mano libre, acercándome a él.

—Tres.

Empieza a balancearse, y aquí es donde el baile se vuelve

confuso para mí. No sé qué hacer a continuación. Miro hacia nuestros pies, esperando adivinar lo que se supone que debo hacer con los míos. Él apoya la frente en la mía y también baja la mirada hacia nuestros pies.

—Sígueme —me dice. Me pone las manos en la cintura y me guía suavemente las caderas en la dirección que quiere que me mueva.

—Cuatro —susurro mientras me muevo con él.

Noto que se relaja un poco al ver que lo he conseguido. Me coloca de nuevo las manos en la espalda y me acerca todavía más. Mis brazos se relajan un poco de forma natural y me inclino hacia él.

Su olor es embriagador y, antes de darme cuenta, cierro los ojos y aspiro su aroma. Sigue oliendo como si acabara de salir de la ducha, aunque hayan pasado horas.

Creo que me gusta bailar.

Me parece algo muy natural, como si formara parte del propósito biológico del ser humano.

En realidad, se parece mucho al sexo. Tengo tanta experiencia en el sexo como en el baile, pero sin duda recuerdo cada momento que pasé con Adam. La forma en la que dos cuerpos se juntan y de alguna manera saben exactamente qué hacer y cómo encajar mientras lo hacen puede ser algo muy íntimo.

Siento que se me acelera el pulso y que me invade el calor, y hacía mucho tiempo que no me sentía así. Me pregunto si es el baile lo que me está provocando esto o si es Owen. Nunca había bailado una canción lenta, así que no tengo con qué compararlo. Lo único con lo que puedo comparar esta sensación es con lo que Adam me hacía sentir, y esto se le parece bastante. Hacía mucho tiempo desde la última vez que quise que alguien me besara.

O quizá es que hace mucho tiempo que no me permito sentirme de esta manera.

Owen me pone una mano en la nuca y acerca su boca a mi oído.

—Han pasado diez segundos —susurra—. ¿Quieres parar?

Niego despacio con la cabeza.

No puedo verle la cara, pero sé que está sonriendo. Me estrecha contra su pecho y apoya la barbilla sobre mi cabeza. Cierro los ojos y vuelvo a aspirar su olor.

Bailamos así hasta que termina la canción, y no estoy segura de si se supone que yo debo soltarlo primero o si debe ser él quien lo haga, pero ninguno de los dos se mueve. Empieza otra canción y, por suerte, es lenta como la anterior, así que seguimos moviéndonos como si la primera no hubiera terminado.

No sé cuándo empezó Owen a apartarme la mano del cuello, pero la está bajando despacio por mi espalda, haciendo que sienta los brazos y las piernas tan débiles que ya no sé siquiera si existen. Deseo que me levante y me lleve a algún lado, preferiblemente a su cama.

Sus iniciales son muy apropiadas para lo que me está haciendo sentir ahora mismo. Quiero susurrar «¡OMG!» una y otra vez.

Me aparto de su pecho y lo miro. Ya no sonríe. Me mira con unos ojos que parecen mil tonos más oscuros que cuando entramos en el bar.

Separo mis manos y deslizo una por su cuello. Me sorprende sentirme lo bastante cómoda para hacerlo, aunque más me sorprende su reacción. Exhala con suavidad y noto que un escalofrío le recorre la piel del cuello mientras cierra los ojos y apoya la frente en la mía.

—Estoy bastante seguro de que acabo de enamorarme de esta canción —dice—. Y eso que la odio…

Me río un poco y él me acerca más, invitándome a apoyar la cabeza contra su torso. No hablamos ni dejamos de bailar hasta que termina la canción. Cuando empieza a sonar la tercera, descubro que no es algo que me apetezca bailar, teniendo en cuenta que no es lenta. Cuando ambos aceptamos que el baile ha terminado, inspiramos hondo a la vez y empezamos a separarnos.

Tiene una expresión concentrada en la cara y, aunque me gusta su sonrisa, también me gusta mucho cuando me mira así. Le aparto los brazos del cuello y él me quita las manos de la cintura, así que nos quedamos de pie en la pista de baile, mirándonos con incomodidad, sin saber qué hacer.

—Lo que pasa con el baile —dice al tiempo que cruza los brazos delante del pecho— es que sin importar lo bien que te sientas mientras bailas, siempre es incomodísimo cuando se acaba.

Me siento bien al saber que no soy solo yo quien no sabe qué hacer ahora. Me pone una mano en un hombro y me da un apretón para que vuelva a la barra.

—Tenemos bebidas que terminar.

—Y patatas fritas que comer —añado.

No volvemos a bailar. De hecho, en cuanto regresamos a la barra, Owen parece tener prisa por irse. Me como casi todas las patatas fritas mientras él charla un poco más con Harrison. Se da cuenta de que no me gusta mucho la bebida, así que se la termina por mí. Entonces, regresamos caminando al estudio, y la situación es un poco incómoda, como cuando acabamos de bailar, solo que ahora lo que acaba es la noche, y las pocas ganas que tengo de despedirme de él no me hacen ni pizca de gracia. Claro que no pienso dejar que volvamos a su estudio.

—¿Por dónde está tu casa? —me pregunta.

Desvío la mirada hacia sus ojos y me sorprende su atrevimiento.

—No vas a venir —le digo de inmediato.

—Auburn —dice entre carcajadas—, es tarde. Me estoy ofreciendo a acompañarte a casa, no a pasar la noche contigo.

Tomo aire, avergonzada por mi suposición.

—¡Ah! —Señalo a la derecha—. Vivo a unas quince manzanas en esa dirección.

Él sonríe y hace un gesto con la mano hacia donde he señalado, y echamos a andar.

—Pero si te *pidiera* que pasáramos la noche juntos…

Me río y lo empujo en plan juguetón.

—Te mandaría a la mierda.

CAPÍTULO CUATRO

Owen

Si volviera a tener once años, agitaría mi Bola 8 Mágica y le haría preguntas tontas, como: «¿Le gusto a Auburn Mason Reed? ¿Cree que soy guapo?».

Y a lo mejor estoy haciendo suposiciones basándome en su forma de mirarme ahora mismo, pero supongo que la respuesta sería «Desde luego que sí».

Seguimos alejándonos del bar en dirección a su apartamento, y teniendo en cuenta que está a unas cuantas manzanas de distancia, seguramente se me ocurran suficientes preguntas durante el trayecto como para conocerla mucho mejor. Lo que más deseo saber desde que la vi delante de la puerta de mi estudio esta tarde es por qué ha vuelto a Texas.

—No me has dicho por qué te has mudado a Texas.

Parece alarmada por mi comentario, pero no sé por qué.

—No he dicho en ningún momento que no soy de Texas.

Sonrío para disimular mi error. Yo no debería estar al tanto de esa información, porque Auburn desconoce que cuento con más información suya de la que ella me ha dado esta noche. Hago todo lo que puedo para disimular lo que estoy pensando, porque si le dijera la verdad ahora, parecería que le he estado ocultando cosas durante la mayor parte de la noche. Que es lo que he hecho en realidad, pero ya es demasiado tarde para admitirlo.

—Ni falta que hace que me lo digas. Tu acento te delata.

Me mira fijamente y me doy cuenta de que no va a responder a mi pregunta, así que pienso en otra para sustituirla, aunque la siguiente es todavía más arriesgada.

—¿Tienes novio?

Aparta la mirada con rapidez y me da un vuelco el corazón porque, por algún motivo, parece culpable. Supongo que eso significa que tiene novio, y que las chicas que tienen novio no deberían bailar con otros chicos como hemos bailado hace un rato.

—No.

Mi corazón se siente más ligero al instante. Sonrío de nuevo, por millonésima vez desde que la vi por primera vez en mi puerta esta tarde. No sé si ya lo sabe, pero casi nunca sonrío.

Espero a que me haga una pregunta, pero guarda silencio.

—¿Vas a preguntarme si tengo novia?

Ella se ríe.

—No. Se peleó contigo la semana pasada.

¡Ah, sí! Se me ha olvidado que ya lo habíamos hablado.

—Qué suerte la mía.

—No seas tan cruel —dice al tiempo que frunce el ceño—. Seguro que fue una decisión difícil para ella.

Disiento con un movimiento de cabeza.

—Fue una decisión fácil para ella. Es una decisión fácil para todas ellas.

Hace una pausa de uno o dos segundos, y me mira con recelo antes de empezar a andar de nuevo.

—¿Para todas ellas?

Soy consciente de que no voy a quedar muy bien explicando esto, pero no pienso mentirle. Además, si le digo la verdad, puede que siga confiando en mí y me haga todavía más preguntas.

—Sí. Se pelean mucho conmigo.

Ella me mira con el ceño fruncido y los ojos entrecerrados.

—¿Cuál crees que es el motivo, Owen?

Intento amortiguar la dureza de la frase que está a punto de salir de mi boca hablando con más suavidad, pero no es algo que me apetezca admitir abiertamente delante ella.

—No soy un buen novio.

Ella desvía la mirada, supongo que porque no quiere que vea la decepción en sus ojos. Sin embargo, la veo de todos modos.

—¿Por qué eres un mal novio?

Seguro que hay muchas razones, pero me centro en las respuestas más obvias.

—Les doy prioridad a muchas otras cosas antes que a mis relaciones. Para la mayoría de las chicas, no ser una prioridad es una buena razón para no querer continuar en una relación.

—La miro para ver si sigue con el ceño fruncido o si me está juzgando. En cambio, descubro que me mira con expresión pensativa y asiente con la cabeza.

—Así que, ¿Hannah se peleó contigo porque no le dedicabas tiempo?

—A eso se reduce, sí.

—¿Cuánto tiempo estuvieron juntos?

—No mucho. Unos meses. Tres, como mucho.

—¿La amabas?

Quiero mirarla, ver la expresión de su cara después de hacerme esa pregunta, pero no quiero que vea la cara que pongo yo. No quiero que piense que mi ceño fruncido significa que tengo el corazón destrozado, porque no es así. En todo caso, estoy triste por no haber podido amarla.

—Creo que el amor es una palabra difícil de definir —respondo—. Puedes amar muchas cosas de una persona y aun así no amarla en su totalidad.

—¿Lloraste?

Su pregunta me hace reír.

—No, no lloré. Estaba cabreado. Empiezo a salir con estas chicas que dicen que pueden aceptar que necesite encerrarme durante una semana seguida y, luego, cuando llega el momento, nos pasamos el tiempo que estamos juntos discutiendo sobre por qué quiero más a mi arte que a ellas.

Auburn se da media vuelta y empieza a andar hacia atrás.

—¿Y es verdad? ¿Amas más tu arte?

Ahora sí la miro a la cara.

—Desde luego.

Esboza una sonrisa titubeante, y no sé por qué le agrada mi respuesta. A la mayoría de la gente le molesta. Debería poder amar a las personas más que a mi arte, pero hasta ahora no ha sido así.

—¿Cuál es la mejor confesión anónima que has recibido?

No llevamos mucho tiempo caminando. Ni siquiera hemos llegado al final de la calle, pero la pregunta que acaba de hacer puede abrir una conversación que duraría días.

—Esa pregunta es difícil de contestar.

—¿Las guardas todas?

Asiento con la cabeza.

—No he tirado ninguna. Ni las horribles.

Eso la sorprende.

—Define «horrible».

Echo un vistazo por encima del hombro hacia el final de la calle, en dirección a mi estudio. No sé por qué se me pasa por la cabeza la idea de enseñárselas todas, porque nunca he compartido las confesiones con nadie.

Claro que ella no es cualquiera.

Cuando vuelvo a mirarla, sus ojos tienen una expresión esperanzada.

—Puedo enseñártelo —le digo.

Su sonrisa se ensancha con mis palabras y, de inmediato, deja de andar hacia su casa para dirigirse a la mía.

Una vez arriba, abro la puerta y dejo que cruce el vano que, hasta ahora, solo había cruzado yo. Esta es la habitación en la que pinto. Esta es la habitación en la que guardo las confesiones. Esta es la habitación que constituye la parte más privada de mí mismo. En cierto modo, podría decirse que esta habitación guarda mi confesión.

Aquí hay varios cuadros que nunca le he enseñado a nadie. Unos cuadros que nunca verán la luz del día, como el que está mirando ahora.

Toca el lienzo y pasa los dedos por la cara del hombre, trazando sus ojos, su nariz y sus labios.

—Esto no es una confesión —dice, leyendo el papel que hay al lado del cuadro. Me mira—. ¿Quién es?

Me acerco a ella y miro el cuadro.

—Mi padre.

Jadea en silencio y pasa los dedos sobre las palabras escritas en el trozo de papel.

—¿Qué significa *Solo tristeza*?

Desliza los dedos por las afiladas líneas blancas del cuadro, y me pregunto si alguien le habrá dicho alguna vez que a los artistas no les gusta que toquen sus cuadros.

En este caso no es así, porque quiero verla mientras los toca todos. Me encanta que no pueda mirarlos sin sentirlos con los ojos y las manos. Me mira expectante, a la espera de que le explique el significado del título.

—Significa que solo hay mentiras. —Me alejo antes de que pueda ver la expresión de mi cara. Levanto las tres cajas que guardo en un rincón y las llevo al centro de la estancia. Me siento en el suelo de hormigón y le hago señas para que haga lo mismo.

Ella se sienta con las piernas cruzadas frente a mí, de manera que las cajas quedan entre los dos. Aparto las dos más pequeñas y las dejo a un lado, luego abro la tapa de la caja más grande. Ella mira hacia el interior, mete la mano en el montón de confesiones y saca una al azar para leerla en voz alta.

—«He perdido más de cincuenta kilos en el último año. Todo el mundo cree que es porque he descubierto una nueva forma de vida sana, pero en realidad es porque sufro de depresión y ansiedad, y no quiero que nadie lo sepa». —Mete la confesión en la caja y saca otra—. ¿Vas a usar alguna de estas para pintar? ¿Por eso las guardas aquí?

Niego con la cabeza.

—Aquí es donde guardo las que de una forma u otra se repiten. Aunque te sorprenda, los secretos de la gente se parecen mucho.

Lee otra.

—«Odio a los animales. A veces, cuando mi marido trae un cachorro para los niños, espero unos días y lo dejo a kilómetros de casa. Luego finjo que se ha escapado». —Frunce el ceño al acabar de leerla—. ¡Madre mía! —exclama mientras saca unas cuantas más—. ¿Cómo conservas la fe en la humanidad después de leer esto todos los días?

—Es fácil —le aseguro—. En realidad, me ayuda a apreciar más a la gente, porque sé que todos tenemos una capacidad asombrosa para crear una fachada. Sobre todo delante de nuestros seres queridos.

Deja de leer la confesión que tiene en las manos y sus ojos se encuentran con los míos.

—¿Te asombra que la gente pueda mentir tan bien?

Niego la cabeza.

—No, pero sí me alivia saber que todo el mundo lo hace. Me ayuda a pensar que mi vida a lo mejor no es tan mierdosa como siempre he creído que es.

Me mira con una sonrisa tranquila y sigue rebuscando en la caja. La observo. Algunas de las confesiones la hacen reír. Otras hacen que frunza el ceño. Otras la hacen desear no haberlas leído nunca.

—¿Cuál es la peor que has recibido?

Sabía lo que me esperaba. Me gustaría mentirle y decirle que tiro muchas; pero, en cambio, señalo la caja más pequeña. Ella se inclina hacia delante y la toca, pero no la acerca.

—¿Qué hay aquí?

—Las confesiones que no quiero volver a leer.

Mira la caja y la destapa despacio. Coge una de las confesiones de la parte superior.

—«Mi padre lleva…» —Su voz se apaga y me mira con una tristeza sobrecogedora. Veo el suave movimiento de su garganta al tragar y luego vuelve a mirar la confesión. —«Mi padre lleva acostándose conmigo desde que cumplí los ocho años. Ahora tengo treinta y tres, estoy casada y tengo hijos, pero sigo teniendo demasiado miedo para decirle que no». —En vez de devolver la confesión al interior, la arruga en un puño y la lanza contra la caja, como si estuviera enfadada con ella. Vuelve a taparla y le da un empujón que la envía a varios metros de distancia.

Está claro que la odia tanto como yo.

—Toma —le digo al tiempo que le entrego la caja que no ha abierto—. Lee un par de estas. Te sentirás mejor.

Saca una de las confesiones, aunque titubea. Antes de

leerla, se endereza, estira la espalda y toma una honda bocanada de aire.

—«Cada vez que salgo a comer, le pago en secreto la comida a alguien. No puedo permitírmelo, pero lo hago porque me siento bien al imaginar cómo debe de ser ese momento para ellos, cuando un completo desconocido tiene un gesto tan amable sin esperar nada a cambio». —Sonríe, pero necesita otra confesión buena.

Rebusco en la caja hasta que encuentro una escrita en una cartulina azul.

—Lee esta. Es mi preferida.

—«Por las noches, cuando mi hijo se duerme, escondo un juguete nuevo en su habitación. Por la mañana, cuando se despierta y lo encuentra, finjo no saber cómo ha llegado hasta allí. Porque la Navidad debería llegar todos los días y no quiero que mi hijo deje de creer en la magia». —Se ríe y me mira, encantada—. Ese niño se pondrá muy triste cuando llegue a la universidad y no descubra un juguete nuevo por las mañanas en la residencia de estudiantes. —La guarda de nuevo en la caja y sigue rebuscando—. ¿Alguna de estas es tuya?

—No. No he escrito ninguna.

Me mira sorprendida.

—¿Nunca?

Niego con la cabeza y ella ladea la suya, desconcertada.

—Eso no está bien, Owen. —Se levanta de inmediato y sale de la habitación. No sé bien qué está pasando, pero vuelve antes de que me tome la molestia de levantarme y seguirla—. Toma —me dice, y me ofrece una hoja de papel y un bolígrafo. Se sienta de nuevo en el suelo frente a mí, señala el papel con la cabeza y me anima a escribir.

Miro el papel cuando la oigo decir:

—Escribe algo sobre ti que nadie sepa. Algo que nunca le hayas contado a nadie.

Sonrío cuando dice eso, porque podría contarle muchísimas cosas. Tantas que seguramente ni se las creería. Tantas que no estoy seguro de querer contárselas.

—Toma. —Rompo el papel por la mitad y le doy un trozo—. Tú también tienes que escribir una.

Escribo primero la mía, pero en cuanto termino, ella me quita el bolígrafo. Escribe la suya sin titubear. Luego la dobla y hace ademán de tirar el papel en la caja, pero se lo impido.

—Tenemos que intercambiarlas.

Ella niega de inmediato con la cabeza.

—No vas a leer la mía —dice, rotunda.

Es tan inflexible que me dan todavía más ganas de leerla.

—Si nadie la lee, no es una confesión. Solo es un secreto no compartido.

Mete la mano dentro de la caja y deja la suya junto a las demás confesiones.

—No tienes que leerla delante de mí para que se considere una confesión. —Me quita el papel de las manos y lo mete en la caja junto con el suyo y todos los demás—. Las otras no las lees en cuanto acaban de escribirlas.

Tiene razón, pero me decepciona muchísimo no saber lo que acaba de escribir. Quiero tirar la caja al suelo y rebuscar entre todas las confesiones hasta encontrar la suya, pero ella se levanta y me agarra la mano.

—Acompáñame a casa, Owen. Se está haciendo tarde.

Hacemos en silencio casi todo el trayecto hasta su apartamento. No es un silencio incómodo. Creo que estamos callados porque ninguno de los dos está preparado para despedirse todavía.

Cuando llegamos a la puerta de su edificio, no se detiene para despedirse de mí. Sigue hacia el interior, esperando que yo la siga.

Lo hago.

La sigo hasta el 1408. Me quedo mirando la placa de peltre con el número que hay en su puerta y quiero preguntarle si ha visto alguna vez la película de terror *1408*, con John Cusack, pero me preocupa que, si no la ha visto, no le guste que haya una película de terror que tenga por título el número de su apartamento.

Introduce la llave en la cerradura y empuja la puerta. Una vez abierta, se da media vuelta para mirarme, no sin antes señalar el número.

—Espeluznante, ¿verdad? ¿Has visto la película?

Asiento con la cabeza.

—No quería sacar el tema.

Mira el número y suspira.

—Encontré a mi compañera de apartamento por internet, así que ya vivía aquí. Lo creas o no, Emory podía elegir entre tres apartamentos y eligió este por la escalofriante correlación con la película.

—Eso es un poco aterrador.

Ella asiente con la cabeza y suspira.

—Emory es… diferente. —Se mira los pies.

Tomo una bocanada de aire y miro al techo.

Nuestras miradas se cruzan y detesto este momento. Lo detesto porque no he terminado de hablar con ella, pero es hora de que me vaya. Es demasiado pronto para un beso, pero nos rodea la incomodidad de una primera cita que llega a su fin. Detesto este momento porque soy consciente de lo incómoda que se siente ella mientras espera a que le dé las buenas noches.

En vez de hacer lo esperado, señalo el interior de su apartamento.

—¿Te importa si uso tu baño antes de volver? —Es una excusa bastante platónica, pero por lo menos me ofrece la oportunidad de hablar más con ella. Auburn echa un vistazo al interior y veo un atisbo de duda en su expresión, porque no me conoce y no sabe que jamás le haría daño, y quiere hacer lo correcto y protegerse. Eso me gusta. Mi preocupación disminuye un poco al comprobar que tiene un mínimo de instinto de supervivencia. Esbozo una sonrisa inocente—. Ya te he prometido que no voy a torturarte, ni a violarte ni a matarte.

No sé por qué se siente mejor al oírme, pero se ríe.

—Bueno, como me lo has prometido… —dice al tiempo que abre más la puerta para que pueda entrar—, pero por si acaso, quiero que sepas que grito muy fuerte. Tanto como Jamie Lee Curtis.

No debería pensar en ella gritando, pero no he sido yo quien ha sacado el tema.

Me señala el cuarto de baño, así que entro y cierro la puerta. Me agarro a los bordes del lavabo mientras me miro en el espejo. Intento repetirme que solo es una coincidencia. Su aparición en mi puerta esta tarde. El identificarse con mi arte. Que compartamos el segundo nombre.

«Podría ser cosa del destino, ¿sabes?».

CAPÍTULO CINCO

Auburn

No puedo creer lo que estoy haciendo. Yo no hago este tipo de cosas. No invito a chicos a mi casa.

Texas me está convirtiendo en una puta.

Empiezo a preparar una cafetera, aunque sé muy bien que no necesito cafeína. Claro que, después del día que he tenido, sé que de todos modos no podré dormir, así que, ¿qué más da?

Owen sale del cuarto de baño, pero no vuelve a la puerta. En cambio, le llama la atención un cuadro en la pared más alejada del salón. Se acerca despacio a él y lo mira.

Más le vale no decir nada negativo, aunque es un artista. Seguro que lo critica. Lo que no sabe es que ese cuadro es lo último que Adam me hizo antes de morir y que para mí tiene más valor que cualquier otra cosa que poseo. Si Owen lo critica, lo echo. Sea lo que sea el coqueteo este que nos traemos entre los dos, acabará más deprisa de lo que ha empezado.

—¿Es tuyo? —pregunta, señalando el cuadro.

Allá vamos.

—Es de mi compañera de apartamento —miento.

Tengo la sensación de que será más sincero con su crítica si cree que no es mío.

Me mira en silencio durante unos segundos antes de volver a mirar el cuadro. Pasa los dedos por el centro, donde las dos manos se separan.

—Increíble —dice en voz baja, como si ni siquiera se dirigiese a mí.

—Lo era —replico en voz baja, a sabiendas de que puede oírme, pero sin importarme realmente—. ¿Quieres un café?

Dice que sí sin volverse para mirarme. Se queda observando el cuadro un rato más y luego sigue dando vueltas por el salón, fijándose en todo. Por suerte, como la mayoría de mis cosas siguen en Oregón, el único rastro de mí en todo el apartamento es ese cuadro, así que no podrá averiguar nada más sobre mí.

Le sirvo una taza de café y la deslizo por la encimera. Entra en la cocina y se sienta antes de acercarse el café. Le paso la crema y el azúcar cuando termino de echarme, pero las rechaza y bebe un sorbo.

No puedo creer que esté sentado aquí, en mi apartamento. Lo que me sorprende todavía más es que me siento un poco cómoda con él. Seguramente es el único chico desde Adam con el que he tenido ganas de coquetear. No es que no haya salido con nadie desde entonces. He tenido algunas citas. Bueno, dos. Y solo una de ellas terminó con un beso.

—¿Has dicho que conociste a tu compañera de apartamento por internet? —me pregunta—. ¿Cómo fue la cosa?

Parece querer ir directo al grano con sus preguntas profundas, así que me alivia que por fin me haga una ligera.

—Mandé el currículo a una oferta de empleo *online* cuando decidí mudarme aquí desde Portland. Habló conmigo por teléfono y al final de la conversación me había invitado a mudarme con ella y compartir el alquiler.

Sonríe.

—Debe de haber sido una gran primera impresión.

—No fue por eso —le aseguro—. Es que necesitaba a alguien con quien compartir el alquiler o la habrían echado.

Se ríe.

—Eso es tener el don de la oportunidad.

—Mira quién habla…

—Eso es tener el don de la oportunidad —repite con una sonrisa.

Me río al escucharlo. No es lo que me esperaba al principio, cuando entré en su estudio. Suponía que los artistas eran criaturas calladas, melancólicas y emocionales. En realidad, Owen parece tener la cabeza en su sitio. Es muy maduro para su edad, teniendo en cuenta que dirige un negocio de éxito, pero también tiene los pies en la tierra y es… gracioso. Su vida parece tener un buen equilibrio, y eso es seguramente lo que más me atrae de él.

Sin embargo, tengo sentimientos encontrados, porque puedo ver hacia dónde se dirige esto. Y para una típica chica de veinte años, sería algo emocionante y divertido. Algo que le estarías contando a tu mejor amiga por mensaje de texto. «Oye, he conocido a un chico guapísimo y con mucho éxito, y encima parece normal».

El problema es que mi situación es cualquier cosa menos típica, lo que explica el cúmulo de dudas que no deja de crecer junto a mi nerviosismo y mi expectación. Me genera curiosidad y, de vez en cuando, me sorprendo mirándole los labios, el cuello o las manos, que parecen capaces de hacer un montón de cosas magníficas, además de pintar.

Sin embargo, la indecisión que siento se debe en gran parte a mí y a mi inexperiencia, porque no estoy segura de saber qué hacer con las manos si llegara el caso. Intento recordarme escenas de películas o libros en las que el chico y la chica se sienten atraídos el uno por el otro y cómo pasan de ese momento inicial de atracción al punto de… actuar en consecuencia. Hace tanto tiempo que estuve con Adam que se me ha olvidado lo que viene después.

Claro que no voy a acostarme con él esta noche, pero hace demasiado tiempo que no me siento cómoda con alguien como plantearme siquiera la idea de besarlo. No quiero que mi inexperiencia se ponga de manifiesto, aunque estoy segura de que ya lo ha hecho.

Esta falta de confianza está interfiriendo con mis pensamientos y, al parecer, con nuestra conversación, porque yo no hablo y él se limita a mirarme.

Y me gusta. Me gusta cuando me mira fijamente, porque hacía mucho tiempo que no me sentía guapa a los ojos de otra persona. Y ahora mismo me está mirando tan de cerca y con una expresión tan satisfecha y apasionada, que no me importaría que nos pasáramos el resto de la noche haciendo esto, sin hablarnos.

—Quiero pintarte —dice para romper el silencio. Su voz rebosa toda la confianza que me falta a mí.

Al parecer, a mi corazón le preocupa que me haya olvidado de que existe, porque me está recordando a toda prisa y con mucho ruido su presencia en el pecho. Hago lo que puedo para tragar saliva sin que se dé cuenta.

—¿Quieres pintarme? —pregunto con una voz tan frágil que me avergüenza.

Asiente despacio con la cabeza.

—Sí.

Sonrío e intento disimular que sus palabras acaban de convertirse en lo más erótico que me ha dicho un chico en la vida.

—Yo no… —Suspiro en un intento por calmarme—. ¿Sería…? Ya sabes… ¿Sería con ropa? Porque no voy a posar desnuda.

Espero que sonría o se ría ante este comentario, pero no lo hace. Se levanta despacio y se lleva la taza de café a la boca. Me gusta cómo se toma el café. Como si fuera tan importante que mereciera toda su atención. Cuando termina, lo deja sobre la encimera y se concentra en mí, mirándome fijamente.

—Ni siquiera tienes que estar presente cuando te pinte. Solo quiero pintarte.

No sé por qué está de pie ahora, pero me pone nerviosa. Que se ponga de pie significa que, o está a punto de irse, o está a punto de hacer un movimiento. Todavía no estoy preparada para ninguna de las dos cosas.

—¿Cómo me vas a pintar si no estoy presente? —Detesto ser incapaz de fingir la confianza que a él lo envuelve como un aura.

Confirma mi temor de que está a punto de hacer un movimiento, porque rodea despacio la encimera, acercándose a mí. Lo miro todo el tiempo, hasta que apoyo la espalda en la encimera y lo tengo justo delante. Levanta la mano derecha y (sí, ya sé que estás ahí, corazón) me roza levemente la barbilla con los dedos, levantándome despacio la cara. Jadeo. Me clava la mirada en la boca antes de recorrer despacio mis rasgos, deteniéndose en cada uno de ellos, concentrándose por completo en cada parte de mí, desde el cuello hacia arriba. Veo que desliza la mirada de mi mentón a mis pómulos y a mi frente antes de volver a los ojos.

—Te pintaré de memoria —dice mientras me suelta la cara. Retrocede dos pasos hasta encontrarse con la encimera a su espalda. No me doy cuenta de lo fuerte que respiro hasta que veo que posa la mirada en mi pecho durante un breve segundo. Sin embargo, no tengo tiempo de preocuparme por si mi reacción le resulta evidente o no, la verdad, porque lo único en que puedo concentrarme ahora es en cómo conseguir que el oxígeno vuelva a mis pulmones y la voz a mi garganta. Tomo una temblorosa bocanada de aire y me doy cuenta de que no es café lo que necesito ahora mismo. Es agua. Agua helada. Echo a andar hacia él, abro un armarito y me sirvo un vaso de agua. Owen apoya las manos en la encimera que tiene detrás y cruza un pie sobre el otro, sin dejar de sonreírme mientras me bebo la mitad del vaso.

El sonido que hace el vaso cuando lo dejo sobre la encimera es un poco más fuerte y dramático de la cuenta, y lo hace reír. Me limpio la boca y me regaño en silencio por ser tan transparente.

Deja de reírse porque lo llaman por teléfono. Se incorpora enseguida y se saca el móvil del bolsillo. Mira la pantalla, lo silencia y lo vuelve a guardar. Recorre de nuevo el salón con la mirada antes de posarla de nuevo en mí.

—Debería irme.

¡Vaya! Pues sí que ha ido bien la cosa…

Asiento con la cabeza y me hago con su taza cuando la desliza hacia mí. Me doy media vuelta y empiezo a lavarla.

—En fin, gracias por el trabajo —le digo—. Y por acompañarme a casa.

No me vuelvo para verlo marcharse. Siento que mi evidente inexperiencia ha acabado con el buen rollo que teníamos. Y no estoy enfadada conmigo misma por eso; estoy enfadada con él. Me molesta que se desanime porque no soy atrevida y no me lanzo sobre él. Me molesta que reciba una llamada, seguramente de Hannah, y la use de inmediato como una oportunidad para irse.

Que es justo por lo que nunca hago cosas como esta.

—No era una chica.

Su voz me sobresalta, me doy media vuelta enseguida y me lo encuentro justo detrás. Hago ademán de responder, pero no sé qué decir, así que cierro la boca. Me siento estúpida por haberme enfadado tanto hace un momento, aunque él no tiene ni idea de lo que se me ha pasado por la cabeza.

Se acerca un paso y yo me aprieto contra la encimera que tengo detrás, dejando entre nosotros el medio metro de espacio que necesito para mantener la coherencia.

—No quiero que pienses que me voy porque me acaba de llamar otra chica —añade, para explicar su comentario con más detalle.

Me encanta que acabe de decirlo, y me ayuda a desterrar todos los pensamientos negativos que tenía sobre él. Tal vez me haya equivocado. De vez en cuando, reacciono de forma irracional.

Me doy media vuelta y clavo la mirada en el fregadero porque no quiero que vea lo mucho que me complace que no se estuviera inventando una excusa para marcharse.

—No es asunto mío quién te llama, Owen.

Sigo mirando hacia el fregadero cuando él planta las manos en la encimera a ambos lados de mí. Me acerca su cara a un lado de mi cabeza, y siento su aliento en el cuello. No sé cómo pasa, pero se me mueve todo el cuerpo involuntariamente hasta que tengo su torso pegado a la espalda. No estamos tan cerca como durante el baile, pero la sensación es mucho más íntima si tenemos en cuenta que no estamos bailando.

Apoya su barbilla en mi hombro, y cierro los ojos y aspiro hondo. Lo que me hace sentir es muy abrumador, y me cuesta mantenerme de pie. Me agarro a la encimera, con la esperanza de que no se dé cuenta de lo blancos que tengo los nudillos.

—Quiero verte de nuevo —susurra.

No pienso en todos los motivos que convierten eso en una mala idea. No pienso en lo que debería estar pensando de verdad. En cambio, pienso en lo bien que me siento cuando lo tengo tan cerca de mí y en lo mucho que quiero experimentar esta sensación más veces. Todas las partes malas de mí le responden y obligan a mi voz a decir:

—De acuerdo —digo, porque todas las partes buenas de mí son demasiado débiles como para oponerse.

—Mañana por la noche —sigue—. ¿Vas a estar en casa?

Me pongo a pensar en mañana y, durante unos segundos, no tengo ni idea de qué mes es, y mucho menos del día de la semana. Después de recordar dónde estoy y quién soy, y que todavía es jueves y que mañana es viernes, llego a la conclusión de que, de hecho, mañana por la noche no tengo nada planeado.

—Sí —susurro.

—Bien —dice.

Estoy casi segura de que está sonriendo. Se lo noto en la voz.

—Pero... —replico antes de darme media vuelta y mirarlo— creía que habías aprendido la lección sobre no mezclar negocios y placer. ¿No ha sido eso lo que te ha llevado a estar hoy en un apuro?

Sonríe y suelta una carcajada muy sutil.

—Date por despedida.

Sonrío, porque no estoy segura de haberme alegrado tanto en la vida de perder un trabajo. Elegiría verlo mañana por la noche antes que trabajar por cien dólares la hora cualquier día. Y eso me sorprende. Mucho.

Se da media vuelta y echa a andar hacia la puerta principal.

—Hasta mañana por la noche, Auburn Mason Reed.

Los dos sonreímos cuando nos miramos durante los dos segundos que tarda en cerrar la puerta. Me inclino hacia delante y apoyo la cabeza en los brazos, aspirando todo el aire que me ha faltado esta noche y que va directo a los pulmones.

—¡Uf! ¡Madre mía! —susurro. Sin duda, ha sido un cambio inesperado en mi rutina habitual.

Un golpe repentino en la puerta me sobresalta y me pongo en pie justo cuando la puerta empieza a abrirse. Owen reaparece en el vano de la puerta.

—¿Te importaría cerrar la puerta detrás de mí? No vives en el mejor barrio de la ciudad.

No puedo contener la sonrisa al oír su petición. Me acerco a la puerta y él la abre un poco más.

—Y otra cosa —añade—. No deberías seguir con tanta alegría a un desconocido al interior de un edificio. No es muy inteligente para una chica que no sabe nada de Dallas.

Entrecierro los ojos.

—Bueno, tú no deberías estar tan desesperado por contratar a alguien —replico en mi defensa. Levanto una mano hacia la cerradura de la puerta, pero en vez de cerrarla, Owen la abre todavía más.

—Y no sé cómo está la cosa en Portland, pero tampoco deberías dejar que un desconocido entre en tu apartamento.

—Me has acompañado a casa. No podía negarte que usaras el cuarto de baño.

Se echa a reír.

—Gracias. Te lo agradezco. Pero no dejes que nadie más lo use, ¿quieres?

Lo miro con una sonrisa coqueta, orgullosa de que por lo menos eso me salga natural.

—¿No hemos salido todavía y ya me estás diciendo quién puede usar mi cuarto de baño?

Me mira con la misma sonrisa.

—No puedo evitar sentirme un poquito posesivo. Es un baño muy bonito.

Pongo los ojos en blanco y hago ademán de cerrar la puerta.

—Buenas noches, Owen.

—Lo digo en serio —me asegura—. Tienes hasta esos jaboncitos con forma de caracolas tan bonitos. Me encantan.

Los dos nos reímos mientras me mira a través de la rendija de la puerta. Justo cuando cierro y echo el pestillo, vuelve a llamar. Meneo la cabeza y abro la puerta, pero esta vez se queda enganchada la cadena de seguridad.

—¿Y ahora qué?

—¡Es medianoche! —exclama, frenético, mientras golpea la puerta—. Llámala. Llama a tu compañera de apartamento.

—¡Ay, mierda! —murmuro. Saco el teléfono y empiezo a marcar el número de Emory.

—Estaba a punto de llamar al 911 —me dice ella al contestar.

—Lo siento, casi se nos olvida.

—¿Necesitas usar la contraseña? —me pregunta.

—No, estoy bien. Ya le he cerrado la puerta, así que no creo que vaya a asesinarme esta noche.

Emory suspira.

—Qué pena —dice—. A ver, no lo de que no te haya asesinado —se apresura a añadir—. Es que tenía muchas ganas de oírte decirla.

Me echo a reír.

—Siento que mi seguridad te decepcione.

Suspira de nuevo.

—¿Por favor? Dila solo una vez.

—Muy bien —replico con un gemido—. Vestido de carne. ¿Ya estás contenta?

Se hace un breve silencio antes de que ella responda:

—Pues no lo sé. Ahora no estoy segura de si has dicho la contraseña solo para hacerme feliz o si estás en peligro de verdad.

Me echo a reír.

—Estoy bien. Te veo cuando vuelvas a casa. —Cuelgo el teléfono y miro a Owen a través de la abertura de la puerta. Tiene una ceja levantada y la cabeza ladeada.

—¿La contraseña era «vestido de carne»? Un poco morboso, ¿no te parece?

Sonrío, porque en cierto modo lo es.

—También lo es elegir un apartamento basándose en su conexión con una película de terror. Ya te he dicho que Emory es diferente.

Asiente con la cabeza.

—Me lo he pasado bien esta noche —le digo.

Sonríe.

—Yo me lo he pasado más bien.

Los dos sonreímos, un poco bobos, hasta que me enderezo y decido cerrar la puerta definitivamente esta vez.

—Buenas noches, Owen.

—Buenas noches, Auburn —dice—. Gracias por no corregirme la gramática.

—Gracias por no matarme —replico.

Se le borra la sonrisa.

—De momento.

No sé si reírme de ese comentario.

—Que es broma —dice en cuanto ve la cara que pongo—. Mis chistes siempre caen en saco roto cuando intento impresionar a una chica.

—No te preocupes —replico para tranquilizarlo—. Me he quedado impresionada nada más entrar en tu estudio esta noche.

Sonríe agradecido y desliza la mano por el hueco de la puerta antes de que pueda volver a cerrarla.

—Espera —dice, moviendo los dedos—. Dame la mano.

—¿Para qué? ¿Para que me digas que no debo tocar las manos de los desconocidos a través de las puertas entreabiertas?

Desecha mi pregunta con un gesto de la cabeza.

—No somos desconocidos, Auburn. Dame la mano.

Subo los dedos con timidez y apenas los rozo con los suyos. No estoy segura de lo que hace. Posa la mirada en nuestros dedos y apoya la cabeza en el marco de la puerta. Yo hago lo mismo, y ambos nos miramos las manos mientras él desliza los dedos entre los míos.

Estamos en dos lados separados de una puerta entreabierta, con la cadena echada, así que no tengo ni idea de por qué el simple hecho de tocarle la mano me obliga a apoyarme en la pared para mantenerme en pie, pero eso es justo lo que hago. Siento escalofríos en los brazos y cierro los ojos.

Me roza la palma con delicadeza y me recorre la mano con los dedos. Se me acelera la respiración y empieza a temblarme la mano todavía más. No puedo abrir la puerta para meterlo de un tirón y suplicarle que me haga lo mismo que me está haciendo en la mano.

—¿Sientes eso? —susurra.

Asiento con la cabeza, porque sé que me está mirando. Noto su mirada. No vuelve a hablar y detiene la mano sobre la mía, así que abro los ojos despacio. Sigue mirándome a través de la rendija de la puerta, pero en cuanto abro del todo los ojos, aparta a toda prisa la cabeza del marco y retira la mano, dejando la mía vacía.

—¡Joder! —dice al tiempo que se endereza. Se pasa la mano por el pelo y luego se aferra la nuca—. Lo siento. Soy ridículo. —Se suelta el cuello y agarra el pomo de la puerta—. Esta vez me voy de verdad. Antes de que te asuste —añade con una sonrisa.

Sonrío.

—Buenas noches, OMG.

Menea despacio la cabeza mientras entrecierra los ojos juguetonamente.

—Tienes suerte de que me caigas bien, Auburn Mason Reed.

Y cierra la puerta.

—¡Ay, Dios! —susurro. Creo que me he enamorado de ese chico.

—Auburn.

Gimo, porque no estoy preparada para despertarme, pero alguien me pone la mano en el hombro y me zarandea.

Qué poca consideración.

—Auburn, despierta. —Es la voz de Emory—. La policía está aquí.

Me pongo de costado de inmediato y la veo de pie junto a mí. Tiene el rímel corrido por los párpados inferiores y el pelo rubio de punta. Verla tan desaliñada me asusta más que oírla decir que la policía está aquí. Me incorporo en la cama. Intento buscar el despertador para mirar la hora, pero no se me abren los ojos lo suficiente como para verlo.

—¿Qué hora es?

—Las nueve pasadas —contesta—. Y... ¿me has escuchado? He dicho que hay un poli aquí. Pregunta por ti.

Salgo de la cama y busco los vaqueros. Los encuentro arrugados en el suelo al otro lado de la cama. En cuanto consigo abrochármelos, saco una camiseta del armario.

—¿Tienes problemas? —me pregunta Emory, que a estas alturas está de pie junto a la puerta.

¡Mierda! Se me ha olvidado que no sabe nada de mí.

—No es la policía —le digo—. Solo es Trey, mi cuñado.

Me doy cuenta de que sigue desconcertada, y tiene sentido, dado que no es mi cuñado de verdad. Solo que resulta más fácil referirme a él de esa manera en algunas ocasiones. Abro la puerta de mi dormitorio y veo a Trey de pie en la cocina, preparándose un café.

—¿Todo bien? —le pregunto. Se da media vuelta y, en cuanto veo su sonrisa, sé que todo está bien. Solo ha venido de visita.

—Todo bien —me contesta—. Acabo de terminar el turno y estaba por el barrio. Se me ha ocurrido traerte el desayuno. —Levanta una bolsa y la desliza por la encimera hacia mí.

Emory me rodea y abre la bolsa.

—¿Es verdad? —pregunta, mirando a Trey—. ¿Es verdad que a los policías les dan todas las donas gratis que quieran? —Saca uno de los dulces y se lo mete en la boca de camino al salón. Trey la mira con desdén, pero ella no se da cuenta. Me pregunto si Emory es consciente de que hoy no se ha mirado en el espejo. Dudo que le importe. Eso me encanta de ella.

—Gracias por el desayuno —le digo a Trey. Me siento a la encimera, confundida porque le parezca bien pasarse por aquí sin avisar. Sobre todo tan temprano. Pero no digo nada, porque estoy segura de que estoy de mal humor por haber trasnochado—. ¿Lydia vuelve a casa hoy?

Niega con la cabeza.

—Mañana por la mañana. —Deja la taza en la encimera—. ¿Dónde estuviste anoche?

Ladeo la cabeza, preguntándome a qué viene eso.

—¿Qué quieres decir?

Me mira fijamente.

—Dice que la llamaste con más de una hora de retraso.

Ahora entiendo por qué está aquí. Suspiro.

—¿De verdad querías traerme el desayuno o lo estás usando como excusa para ver cómo ando?

La mirada ofendida que me echa hace que me arrepienta del comentario. Resoplo exasperada y apoyo los brazos en la encimera.

—Estaba trabajando —explico—. Estaba trabajando en una galería de arte para ganar dinero extra.

Trey está en el mismo sitio que Owen anoche. Trey y Owen

seguramente sean de la misma estatura, pero por alguna razón Trey parece más intimidante. No sé si es porque siempre lleva uniforme de policía o si son las facciones endurecidas. Parece que siempre tiene los ojos oscuros entrecerrados, y el ceño, fruncido, mientras que Owen no puede evitar sonreír. Solo de pensar en Owen y en que volveré a verlo esta noche me pongo de mejor humor.

—¿Una galería de arte? ¿Cuál?

—La que está en Pearl, cerca de mi trabajo. Se llama Confesiones.

Trey aprieta los dientes y deja la taza en la encimera.

—La conozco —dice—. El hijo de Callahan Gentry es el dueño de ese edificio.

—¿Se supone que debo saber quién es Callahan Gentry?

Menea la cabeza y vacía la taza en el fregadero.

—Cal es abogado —explica—. Y su hijo es problemático.

Hago una mueca al oír el insulto, porque no lo entiendo. Owen es la última persona a la que asociaría con la palabra «problemático». Trey levanta las llaves de la encimera y hace ademán de salir de la cocina.

—No me gusta la idea de que trabajes para él.

No es que la opinión de Trey me importe mucho, pero sí me molesta que haya hecho ese comentario.

—No tienes por qué preocuparte —le aseguro—. Me despidió anoche. Supongo que no soy la persona que estaba buscando para que trabaje para él. —No le digo la verdadera razón por la que me despidió anoche. Seguro que eso lo disgustaría aún más.

—Bien —replica—. ¿Vas a venir a cenar el domingo por la noche?

Lo acompaño hasta la puerta.

—Todavía no he faltado ni una sola vez, ¿verdad?

Trey se da media vuelta para mirarme después de abrir la puerta.

—A ver, tampoco te habías saltado una llamada y mira lo que pasó anoche.

Ahí le has dado, Trey.

Detesto los enfrentamientos, y mi actitud va a provocar uno si no doy marcha atrás. Lo último que me hace falta es una relación tensa con Trey o Lydia.

—Lo siento —susurro—. Anoche se me hizo tarde por haber estado en dos trabajos distintos. Gracias por el desayuno. Seré más amable la próxima vez que aparezcas sin avisar.

Sonríe y se acerca para colocarme un mechón de pelo detrás de la oreja. Es un gesto íntimo, y no me gusta que se sienta tan cómodo como para hacerlo.

—No pasa nada, Auburn. —Baja la mano y sale al pasillo—. Nos vemos el domingo por la noche.

Cierro la puerta y me apoyo en ella. De un tiempo a esta parte, siento una sensación muy rara cuando estoy con él. Cuando vivía en Portland, nunca lo veía. Sin embargo, mudarme a Texas ha hecho que esté mucho más presente en su vida, y no estoy segura de que definamos nuestra amistad de la misma manera.

—No me gusta —dice Emory.

Miro hacia el salón y la veo sentada en el sofá, comiéndose su dona mientras hojea una revista.

—Ni siquiera lo conoces —digo en defensa de Trey.

—Me gustó mucho más el chico que trajiste anoche. —No se molesta en levantar la mirada de su revista mientras me juzga.

—¿Estabas aquí anoche?

Asiente con la cabeza y bebe un largo sorbo de su refresco, de nuevo sin molestarse en mirarme a los ojos.

—Ajá.

¿Qué? ¿Por qué cree que eso está bien?

—¿Estabas aquí cuando te llamé por lo de la contraseña?

Asiente de nuevo con la cabeza.

—Estaba en mi dormitorio. Se me da muy bien escuchar a hurtadillas —responde sin inmutarse.

Asiento una vez con la cabeza y echo a andar hacia mi habitación.

—Es bueno saberlo, Emory.

CAPÍTULO SEIS

Owen

Si fuera más listo, ahora mismo estaría en mi casa, vistiéndome.

Si fuera más listo, estaría preparándome mentalmente para ir al apartamento de Auburn, ya que eso es lo que le prometí que haría esta noche.

Si fuera más listo, no estaría aquí sentado. Esperando a que mi padre entre por la puerta y me vea con las manos esposadas a la espalda.

La verdad es que no sé cómo debería sentirme ahora mismo, pero seguramente el entumecimiento no sea la respuesta adecuada. Solo sé que está a punto de cruzar esa puerta en cualquier momento, y lo último que quiero hacer es mirarlo a los ojos.

La puerta se abre.

Desvío la mirada.

Oigo sus pasos mientras entra despacio en la habitación. Cambio de postura en mi asiento, pero apenas puedo moverme por culpa del metal que se me clava en las muñecas. Me muerdo el labio inferior para no decir algo de lo que me arrepienta. Me lo muerdo tan fuerte que saboreo la sangre. Sigo evitando mirarlo y opto por concentrarme en el póster que cuelga de la pared. Es una línea de tiempo fotográfica que muestra la progresión del consumo de metanfetamina a lo largo de diez años. Lo miro fijamente, consciente de que las diez fotos son del mismo hombre y de que todas son de la ficha policial. Eso significa que lo detuvieron por lo menos diez veces.

Me lleva nueve detenciones de ventaja.

Mi padre suspira desde donde está sentado, justo en frente de mí. Suspira tan fuerte que su aliento me llega desde el otro lado de la mesa. Retrocedo unos centímetros.

Ni siquiera quiero saber lo que está pasando por su cabeza ahora mismo. Solo sé lo que pasa por la mía, y es un mar de decepción. No tanto por mi arresto, como por el hecho de haber decepcionado a Auburn. Parece haberse llevado bastantes decepciones a lo largo de su vida, y detesto estar a punto de provocarle otra más.

Lo detesto.

—Owen —dice mi padre para llamar mi atención.

No lo miro. Espero a que termine, pero no añade nada más después de pronunciar mi nombre.

No me gusta que lo único que haya dicho sea mi nombre,

porque sé que hay muchas otras cosas que quiere decirme ahora mismo. Desde luego que hay muchas cosas que yo quiero decirle, pero Callahan Gentry y su hijo no saben comunicarse muy bien.

No desde la noche que Owen Gentry se convirtió en el único hijo de Callahan Gentry.

Ese es probablemente el *único* día de toda mi vida por el que no cambiaría este. Ese día es la razón por la que sigo haciendo las cosas que hago. Ese día es la razón por la que estoy sentado aquí, a punto de tener que hablar con mi padre sobre mis opciones.

A veces, me pregunto si Carey todavía puede vernos. Me pregunto qué pensaría de lo que ha sido de nosotros.

Aparto la vista del póster de la metanfetamina y miro fijamente a mi padre. Hemos perfeccionado el arte del silencio en los últimos años.

—¿Crees que Carey puede vernos ahora mismo?

Mi padre mantiene el rostro inexpresivo. Lo único que veo en sus ojos es decepción, y no sé si es decepción porque fracasó como padre o si es decepción porque estoy en esta situación o si es decepción porque acabo de hablar de Carey.

Nunca hablo de mi hermano. Mi padre nunca habla de mi hermano. No sé por qué lo hago ahora.

Me inclino hacia delante y mantengo la mirada clavada en la suya.

—¿Qué crees que piensa de mí, papá? —pregunto en voz baja. Muy baja. Si mi voz fuera de un color, sería blanca. Mi padre aprieta los dientes, así que sigo—: ¿Crees que está decepcionado por mi incapacidad para decir que no?

Mi padre inspira hondo y aparta la mirada, rompiendo el contacto visual conmigo. Lo estoy incomodando. No puedo inclinarme más de lo que ya lo hago, así que arrimo la silla hacia él hasta que toco con el pecho la mesa que hay entre nosotros. Ya no puedo acercarme más.

—¿Qué crees que piensa Carey de *ti*, papá?

Esa frase estaría teñida de negro.

Mi padre estampa un puño contra la mesa y su silla cae hacia atrás cuando se levanta bruscamente. Da dos vueltas por la habitación y también le da una patada a la silla, que se estrella contra la pared. Sigue caminando de un extremo a otro de la pequeña habitación, que solo mide unos dos metros. Está tan cabreado que me siento mal por encontrarme en una habitación tan pequeña. El hombre necesita espacio para liberar toda su agresividad. Deberían tener en cuenta este tipo de situaciones cuando detienen a la gente y la meten en habitaciones cuadradas diminutas para reunirse con sus abogados. Porque nunca se sabe cuándo un abogado también es padre y dicho padre necesita espacio para darle rienda suelta a toda su *ira*.

Respira hondo varias veces, inhala y exhala, inhala y exhala. Como nos enseñaba a hacer a Carey y a mí cuando éramos pequeños. Al ser hermanos, nos peleábamos mucho. No más que otros hermanos, pero en aquel entonces, cuando Callahan Gentry era padre, hacía todo lo posible por enseñarnos a manejar nuestra ira internamente en vez de físicamente.

«Solo ustedes pueden controlar sus reacciones —nos decía—. Nadie más. Controlen su ira y controlarán su felicidad. Contrólense, chicos».

Me pregunto si debería repetirle esas palabras ahora mismo.

«Contrólate, papá».

Seguramente no. No quiere que lo interrumpa mientras intenta convencerse en silencio de que no he querido decir lo que he dicho. Mientras intenta decirse a sí mismo que solo lo he dicho porque estoy muy estresado.

Callahan Gentry es bueno mintiéndose a sí mismo.

Si tuviera que pintarlo ahora mismo, lo pintaría de todos los tonos de azul que pudiera encontrar. Apoya con gesto tranquilo las palmas de las manos en la mesa que nos separa. Se mira las manos y no me mira a los ojos. Inspira lentamente y suelta el aire aún más despacio.

—Pagaré tu fianza en cuanto pueda.

Quiero que piense que me da igual, pero no me da igual. No quiero estar aquí, pero no puedo hacer nada.

—Tampoco tengo que estar en ningún otro sitio —replico.

A ver, que no tengo que estar en otro sitio, ¿verdad? Ya llegaría tarde si me presentara, además no hay forma de que me presente ahora y le diga a Auburn dónde he estado. O por qué. Por no mencionar que anoche más o menos me advirtieron de que me mantuviera alejado de ella, así que también está ese detalle.

Por lo que, sí, ¿quién necesita fianza? Yo no.

—Tampoco tengo que estar en ningún otro sitio —repito.

Mi padre me mira a los ojos y, por primera vez, reparo en las lágrimas. Con esas lágrimas llega la esperanza. La esperanza de que ha llegado a su límite. La esperanza de que esto sea la gota que colma el vaso. La esperanza de que por fin diga: «¿Cómo puedo ayudarte, Owen? ¿Qué puedo hacer para que las cosas mejoren?».

Sin embargo, no pasa nada de eso, y mi esperanza desaparece junto con las lágrimas de sus ojos. Se da media vuelta y echa a andar hacia la puerta.

—Hablaremos esta noche. En casa.

Y se va.

—¿Se puede saber qué te ha pasado? —me pregunta Harrison—. Parece que te haya atropellado un camión.

Me siento a la barra. Llevo más de veinticuatro horas sin dormir. En cuanto pagaron mi fianza hace unas horas, me fui derecho al estudio. Ni siquiera me molesté en ir a casa de mi padre para discutir la situación, porque necesito un poco más de tiempo antes de enfrentarme a él.

Es casi medianoche, así que sé que Auburn seguramente está durmiendo, o está demasiado *cabreada* como para dormir, porque no me he presentado esta noche como le prometí que haría. Seguro que es lo mejor. Necesito enderezar mi vida lo suficiente como para que quiera formar parte de ella.

—Anoche me detuvieron.

De inmediato, Harrison deja de llenar el vaso de cerveza que me estaba preparando. Se endereza y me mira a la cara.

—Perdona…, ¿acabas de decir que te *detuvieron*?

Asiento con la cabeza y extiendo un brazo en busca del vaso de cerveza medio lleno.

—Espero que vayas a añadir algo más —sigue mientras me ve beber un sorbo largo.

Suelto el vaso en la barra y me limpio la boca.

—Detenido por posesión.

La expresión de Harrison es una mezcla de rabia y nerviosismo.

—Espera un momento —dice. Se inclina hacia delante y baja la voz hasta susurrar—: ¿No les dirías que yo…?

Me ofende que lo pregunte siquiera, así que lo interrumpo antes de que termine la pregunta.

—Pues claro que no —le aseguro—. Me negué a decir

de dónde habían salido las pastillas. Por desgracia, eso no me ayudará mucho cuando me presente ante el juez. Al parecer, te llevan más suave si chivateas a los demás. —Suelto una carcajada y meneo la cabeza—. Menuda mierda, ¿eh? Les enseñamos a los niños que chivatear está mal, pero de adultos se nos recompensa por hacerlo.

Harrison no dice nada. Veo las palabras que quiere pronunciar, aunque se está esforzando al máximo por contenerse.

—Harrison —digo, inclinándome hacia delante—, no pasa nada. No va a pasar nada. Es mi primer delito, así que dudo que me echen mucha…

Menea la cabeza.

—¡*Sí* que pasa, Owen! Llevo diciéndote que dejes esta mierda más de un año ya. Sabía que te iba a pasar factura, y no me gusta nada ser yo quien te suelte un «te lo dije», pero es que te lo dije, ¡carajo! ¡Te lo he dicho como un millón de veces!

Suelto el aire. Estoy demasiado cansado como para escuchar esto ahora mismo. Me pongo en pie y dejo un billete de diez en la barra antes de darme media vuelta para irme.

Aunque tiene razón. Me lo dijo. Y no es el único, porque yo mismo llevo diciéndome que va a pasarme factura muchísimo más tiempo que Harrison.

CAPÍTULO SIETE

Auburn

La mesera me pregunta si quiero más refresco.

—Claro —le digo a la camarera con una sonrisa, aunque sé que no necesito más. Debería irme, pero todavía hay una pequeña parte de mí que espera que Lydia aparezca. Seguro que no se le ha olvidado.

Me debato entre volver a mandarle un mensaje o no. Lleva más de una hora de retraso y estoy aquí sentada, esperando en plan patético, con la esperanza de que no me deje plantada.

Tampoco es que sea la primera persona que me da un plantón. Ese premio es para Owen Mason Gentry.

Debería haberlo sabido. Debería haber estado preparada.

La noche que estuvimos juntos parecía demasiado buena para ser verdad, y el detalle de no haber sabido nada de él después de tres semanas enteras demuestra que mi decisión de renunciar a los hombres fue inteligente.

Aunque me duele de todas formas. Me duele muchísimo porque, cuando salió de mi casa aquel jueves por la noche, me sentí muy esperanzada. No solo por haberlo conocido, sino porque me hizo pensar que vivir en Texas no estaría tan mal. Pensé que, por una vez, las cosas saldrían como yo quería y que el karma me daría un respiro.

Sin embargo, por más que me doliera descubrir que Owen es más falso que Judas, que Lydia me deje plantada me duele un poco más que el plantón de Owen, porque él por lo menos no lo hizo el día de mi cumpleaños.

¿Cómo se le ha podido olvidar?

No voy a llorar. No voy a hacerlo. Ya he derramado bastantes lágrimas por culpa de esa mujer y no pienso derramar ni una más.

La camarera está de vuelta en la mesa para rellenarme el vaso. No es alcohol.

Estoy bebiendo un refresco patético, sentada sola en un restaurante donde me han dejado plantada por segunda vez este mes, el día que cumplo veintiún años.

—La cuenta, por favor —digo, derrotada.

La camarera me mira con lástima mientras deja la cuenta sobre la mesa. La pago y me voy.

Detesto tener que seguir pasando por delante del estudio de Owen cuando vuelvo a casa del trabajo. O, en este caso, de camino a casa después de que me hayan dado un plantón. A veces, la luz está encendida en el apartamento de arriba y me entran ganas de prenderle fuego.

La verdad es que no. Eso es un poco exagerado. Nunca quemaría sus preciosos cuadros.

Solo a él.

Cuando llego a su edificio, me detengo y lo miro fijamente. Quizá merezca la pena caminar un par de manzanas más a partir de ahora con tal de no seguir pasando por delante. Aunque, antes de desviarme, quizá debería dejar una confesión. Llevo tres semanas queriendo dejar una, y esta noche los astros se han alineado a la perfección para provocarme un enfado que lo justifique.

Me dirijo a la puerta del estudio y me quedo mirando la ranura mientras meto la mano en el bolso y saco un bolígrafo. No tengo papel, así que rebusco hasta encontrar el recibo de la fantástica cena de cumpleaños que acabo de compartir conmigo misma. Le doy la vuelta, lo apoyo en el escaparate y empiezo a escribir mi confesión.

Hace tres semanas conocí a un chico genial. Me enseñó a bailar, me recordó lo que se siente al coquetear, me acompañó a casa, me hizo sonreír y luego… ¡OWEN, ERES UN IMBÉCIL!

Pulso el botón del extremo del bolígrafo para retraer la punta. Lo vuelvo a guardar en el bolso. Por extraño que parezca, ponerlo por escrito me ayuda a sentirme un poco mejor. Empiezo a doblar el recibo, pero lo extiendo de nuevo y saco el bolígrafo para añadir otra frase.

P. D.: Tus iniciales son una estupidez.

Mucho mejor. Meto la confesión por la ranura sin darme tiempo para pensarlo. Me alejo unos pasos del edificio y me despido de él.

Pongo rumbo a casa y oigo que me llega un mensaje al móvil. Lo saco y abro el mensaje.

Lydia: *¡Lo siento! Me despisté y ha sido un día de locos. Espero que no hayas esperado mucho. Vuelvo a Pasadena por la mañana, pero vendrás a la cena del domingo, ¿verdad?*

Leo el mensaje y lo único que pienso es: «Cerda, cerda, cerda, cerda».

Soy muy inmadura. Pero ¡vamos! ¿Es que no ha podido felicitarme siquiera?

¡Dios, eso me duele!

Empiezo a guardarme el teléfono en el bolsillo, pero me llega otro mensaje. A lo mejor se ha acordado de que es mi cumpleaños. Por lo menos se sentirá un poco culpable. Quizá no debería haberla llamado cerda.

Lydia: *La próxima vez, recuérdame antes que hemos quedado. Sabes que siempre estoy muy liada.*

Cerda, cerda, cerda. ¡Es una cerda con todas las letras!

Aprieto los dientes y grito de frustración. No puedo ganarle. No podré ganarle nunca.

No me puedo creer que esté a punto de hacer esto, pero necesito una copa. Algo con alcohol. Y por suerte para mí, sé dónde conseguirla.

⁓

—Me mentiste —dice Harrison, que está mirando mi identificación.

Supongo que se habrá dado cuenta de que hoy es mi cumpleaños y que no tenía veintiún años cuando vine con Owen la primera vez.

—Owen me obligó.

Harrison menea la cabeza y me devuelve el carnet.

—Owen hace muchas cosas que no debería hacer. —Limpia la barra que hay entre nosotros y suelta el trapo, arrojándolo a un lado, aunque espero que matice el comentario—. Bueno, ¿qué quieres? ¿Un Jack con Coca-Cola otra vez?

Niego con la cabeza al instante.

—No, gracias. Algo un poco menos fuerte.

—¿Una margarita?

Asiento con la cabeza.

Se da media vuelta para preparar mi primera bebida alcohólica legal. Espero que le ponga una de esas sombrillas diminutas.

—¿Dónde está Owen? —me pregunta.

Pongo los ojos en blanco.

—¿Parezco su cuidadora? Seguramente se la esté metiendo a Hannah.

Harrison se da media vuelta, con los ojos muy abiertos. Me encojo de hombros como si me diera igual haberlo insultado, y él se ríe antes de seguir preparándome el cóctel. Cuando termina, lo deja en la barra delante de mí. Empiezo a fruncir el ceño, pero él extiende el brazo hacia la derecha, saca una sombrillita de un tarro y la pone en la copa.

—A ver si este te gusta.

Me llevo la margarita a los labios, aunque le quito la sal antes de beber un sorbo. Se me iluminan los ojos, porque esto es mucho mejor que la mierda que me pidió Owen. Asiento con la cabeza y le hago un gesto para que me prepare otro.

—¿Por qué no terminas ese primero? —sugiere.

—Otro —digo al tiempo que me limpio la boca—. Es mi cumpleaños y soy una adulta responsable que quiere dos copas.

Levanta los hombros al respirar y menea la cabeza, aunque hace lo que le pido. Algo bueno, porque en cuanto termina de prepararme el segundo, pido un tercero. Porque sí. Porque es mi cumpleaños y estoy sola, y Portland está en el norte del país y yo estoy aquí abajo, en el sur, *¡y Owen Mason Gentry es un cabrón!*

Y Lydia es una cerda.

CAPÍTULO OCHO

Owen

Aquí hay alguien que te pertenece.

Tardo unos segundos en espabilarme para contestar la llamada en plena noche. Me siento en la cama y me froto los ojos.

—¿Harrison?

—¿Estás dormido? —Parece sorprendido—. No es ni la una de la madrugada.

Bajo los pies al suelo por un lado de la cama y me presiono la frente con la palma de la mano libre.

—He tenido una semana complicada. No he dormido mucho. —Me levanto y busco los vaqueros—. ¿Por qué llamas?

Se produce un silencio y luego oigo un ruido metálico al otro lado de la línea.

—¡No! ¡No puedes tocar eso! Siéntate.

Me aparto el teléfono de la oreja para protegerme el tímpano.

—Owen, más te vale que vengas pronto. Cierro dentro de un cuarto de hora y aquí la señorita me está montando un numerito porque no puede pedir otra copa.

—¿De qué estás hablando? ¿De quién estás hablando?

Y, entonces, caigo en cuenta.

De Auburn.

—¡Mierda! Ahora mismo voy.

Harrison corta la llamada sin despedirse, y yo me pongo una camiseta mientras bajo la escalera.

«¿Qué haces ahí, Auburn? ¿Y por qué estás sola?», me pregunto.

Llego a la puerta del estudio y aparto con los pies algunas de las confesiones amontonadas en el suelo. Entre semana suelo recibir alrededor de diez, pero los sábados se triplican porque la gente frecuenta más el centro. Antes de leerlas, acostumbro a amontonarlas todas hasta que estoy listo para empezar un nuevo cuadro, pero una de las confesiones del suelo me llama la atención. Me fijo en ella porque lleva mi nombre, así que la recojo.

Hace tres semanas conocí a un chico genial. Me enseñó a bailar, me recordó lo que se siente al coquetear, me acompañó a casa, me hizo sonreír y luego... ¡OWEN, ERES UN IMBÉCIL!

P. D.: Tus iniciales son una estupidez.

«Se supone que las confesiones son anónimas, Auburn». Esto no es anónimo. Por mucho que quiera reírme, su confesión también me recuerda lo mucho que la defraudé y que seguramente soy la última persona que quiere que la rescate de un bar.

Cruzo la calle de todos modos y abro la puerta, buscándola de inmediato. Harrison se da cuenta de que me acerco y señala hacia los baños con la cabeza.

—Se está escondiendo de ti.

Me llevo una mano a la nuca y miro en dirección a los baños.

—¿Qué hace aquí?

Harrison se encoge de hombros.

—Celebrando su cumpleaños, supongo.

«¡No puede ser!», pienso. «¿Algo más que me ayude a sentirme peor?»

—¿Es su cumpleaños? —Echo a andar hacia los baños—. ¿Por qué no me has llamado antes?

—Me obligó a prometerle que no lo haría.

Llamo a la puerta del baño de damas, pero no obtengo respuesta. La abro despacio y enseguida veo sus pies saliendo del último retrete.

«¡Mierda, Auburn!».

Corro hacia ella, pero me detengo al ver que no se ha desmayado. De hecho, está despierta. Parece demasiado cómoda para estar tirada en el suelo del baño de un bar. Apoya la cabeza contra la pared y me mira.

No me sorprende la ira de sus ojos. Yo seguramente tampoco querría hablar conmigo ahora mismo. De hecho, ni siquiera voy a hacer que me hable. Voy a sentarme en el suelo con ella y ya está.

Me mira mientras entro en el retrete y me siento frente a ella. Doblo las rodillas, me las abrazo y apoyo la cabeza en la pared.

Ella sigue mirándome fijamente, sin hablar, sin sonreír. Se limita a inspirar despacio y a menear la cabeza, decepcionada.

—Estás hecho un desastre, Owen.

Sonrío, porque no parece tan borracha como pensaba. Aunque seguro que tiene razón. Llevo más de tres días sin mirarme en el espejo. Eso me pasa cuando me enfrasco en el trabajo. No me he afeitado, así que tendré hasta barba.

Ella, sin embargo, no tiene mal aspecto, y creo que debería decirlo en voz alta. Parece triste y un poco borracha, pero para estar tirada en el suelo del baño de un bar, se ve muy bien.

Sé que debería pedirle perdón por lo que hice. Sé que es lo único que debería salir de mi boca ahora mismo, pero tengo miedo de que si lo hago, empiece a hacer preguntas, y no quiero verme obligado a contarle la verdad. Prefiero que se sienta decepcionada porque la dejé plantada a que sepa el verdadero motivo por el que lo hice.

—¿Estás bien?

Ella pone los ojos en blanco, mira al techo y veo que intenta contener las lágrimas. Se lleva las manos a la cara y se la frota de arriba abajo en un intento por recuperar la sobriedad, o quizá porque mi presencia le resulta frustrante. Quizá un poco de ambas cosas.

—Me han dado un plantón esta noche —dice, aunque sigue mirando al techo.

No sé qué pensar de su confesión, porque mi primera reacción son celos y sé que no es justo. No me gusta que se enfade tanto por alguien que no soy yo, cuando en realidad no es asunto mío.

—¿Un chico te deja plantada y tú te pasas el resto de la noche bebiendo en un bar? No parece muy propio de ti.

Baja la barbilla de inmediato hacia el pecho y me mira con los ojos entrecerrados, por debajo de las pestañas.

—Owen, no ha sido un hombre quien me ha dado un plantón. Eso es muy presuntuoso por tu parte. Y, para que lo sepas, resulta que me gusta beber. Lo que no me gustó fue lo que tú me pediste.

No debería centrarme en esa parte de su explicación, pero…

—¿Te ha dejado plantada una chica?

«No tengo nada en contra de las lesbianas, pero, por favor, no lo seas. No es así como me imagino que acaban las cosas entre nosotros», pienso.

—Tampoco ha sido una chica —responde—. Ha sido una cerda. Una cerda de lo peor, mala y egoísta.

Sus palabras me arrancan una sonrisa, aunque no sea mi intención. No hay nada en su situación por lo que merezca la pena sonreír, pero el mohín que ha hecho con la nariz mientras insultaba a la persona que la ha dejado plantada ha sido muy gracioso.

Enderezo las piernas, colocándolas en la parte exterior de las suyas. Parece tan derrotada como me siento yo.

¡Vaya dos!

Me apetece mucho decirle la verdad, pero sé que la verdad no mejorará las cosas entre nosotros. La verdad tiene menos sentido que la mentira, y ya ni siquiera sé con cuál quedarme.

Lo único que sé es que, esté enfadada, contenta, triste o emocionada, irradia una energía tranquilizadora. Todos los días de mi vida tengo la sensación de estar subiendo por una escalera mecánica que solo baja. Y, por más que intente esforzarme para llegar arriba, me quedo en el mismo sitio, corriendo, sin llegar a ninguna parte. Sin embargo, cuando estoy con ella, no me siento como si estuviera en esa escalera mecánica. Es como si estuviera en una cinta transportadora que me lleva sin esfuerzo. Como si por fin pudiera relajarme y respirar sin sentir la presión constante de correr para no tocar fondo.

Su presencia me calma, me relaja, me hace sentir que, a lo mejor, las cosas no son tan difíciles como lo parecen cuando ella no está. Así que por muy patéticos que podamos parecer, aquí sentados en el suelo del baño de señoras, ahora mismo no querría estar en ningún otro lugar.

—OMG —dice, inclinándose hacia delante para tirarme del pelo. Frunce el ceño, y no entiendo por qué mi pelo le desagrada tanto en este momento—. Tenemos que arreglar este desastre —murmura. Pone una mano en la pared y otra en mi hombro, y se levanta. Cuando está de pie, me agarra una mano—. Vamos, Owen. Voy a arreglarte este desastre.

No sé si está lo bastante sobria como para arreglar nada, la verdad. Aunque da igual, porque yo sigo en la cinta transportadora, así que la seguiré sin esfuerzo adonde quiera ir.

—Vamos a lavarnos las manos, Owen. El suelo está asqueroso. —Se acerca al lavabo y me echa un chorro de jabón en la palma de la mano. Luego me mira a través del espejo y vuelve a mirarme la mano—. Tu jabón —dice, extendiéndomelo por la mano.

No sé bien qué pensar. No sé cuánto ha bebido, pero no esperaba que nuestro encuentro de esta noche fuera así. Mucho menos después de leer su confesión.

Nos lavamos las manos en silencio. Saca dos toallitas de papel y me da una.

—Sécate las manos, Owen.

Acepto las toallitas y la obedezco. Ahora mismo, está segura de sí misma y al mando de la situación, y creo que es mejor dejarlo así. Hasta que descubra su nivel de sobriedad, no quiero hacer nada que provoque algún tipo de reacción por su parte que no sea la que está demostrando ahora mismo.

Me acerco a la puerta y la abro. Ella se aleja del lavabo y la veo dar un ligero traspiés, aunque se apoya en la pared. Se mira los zapatos al instante y los fulmina con la mirada.

—Dichosos tacones —murmura. Aunque no lleva tacones. Lleva unas bailarinas negras, pero les echa la culpa de todos modos.

Volvemos al bar. Harrison ya ha cerrado y ha apagado algunas luces. Levanta una ceja cuando pasamos a su lado.

—¿Harrison? —dice ella mientras lo señala con un dedo.

—Auburn —replica él sin más.

La veo mover el dedo y me doy cuenta de que Harrison quiere reírse, pero se contiene.

—Pon esos cócteles tan fantásticos en mi cuenta, ¿sí?

Él niega con la cabeza.

—Todas las cuentas se saldan antes de cerrar.

Ella pone los brazos en jarras y hace un puchero.

—¡Pero no tengo dinero! He perdido el bolso.

Harrison se inclina y saca un bolso de detrás de la barra.

—No lo has perdido. —Lo desliza por la barra, y ella lo mira fijamente como si le molestara no haberlo perdido.

—¡En fin, mierda! Ahora tengo que pagarte. —Da un paso adelante y abre el bolso—. Solo te pago una copa porque creo que la segunda era sin alcohol.

Harrison me mira, pone los ojos en blanco y rechaza su dinero.

—Invita la casa. Feliz cumpleaños —dice—. Y, para que conste, te has tomado tres copas. Todas con alcohol.

Ella se coloca la correa del bolso al hombro.

—Gracias. Eres la única persona en todo el estado de Texas que me ha felicitado hoy.

«¿Es posible odiarme más que hace tres semanas?», pienso. «Sí, desde luego que sí.»

Se vuelve hacia mí y baja la barbilla al ver la expresión de mi cara.

—¿Por qué pareces tan triste, Owen? Vamos a arreglar tu desastre, ¿recuerdas? —Da un paso hacia mí y me agarra de la mano—. Adiós, Harrison. Te odio por haber llamado a Owen.

Harrison sonríe y me mira en silencio, aunque parece estar diciéndome: «¡Buena suerte!». Me encojo de hombros y permito que Auburn tire de mí mientras caminamos hacia la salida.

—Hoy he recibido regalos de Portland —dice mientras nos acercamos a la salida—. En Portland hay gente que me quiere. Mi madre y mi padre. Mi hermano y mis hermanas.

Empujo la puerta y espero a que ella salga primero. Estamos a 1 de septiembre (¡feliz cumpleaños!) y la noche es más fresca de la cuenta para estar en Texas.

—Pero ¿cuánta gente de Texas que dice quererme me ha hecho un regalo? Adivínalo.

La verdad, no quiero adivinar nada. La respuesta es obvia, y quiero rectificar el hecho de que ningún texano le haya hecho un regalo. Le diría que deberíamos ir a buscar uno ahora mismo, pero no mientras está borracha y enfadada.

La veo frotarse los brazos desnudos con las manos mientras mira al cielo.

—Owen, detesto el clima de Texas. Es ridículo. Hace calor durante el día y frío por la noche, y es poco fiable el resto del tiempo.

Quiero señalar que la mención tanto del día como de la

noche deja poco margen para un «resto del tiempo», pero no creo que sea un buen momento para entrar en detalles. Sigue tirando de mí en una dirección que no es hacia el otro lado de la calle, hacia mi estudio, ni tampoco hacia su casa.

—¿Adónde vamos?

Me suelta la mano y aminora la marcha hasta que caminamos uno junto al otro. Quiero rodearla con el brazo para que no tropiece con los «tacones», pero también sé que es probable que esté recuperando la sobriedad poco a poco, así que preveo que pronto entrará en razón. Dudo que me quiera cerca y, mucho menos, que le eche un brazo por encima.

—Ya casi hemos llegado —asegura mientras rebusca en su bolso. Da un par de traspiés, y levanto las manos en ambas ocasiones para impedir que acabe en el suelo, pero de algún modo consigue enderezarse. Saca la mano del bolso y la levanta, agitando un juego de llaves tan cerca de mi cara que me rozan la nariz—. Llaves —dice—. Las encontré.

Sonríe como si estuviera orgullosa de sí misma, así que sonrío con ella. Me apoya el brazo en el pecho y yo me paro. Señala la peluquería que tenemos enfrente y, al instante, me llevo una mano al pelo con gesto protector.

La veo meter la llave en la cerradura y, por desgracia, la puerta se abre con facilidad. La empuja y me hace un gesto para que entre primero.

—Los interruptores de la luz están a la izquierda, al lado de la puerta —me dice. Me vuelvo hacia la izquierda y me reclama—: No, Owen. ¡La *otra* izquierda!

Contengo una sonrisa y me vuelvo a la derecha para encender las luces. La veo caminar con decisión hacia uno de los sillones. Deja el bolso en la encimera, se agarra al respaldo del sillón y lo gira mientras me mira.

—Siéntate.

Esto no me gusta. ¿Qué hombre permitiría que una chica borracha se le acercara con unas tijeras?

Uno que dejó plantada a una chica borracha y que se siente muy culpable por haberlo hecho.

Respiro nervioso mientras me siento. Ella gira el sillón hasta dejarme frente al espejo. Su mano se detiene sobre una selección de peines y tijeras, como si fuera una cirujana intentando decidir con qué herramienta quiere abrirme en canal.

—Te has descuidado mucho —me dice mientras levanta un peine. Se pone delante de mí y se concentra en mi pelo mientras empieza a peinármelo—. ¿Te has duchado por lo menos?

Me encojo de hombros.

—De vez en cuando.

Menea la cabeza, decepcionada, mientras busca las tijeras detrás de ella. Cuando vuelve a mirarme, tiene una expresión concentrada en la cara. En cuanto veo que acerca las tijeras, me asusto e intento levantarme.

—Owen, para —me dice mientras me empuja los hombros contra el respaldo del sillón. Intento apartarla suavemente con el brazo para ponerme en pie, pero ella me empuja de nuevo. Las tijeras siguen en su mano izquierda, y sé que no es intencional, pero están demasiado cerca de mi garganta. Tiene las manos en mi pecho y sé que está enfadada por mi fallido intento por escapar—. Necesitas un corte de pelo —sigue—. No pasa nada. No te cobraré, necesito practicar. —Levanta una pierna y coloca la rodilla junto a mi muslo. Luego hace lo mismo con la otra—. Estate quieto. —Una vez que me tiene físicamente atrapado contra el sillón, se endereza y empieza a revolverme el pelo.

Ahora que la tengo en el regazo no tiene que preocuparse de que intente escapar. No pienso hacerlo.

Tengo su pecho justo delante y, aunque lleva una camisa abotonada que no deja nada a la vista, el hecho de estar tan cerca de una parte tan íntima de su persona me mantiene pegado al asiento. Levanto despacio las manos hacia su cintura para mantenerla erguida.

Cuando la toco, deja de hacer lo que está haciendo y me mira. Ninguno de los dos habla, pero sé que lo siente. Estoy demasiado cerca de su pecho como para no darme cuenta de su reacción. Contiene la respiración al mismo tiempo que lo hago yo.

Aparta la mirada, nerviosa, en cuanto establecemos contacto visual y empieza a cortarme el pelo. La verdad, nunca me habían cortado el pelo así. En la peluquería no son tan complacientes.

Las tijeras me tiran un poco del pelo y ella resopla.

—Tienes el pelo muy grueso, Owen. —Lo dice como si fuera culpa mía y eso la irritara.

—¿No se supone que tienes que mojarlo primero?

Deja de mover las manos en cuanto le hago esa pregunta. Se relaja y baja el cuerpo hasta quedarse sentada sobre sus pantorrillas. Ahora estamos frente a frente. Mis manos siguen en su cintura, ella sigue en mi regazo y yo sigo disfrutando de la posición de este corte de pelo espontáneo, pero a juzgar por el repentino temblor de su labio inferior veo que soy el único que lo hace.

Baja los brazos a ambos lados del cuerpo y suelta las tijeras y el peine, que caen al suelo. Veo que se le saltan las lágrimas, y no sé qué hacer para detenerlas, porque no sé qué las ha provocado.

—Se me olvidó mojarlo —dice en un tono derrotado. Empieza a mover la cabeza de un lado a otro—. Owen, soy la peor peluquera del mundo.

Y se echa a llorar. Se lleva las manos a la cara, intentando cubrirse las lágrimas, o la vergüenza, o ambas cosas. Me inclino hacia delante y le aparto las manos.

—Auburn.

No abre los ojos para mirarme. Mantiene la cabeza gacha y la menea, negándose a responderme.

—Auburn —repito, en esta ocasión levantando los brazos para colocarle las manos en las mejillas. Le tomo la cara entre las manos, y su suavidad me hipnotiza. Como una combinación de seda, satén y pecado, pegada a mis palmas.

¡Dios, detesto haber metido tanto la pata! Detesto no saber cómo arreglarlo.

Tiro de ella hacia mí y, por sorprendente que parezca, me lo permite. Sigue con los brazos a los costados, pero me ha enterrado la cara en el cuello y ¿por qué he tenido que meter la pata, Auburn?

Le paso la mano por la nuca y le acerco los labios a la oreja. Necesito que me perdone, pero no sé si podrá hacerlo sin una explicación. El único problema es que soy yo quien lee las confesiones. No estoy acostumbrado a escribirlas y mucho menos a decirlas en voz alta; pero, de todas formas, necesito que sepa que ahora mismo desearía que las cosas fueran distintas. Ojalá las cosas hubieran sido distintas hace tres semanas.

Me aferro a ella con fuerza para que sienta la sinceridad de mis palabras.

—Siento no haber ido esa noche.

Se pone rígida en mis brazos al instante, como si mis disculpas la hubieran hecho recuperar la sobriedad. No sé si eso es bueno o malo. La observo con atención mientras se separa despacio de mí. Espero una respuesta, una reacción, pero está muy callada.

No la culpo. No me debe nada.

Vuelve la cabeza hacia la izquierda para intentar apartarme la mano de su nuca. La aparto, y ella se agarra a los brazos del sillón y se levanta.

—¿Has leído mi confesión, Owen?

Su voz es firme, sin las lágrimas que la consumían hace unos segundos. Se limpia los ojos con los dedos mientras se pone en pie.

—Sí.

Asiente con la cabeza, apretando los labios. Mira el bolso y lo levanta junto con las llaves.

—Estupendo. —Echa a andar hacia la puerta. Me levanto despacio, con miedo de ver en el espejo el corte de pelo inacabado que me acaba de hacer. Por suerte, apaga las luces antes de que pueda hacerlo—. Me voy a casa —dice al tiempo que sostiene la puerta para que no se cierre—. No me siento muy bien.

CAPÍTULO NUEVE

Auburn

Tengo cuatro hermanos pequeños con edades que van desde los seis a los doce años. Mis padres me tuvieron cuando todavía estaban en la secundaria y esperaron varios años antes de traer más hijos al mundo. Ninguno de ellos fue a la universidad, y mi padre trabaja en una empresa manufacturera donde lleva desde los dieciocho años. Por eso, crecimos con el cinturón apretado. Apretadísimo. Nuestro presupuesto no nos permitía encender los aires acondicionados por la noche. «Para eso están las ventanas», decía mi padre si alguien se quejaba.

Puede que yo me haya vuelto tan tacaña como él, pero eso

no ha sido un problema desde que me fui a vivir con Emory. Estaban a punto de echarla después de que su antigua compañera de apartamento la dejara colgada con la mitad del alquiler, así que cosas como el aire acondicionado no se consideran necesidades. Se consideran lujos.

Eso estaba bien cuando vivía en Portland, pero después de haber vivido en el clima bipolar de Texas durante todo un mes, he tenido que ajustar mis hábitos a la hora de dormir. En vez de usar edredón, duermo con varias capas de sábanas. Así, si hace demasiado calor en mitad de la noche, puedo apartar una o dos sábanas de encima de mí.

Tomando todo eso en cuenta, ¿por qué tengo tanto frío ahora mismo? ¿Y por qué estoy envuelta en lo que parece un edredón de plumas? Cada vez que intento abrir los ojos y despertarme para encontrar respuestas a mis propias preguntas, me vuelvo a dormir, porque nunca me he sentido tan a gusto. Me siento como un querubín durmiendo plácidamente en una nube.

Espera. No debería sentirme como un querubín. ¿Estoy muerta?

Me incorporo en la cama y abro los ojos. Estoy demasiado confundida y asustada como para moverme, así que mantengo la cabeza quieta y muevo despacio los ojos. Veo la cocina, la puerta del cuarto de baño, la escalera que baja al estudio.

Estoy en el estudio de Owen.

¿Por qué?

Estoy en la cama grande y cómoda de Owen.

«¿¡Por qué!?».

Me vuelvo de inmediato en la cama y la miro, pero Owen no está, ¡menos mal! Lo siguiente que compruebo es mi ropa. Sigo completamente vestida, ¡menos mal!

Piensa, piensa, piensa.

¿Por qué estás aquí, Auburn? ¿Por qué tienes la cabeza como si alguien la hubiera usado de trampolín toda la noche?

Poco a poco, voy haciendo memoria. Primero, recuerdo que me dejaron plantada. «¡Cerda!». Recuerdo a Harrison. Recuerdo haberme escondido a la carrera en el baño del bar después de que me traicionara llamando a Owen. «¡Odio a Harrison!». También recuerdo estar en la peluquería y... ¡Madre mía! ¿En serio, Auburn?

Me senté en su regazo. En su regazo, para cortarle el dichoso pelo.

Me llevo una mano a la frente. Se acabó. No vuelvo a beber. El alcohol lleva a la gente a cometer estupideces, y no puedo permitirme que me pesquen haciendo estupideces. Lo más inteligente ahora mismo sería largarme de aquí, lo cual es una mierda, porque me gustaría poder llevarme la cama conmigo.

Me levanto sin hacer ruido y voy al cuarto de baño. Cierro la puerta al entrar y empiezo a abrir cajones en busca de un cepillo de dientes sin usar, pero no encuentro nada. Así que uso el dedo, un poco de pasta de dientes y muchísima cantidad de enjuague bucal refrescante. Owen tiene buen gusto para los productos de aseo, eso está claro.

¿Dónde está?

En cuanto termino en el cuarto de baño, voy en busca de los zapatos y encuentro mis Toms a los pies de su cama. Juraría que anoche llevaba tacones... Sí, desde luego que no vuelvo a beber en la vida.

Echo a andar hacia la escalera, con la esperanza de que Owen no esté en el estudio. No parece estar aquí, así que quizá se haya marchado para no tener que enfrentarse a mí al despertarme. Es evidente que tiene sus motivos para no aparecer, así que dudo que haya cambiado de opinión sobre lo que siente. Lo que significa que esta es casi seguro la oportunidad perfecta para largarme de aquí y no volver jamás.

—No puedes seguir evitándome, Owen. Tenemos que hablar de esto antes del lunes.

Me detengo al pie de la escalera y pego la espalda a la pared. ¡Mierda! Owen está aquí y tiene compañía. ¿Por qué, por qué, por qué? Solo quiero irme.

—Sé cuáles son mis opciones, papá.

«¿Papá?». Estupendo. Lo último que quiero ahora es pasearme avergonzada por delante de su padre. La cosa no pinta bien. Oigo pasos que se acercan, así que empiezo a subir la escalera de nuevo, pero los pasos se desvanecen con la misma rapidez.

Me detengo, pero entonces los pasos se hacen más fuertes. Subo dos escalones más, pero los pasos vuelven a desvanecerse.

Quienquiera que sea, está paseándose de un lado para otro. Después de varias idas y venidas, se para.

—Tengo que prepararme para cerrar el estudio —dice Owen—. Puede que pasen unos meses antes de que pueda reabrirlo, así que hoy solo quiero centrarme en eso, la verdad.

¿Cerrar el estudio? Me sorprendo a mí misma bajando de nuevo la escalera sin hacer ruido para oír más de la conversación. Estoy siendo tan chismosa, algo raro en mí, que me siento un poco como Emory.

—Este estudio es lo último que debería preocuparte ahora mismo —replica su padre, enfadado.

Más pasos.

—Este estudio es lo *único* que me preocupa ahora mismo —insiste Owen, subiendo el tono. Parece incluso más enfadado que su padre. Los pasos se detienen.

Su padre suspira tan fuerte que juraría que resuena por todo el estudio. Se produce una larga pausa antes de que vuelva a hablar.

—Tienes opciones, Owen. Solo estoy intentando ayudarte.

No debería estar escuchando esto. No soy la clase de persona que invade la privacidad de los demás, y me siento culpable por hacerlo, pero juro por lo más sagrado que soy incapaz de subir la escalera.

—¿¡Que intentas ayudarme!? —dice Owen, riendo con incredulidad. Está claro que no le gusta lo que dice su padre. O lo que no dice—. Quiero que te vayas, papá.

El corazón me da un vuelco. Se me sube a la garganta. El estómago me dice que busque una vía de escape alternativa.

—Owen...

—*¡Fuera!*

Cierro los ojos con fuerza. Ahora mismo, no sé por quién sentir pena, si por Owen o por su padre. No sé por qué discuten y, por supuesto, no es asunto mío, pero si estoy a punto de tener que enfrentarme a Owen, quiero estar preparada para cualquier estado de ánimo que vaya a tener.

Pasos. Vuelvo a oír pasos, pero unos se acercan y otros se alejan, y...

Abro un ojo despacio y luego el otro. Intento sonreírle, porque parece derrotado al pie de la escalera mientras me mira. Lleva una gorra de béisbol azul que se quita para ponérsela con la visera hacia atrás después de pasarse una mano por la coronilla. Se agarra la nuca y suelta el aire. No lo había visto con gorra antes, pero le sienta bien. Por algún motivo, cuesta imaginarse a un artista con una gorra de béisbol; pero es un artista, y desde luego que le sienta bien.

No lo veo tan enfadado como me ha parecido hace un

minuto, aunque es evidente que está estresado. No se parece al chico con los ojos desorbitados que conocí en la puerta hace tres semanas.

—Lo siento —digo mientras busco una excusa que justifique por qué estoy aquí de pie escuchando a escondidas—. Estaba a punto de irme, pero he oído...

Sube los primeros escalones, acercándose a mí, y dejo la frase en el aire.

—¿Por qué te vas?

Me busca la mirada y parece decepcionado. Me desconcierta su reacción, porque he supuesto que querría que me fuera. Y, la verdad, no sé por qué parece confundirlo que haya decidido marcharme después de que haya estado tres semanas sin ponerse en contacto conmigo. No creo que espere que quiera pasar el día aquí con él.

Me encojo de hombros, sin saber qué responder.

—Es que... me he despertado y... quiero irme.

Owen me coloca una mano en la parte baja de la espalda y me insiste para que suba la escalera.

—No te vas a ir a ninguna parte —me dice.

Intenta obligarme a subir la escalera, pero le aparto la mano de mala gana. Seguro que se da cuenta, por la expresión de mi cara, de que no pienso aceptar que me dé órdenes. Abro la boca para hablar, pero se me adelanta.

—No hasta que me arregles el pelo —añade.

¡Ah!

Se quita la gorra y se pasa la mano por el pelo trasquilado.

—Espero que se te dé mejor cortar el pelo cuando estás sobria.

Me tapo la boca con una mano para contener las carcajadas. Tiene dos trasquilones bien grandes, uno de ellos justo encima de la frente.

—Lo siento mucho.

Diría que ya estamos en paz. Destrozar un pelo tan bonito como el suyo desde luego que compensa la cabronada que hizo hace tres semanas. Ahora bien, si pudiera echarle mano al pelo de Lydia, me sentiría muchísimo mejor.

Se pone de nuevo la gorra y empieza a subir la escalera.

—¿Te importa si nos vamos ya?

Hoy es mi día libre, así que tengo tiempo de corregir el estropicio que le hice en el pelo, pero me fastidia tener que ir a la peluquería cuando no tendría por qué hacerlo. Emory me dio el fin de semana libre, ya que ayer fue mi cumpleaños. Seguramente lo hizo porque la mayoría de la gente hace cosas chulas para celebrar que cumple veintiún años y aprovechan el fin de semana. Llevo viviendo con ella un mes, así que, si no se ha dado cuenta ya, pronto sabrá que no tengo vida y que no necesito reservar en el calendario días especiales para «recuperarme».

Me doy cuenta de que estoy plantada en mitad de la escalera y de que Owen está arriba, así que subo de nuevo. Cuando llego al final de la escalera, se me paran los pies de nuevo. Se está cambiando de camiseta. Está de espaldas a mí, pasándose por la cabeza la camiseta manchada de pintura. Observo cómo se le mueven y se le contraen los músculos de los hombros y me pregunto si alguna vez se habrá hecho un autorretrato.

Yo lo compraría.

Me pesca mirándolo cuando se da media vuelta en busca de otra camiseta. Hago eso de apartar la mirada a toda prisa y de hacer que quede bien claro que lo estaba mirando, porque ahora tengo la vista clavada en una pared en blanco y sé que él me está mirando y, ¡uf!, solo quiero irme.

—¿Te parece bien? —pregunta, de modo que vuelvo a mirarlo.

—¿El qué? —replico enseguida, aliviada por el sonido de nuestras voces, que elimina la incomodidad en la que estaba a punto de ahogarme.

—¿Podemos ir ahora mismo? ¿A arreglarme el pelo?

Se pone la camiseta limpia, y me quedo con la decepción de tener que mirar una aburrida camiseta gris en vez de la obra maestra que hay debajo.

¿Qué son estos pensamientos ridículos y superficiales que me consumen? No me importan los músculos, las tabletas de chocolate ni una piel tan perfecta que me dan ganas de perseguir a su padre y chocar los cinco con él por haber creado un hijo tan impecable.

Carraspeo.

—Sí, podemos irnos ahora. No tengo nada planeado.

Muy bien, Auburn, no podías haber dicho nada peor. Admitir que no tienes nada que hacer un sábado después de comerte con los ojos su cuerpo semidesnudo. Maravilloso.

Vuelve a ponerse la gorra de béisbol antes de ponerse los zapatos.

—¿Lista?

Asiento con la cabeza y me doy media vuelta para bajar la escalera. Empiezo a odiarla.

Cuando abre la puerta principal, el sol brilla tanto que empiezo a cuestionarme mi propia mortalidad y a pensar que quizá me haya convertido en vampiro de la noche a la mañana. Me tapo los ojos con los brazos y me paro.

—¡Mierda, cuánta luz!

Si esto es una resaca, no entiendo cómo la gente puede acabar siendo alcohólica.

Owen cierra la puerta y se acerca a mí.

—Toma —me dice. Me pone la gorra en la cabeza y me la cala bien sobre los ojos—. Esto te ayudará.

Sonríe, y atisbo el incisivo izquierdo torcido y me hace sonreír, aunque mi cabeza me odia por mover cualquier músculo facial. Levanto una mano y me ajusto la gorra, calándomela un poco más.

—Gracias.

Owen abre la puerta de nuevo, y yo me miro los pies para evitar el asalto del sol. Salgo, espero a que cierre y echamos a andar. Por suerte, caminamos en dirección contraria al sol, así que puedo levantar la mirada y prestar atención a mi entorno.

—¿Cómo te sientes? —me pregunta Owen.

Tardo unos seis pasos en responderle.

—Desconcertada —contesto—. ¿Se puede saber por qué bebe la gente si al día siguiente estás así?

Sigo contando pasos y tarda unos ocho en responderme.

—Es una forma de escapar —explica.

Lo miro, pero desvío la mirada al frente enseguida, porque volver la cabeza tampoco me sienta muy bien.

—Lo entiendo, pero ¿de verdad merece la pena poder escapar unas horas para tener resaca al día siguiente?

Se queda callado durante ocho pasos. Nueve. Diez. Once.

—Supongo que eso depende de la realidad de la que intentas escapar.

Eso es profundo, Owen.

Creo que mi realidad es bastante mala, pero desde luego no tanto como para soportar esto cada mañana. Aunque quizá eso explicaría por qué la gente acaba siendo alcohólica. Bebes para escapar del dolor emocional que sientes y, al día siguiente, vuelves a hacerlo para librarte del dolor físico. Así que bebes más y más a menudo, y muy pronto estás borracho todo el tiempo y eso se vuelve tan malo como la realidad de la que intentabas escapar en primer lugar, o quizá peor. Solo que ahora necesitas escapar de la realidad, así que encuentras algo todavía más fuerte que el alcohol. Y quizá sea eso lo que convierte a los alcohólicos en drogadictos.

Un círculo vicioso.

—¿Quieres hablar? —me pregunta.

No cometo el error de volver a mirarlo, pero siento curiosidad por saber adónde quiere llegar con su pregunta.

—¿Hablar de qué?

—De lo que intentabas escapar anoche —contesta, mirándome.

Meneo la cabeza.

—No, Owen. No quiero. —En esta ocasión, lo miro, aunque me duele la cabeza al hacerlo—. ¿Quieres hablar de por qué vas a cerrar el estudio?

Mi pregunta lo sorprende. Lo veo en sus ojos antes de que desvíe la mirada.

—No, Auburn. No quiero.

Ambos dejamos de andar al llegar a la peluquería donde trabajo. Pongo la mano en la puerta y me quito la gorra de la cabeza. Se la vuelvo a poner a él, aunque tengo que ponerme de puntillas para conseguirlo.

—Bonita conversación. Mejor cerramos la boca ahora y te arreglamos el pelo.

Me abre la puerta para que yo pase primero.

—Yo estaba pensando algo muy parecido.

Entramos en la peluquería y le hago un gesto para que me siga. Ya sé que su pelo cooperará mucho más si está mojado, así que lo llevo a la sala del fondo, donde están los lavabos. Veo que Emory me mira mientras pasamos por delante de ella y me pica la curiosidad por saber por qué no puso el grito en el cielo al ver que no aparecía anoche o, por lo menos, no la llamaba con una contraseña.

Antes de que pueda gritarme, le ofrezco una disculpa.

—Siento no haberte llamado anoche —digo en voz baja.

Mira de reojo a Owen, que me sigue.

—No te preocupes. Alguien se aseguró de que supiera que estabas viva.

Me vuelvo hacia Owen de inmediato, y queda claro por como se encoge de hombros que es el responsable de haberle avisado. No sé si me gusta, porque es otra muestra de consideración por su parte, lo que hace todavía más difícil seguir enfadada con él.

Cuando llegamos a la sala del fondo de la peluquería, todos los lavabos están vacíos, así que sigo hasta el más alejado. Ajusto la altura y le hago un gesto a Owen para que se siente. Ajusto la temperatura del agua y lo veo apoyar el cuello. Mientras empiezo a mojarle el pelo, mantengo la mirada fija en cualquier cosa menos en su cara. No me quita los ojos de encima durante todo el tiempo que le estoy pasando las manos por el pelo para crear mucha espuma con el champú. Llevo haciendo esto más de un mes, y casi toda la clientela está compuesta por mujeres. Nunca me había dado cuenta de lo íntimo que puede ser lavarle el pelo a otra persona.

Claro que nadie me mira con tanto descaro mientras intento trabajar. Saber que está observando todos mis movimientos me pone muy nerviosa. Se me acelera el pulso y las manos se me vuelven torpes. Al cabo de un rato, abre la boca para hablar.

—¿Estás enfadada conmigo? —pregunta en voz baja.

Dejo las manos quietas un momento. Es una pregunta muy infantil. Me siento como si fuéramos niños y nos hubiéramos dejado de hablar. Sin embargo, para ser una pregunta tan simple, es muy difícil de responder.

Estaba enfadada con él hace tres semanas. Anoche me enfadé con él. Pero ahora mismo no me siento enfadada. En realidad, estar cerca de él y ver cómo me mira me hace pensar que debe de haber tenido una excusa muy válida para no aparecer, y que no tenía nada que ver con lo que sentía por mí. Ojalá se explicase sin más.

Me encojo de hombros y empiezo de nuevo a masajearle la cabeza con el champú.

—Lo estaba —le contesto—. Pero me lo advertiste, ¿verdad? Dijiste que priorizabas tu arte y no a las chicas. Así que decir que estoy enfadada sería exagerarlo un poco. Decepcionada, sí. Molesta, sí. Pero no es que esté enfadada.

Le estoy dando demasiadas explicaciones. Y, en realidad, no se las merece.

—Dije que mi trabajo es mi prioridad, pero nunca dije que fuera un imbécil. Si necesito espacio para trabajar, se lo hago saber de antemano a una chica.

Lo miro, un segundito, y luego clavo la mirada en el bote de acondicionador. Me echo un poco en las manos y se lo extiendo por el pelo.

—¿Así que tienes la deferencia de avisar a tus novias de que estás a punto de desaparecer, pero no tienes la deferencia de hacer lo mismo con las chicas que *no* se acuestan contigo?

—Le aplico el acondicionador en el pelo, con menos suavidad de la que debería.

Creo que he cambiado de opinión… Ahora sí que estoy enfadada.

Menea la cabeza y se incorpora antes de darse la vuelta para mirarme.

—No me refería a eso, Auburn. —Le cae agua por un lado de la cara. Por el cuello—. Lo que quería decir era que no desaparecí del mapa por culpa de mi arte. La situación no era esa. Me niego a que creas que no quería volver a verte, porque sí quería hacerlo.

Tengo la mandíbula tensa de tanto apretar los dientes.

—Estás mojándolo todo —digo al tiempo que tiro de él para que se coloque de nuevo en el lavabo. Agarro la manguera del grifo y empiezo a enjuagarle el pelo. Empieza a mirarme fijamente otra vez, pero no quiero establecer contacto visual con él. No quiero que me importe la excusa que tenga porque, la verdad, no quiero involucrarme con nadie ahora mismo. Pero, ¡mierda, me importa! Quiero saber por qué no se presentó y por qué no ha hecho ningún esfuerzo por ponerse en contacto conmigo desde entonces.

Termino de enjuagarle el pelo y luego enjuago la espuma del lavabo.

—Ya puedes sentarte.

Se incorpora y le seco el exceso de agua del pelo con una toalla. Tiro la toalla en el cesto que hay en un lateral y empiezo a rodearlo, pero me agarra de la muñeca y me detiene. Se levanta sin soltarme la muñeca.

No intento apartarme de él. Sé que debería hacerlo, pero me pica demasiado la curiosidad por ver cuál va a ser su próximo movimiento como para preocuparme por lo que debería hacer. Tampoco me alejo, porque me encanta que el más mínimo roce con él me deje sin aliento.

—Te mentí —dice en voz baja.

No me gustan esas palabras y desde luego no me gusta la sinceridad de su cara en este momento.

—No... —Entrecierra los ojos con expresión pensativa mientras suelta el aire despacio—. No aparecí porque no le vi sentido. Me mudo el lunes —dice, como si no pudiera soltar la última frase lo bastante rápido. No me gusta esta confesión. En absoluto.

—¿Te mudas? —Mi voz está cargada de decepción. Me siento como si me acabaran de dejar, y ni siquiera tengo novio.

—¿Te mudas? —pregunta Emory.

Me doy media vuelta y la veo acompañando a una clienta a uno de los lavabos, con la mirada clavada en Owen, a la espera de una respuesta. Vuelvo a mirar a Owen y veo que el momento de la verdad se ha acabado. Me alejo de él y me dirijo a mi sillón. Él me sigue en silencio.

Ninguno de los dos habla mientras le desenredo el pelo e intento averiguar cómo voy a arreglar el desastre que le hice anoche. Tendré que cortarle un montón. Acabará con un aspecto muy distinto, y no estoy segura de que me guste verlo con el pelo tan corto.

—Te lo voy a dejar corto —digo—. Te estropeé bastante.

Se ríe, y su risa es justo lo que necesito en este momento. Alivia la pesadez de lo que ha pasado en el lavabo.

—¿Por qué permitiste que te hiciera esto?

Me mira con una sonrisa.

—Era tu cumpleaños. Habría hecho cualquier cosa que me pidieras.

Otra vez está coqueteando conmigo, y me encanta y lo detesto a la vez. Me aparto un paso para examinarle bien el pelo. Cuando estoy segura de haber dado con la forma de arreglarlo, me doy media vuelta en busca de las tijeras y del peine, que están justo donde debían estar. Recuerdo haberlos dejado tirados en el suelo la noche anterior, y se me ocurre que seguramente Emory se encontrara con el desastre esta mañana. No barrí lo que le corté a Owen antes de irnos, pero ha desaparecido, así que luego tendré que darle las gracias.

Empiezo a cortarle el pelo y hago todo lo que puedo para concentrarme en eso y no en él. En algún momento mientras empezaba a cortarle el pelo, Emory ha vuelto a su sillón, donde se ha sentado y desde el que nos está mirando. Toma impulso con un pie en el armarito y empieza a dar vueltas.

—¿Te mudas para siempre o solo por un tiempo? —pregunta Emory.

Owen me mira y levanta una ceja.

—¡Ah! —exclamo, y recuerdo que no los he presentado formalmente. Señalo a Emory—. Owen, te presento a Emory. Mi compañera de apartamento rara.

Él hace un leve gesto con la cabeza y se vuelve hacia ella sin moverse demasiado. Creo que la idea de que le estropee todavía más el pelo lo pone nervioso, así que intenta quedarse lo más quieto posible.

—Por unos meses, seguramente —le contesta él—. No es permanente. Cosas de trabajo.

Emory frunce el ceño.

—Qué pena —replica—. Ya me caes mucho mejor que el otro.

Pongo los ojos como platos y vuelvo la cabeza hacia ella.

—¡Emory!

No puedo creer que haya dicho eso.

Owen me mira despacio de nuevo y levanta una ceja.

—¿El otro?

Meneo la cabeza y hago un gesto para restarle importancia a lo que ha dicho Emory.

—Está mal informada. No hay otro. —La fulmino con la

mirada—. No puede haber otro cuando de entrada no estoy con uno.

—¡Basta ya! —Se frena con el armarito para dejar de dar vueltas—. Está él. Con el que pareces haber pasado la noche. Y creo que este es mucho más agradable que el otro y creo que te da pena que se mude.

¿Se puede saber qué le pasa? Noto que Owen me está mirando fijamente, pero me da vergüenza devolverle la mirada. En cambio, fulmino de nuevo a Emory.

—Mira que empezaba a respetarte porque nunca chismeas...

—No es un chisme cuando se lo estoy diciendo a la cara a ambos. Esto es una conversación. Estamos hablando de que se sienten atraídos el uno por el otro y de que quieren enamorarse como... como... dos... —Se queda callada un momento antes de menear la cabeza—. Se me dan fatal las metáforas. Quieren enamorarse, pero ahora él se tiene que mudar y eso te entristece, pero ya no es necesario que lo hagas, porque gracias a mí, ya sabes que solo se va a mudar unos meses. No para siempre. Así que no cedas primero con el otro.

Owen está riéndose, pero yo no. Agarro el secador para ahogar sus palabras y termino de peinarle el pelo corto, que le queda muy bien, la verdad. Le destaca todavía más los ojos. Muchísimo más. Se ven más brillantes. Tanto que me está costando mucho no mirarlos embobada.

Apago el secador, y Emory empieza a hablar de nuevo enseguida.

—Bueno, ¿cuándo te mudas, Owen?

Él me mira fijamente mientras le contesta.

—El lunes.

Emory da una palmada en el apoyabrazos del sillón.

—Mira, pues viene estupendo —replica—. Auburn está libre hoy y mañana. Pueden pasar todo el fin de semana juntos.

No le digo que se calle, porque sé que eso no la detendría. Me pongo detrás de Owen, le desato la capa que lo protege y la meto en un cajón, sin dejar de fulminarla con la mirada.

—La verdad es que me gusta esa idea —dice Owen.

Su voz me hace temer por la seguridad del mundo, porque yo sola estoy agotando el suministro de oxígeno de tanto respirar hondo cada vez que la oigo. Lo miro a través del espejo y veo que está inclinado hacia delante en el sillón, observando mi reflejo.

¿Quiere pasar el fin de semana conmigo? ¡Joder, no! Si eso pasa, significa que van a pasar también otras cosas, y todavía no sé si estoy preparada para otras cosas. Además, estaré ocupada con… ¡Mierda! No tengo nada con lo que ocuparme. Este es el fin de semana que Lydia se va a Pasadena. Adiós a mi excusa.

—Mírala, intentando inventarse excusas —dice Emory con voz guasona.

Ahora los dos me miran fijamente, a la espera de que conteste. Me pongo la gorra de Owen y me voy derecha a la puerta. No le debo a Owen un fin de semana y desde luego que no le debo a Emory un espectáculo. Abro la puerta de golpe y echo a andar hacia mi apartamento, que también coincide con la dirección del estudio de Owen, así que no me sorprendo cuando aparece a mi lado.

Sincronizamos nuestros pasos y empiezo a contarlos. Me pregunto si llegaremos hasta su estudio sin hablar.

Trece, catorce, quince…

—¿En qué estás pensando? —me pregunta en voz baja.

Dejo de contar nuestros pasos, porque ya no estoy andando. Owen también se ha parado, porque lo tengo justo delante de mí, mirándome con esos ojos tan grandes e impactantes que acaba de crear el corte de pelo.

—No voy a pasar el fin de semana contigo. No me puedo creer que lo sugieras siquiera.

Menea la cabeza.

—No lo he sugerido yo. Lo ha hecho tu inadecuada compañera de apartamento. Yo solo he dicho que me gustaba la idea.

Resoplo y cruzo los brazos delante del pecho. Bajo la mirada a la acera que hay entre los dos e intento averiguar por qué estoy tan cabreada ahora mismo. Alejarme de él no hará que se me pase el enfado, porque ese es el problema. Pensar en pasar el fin de semana con él me emociona, y que no se me ocurra ninguna razón por la que sea una mala idea me está cabreando. Supongo que todavía siento que me debe más de una explicación. O más de una disculpa. Si Harrison no lo hubiera llamado anoche, seguramente no habría vuelto a verlo ni a saber de él. Eso es un pequeño golpe para mi autoestima, así que me cuesta aceptar sin más que de repente quiera pasar tiempo conmigo.

Descruzo los brazos y los pongo en jarras antes de mirarlo.

—¿Por qué no me avisaste por lo menos de que te mudabas antes de dejarme plantada?

Sé que intentó explicarse antes, pero no fue suficiente, porque todavía estoy molesta. Que sí, que a lo mejor no quiere empezar nada si va a mudarse, pero si eso es así, no debería haberme dicho que volvería a la noche siguiente.

No le cambia la cara, pero da un paso hacia mí.

—No aparecí la noche siguiente porque me gustas.

Cierro los ojos e inclino la cabeza, decepcionada.

—Qué respuesta más tonta —mascullo.

Se acerca un paso más y lo tengo justo delante de mí. Cuando vuelve a hablar, lo hace con su susurro tan grave que lo siento en el estómago.

—Sabía que me iba a mudar y me gustas. Esas dos cosas no combinan muy bien. Debería haberte dicho que no iba a aparecer, pero no tenía tu número.

Buen intento.

—Sabías dónde vivo.

Solo atina a responder a mi réplica con un suspiro. Cambia el peso del cuerpo de un pie a otro, y por fin me permito levantar la mirada para hacer el valiente viaje hasta sus ojos. La verdad es que parece muy arrepentido, pero sé que no debo fiarme de la expresión de la cara de un hombre. Lo único digno de confianza son los actos, y hasta ahora no ha demostrado ser muy digno de confianza.

—Metí la pata —dice—. Lo siento.

Por lo menos, no me da una excusa. Supongo que hace falta un poco de sinceridad para ser capaz de admitir que te has equivocado, aunque no seas muy abierto con el motivo. Tiene eso a su favor.

No sé en qué momento se ha acercado tanto a mí, pero está tan cerca (muchísimo) que a los demás transeúntes puede darles la impresión de que estamos peleándonos o a punto de enrollarnos.

Lo rodeo y echo a andar de nuevo hasta que llegamos a su estudio. No sé muy bien por qué me detengo al llegar a su puerta. Debería seguir andando. Debería seguir hasta llegar a mi apartamento, pero no lo hago. Abre la puerta y mira hacia atrás para asegurarse de que sigo aquí.

No debería. Debería separarme de lo que sé que podrían ser los dos mejores días que he tenido en mucho tiempo, pero que irán seguidos de uno de los peores lunes que he tenido en mucho tiempo.

Si paso el fin de semana con él, me sentiré igual que anoche con la bebida. Será divertido y emocionante mientras dure y me olvidaré de todo lo demás mientras esté con él, pero luego llegará el lunes. Se mudará y tendré una resaca de Owen que será mucho peor que la resaca de Owen que voy a tener si me alejo de él ahora mismo.

Abre la puerta de su estudio, y una ráfaga de aire fresco me envuelve, atrayéndome al interior. Miro hacia dentro y luego a Owen. Él ve la aprensión en mis ojos y me toma de la mano. Me acompaña al estudio y, por algún motivo, no me resisto. La puerta se cierra detrás de nosotros, y nos envuelve la oscuridad.

Escucho el eco de mi corazón, porque estoy segura de que late lo bastante fuerte como para oírlo. Lo siento cerca de mí, pero ninguno de los dos se mueve. Oigo su respiración, siento su cercanía, huelo el aroma limpio del acondicionador mezclado con lo que sea que lo hace oler a lluvia.

—¿Es la idea de pasar el fin de semana con alguien que apenas conoces lo que te hace dudar de esto? ¿O es solo la idea de pasar el fin de semana conmigo en concreto?

—No me asusta porque seas tú, Owen. Me lo estoy pensando precisamente porque eres tú.

Retrocede un paso, y mis ojos se han adaptado lo suficiente a la penumbra como para verle la cara con claridad. Está esperanzado. Ilusionado. Sonriente. ¿Cómo puedo decirle que no a esa cara?

—¿Y si de momento acepto pasar hoy contigo? Y luego ya vamos viendo.

Se ríe de mi sugerencia, como si le pareciera una tontería

que no quisiera quedarme todo el fin de semana después de pasar el día con él.

—Qué tierno, Auburn —replica—. Pero, por mí, bien.

Sonríe de oreja a oreja cuando me pega a él. Me rodea con los brazos y me levanta del suelo, dejándome sin aliento. Me suelta de nuevo y abre la puerta.

—Ven. Vamos a un Target.

Eso me sorprende.

—¿A un Target?

Sonríe y me coloca bien la gorra al tiempo que me devuelve a la luz del sol.

—No tengo nada que ofrecerte para comer. Vamos a hacer la compra.

CAPÍTULO DIEZ

Owen

Estoy perdiendo la cuenta de las mentiras que le digo, y mentirle a alguien como ella no es algo que me salga de forma natural, pero no sabía cómo contarle la verdad. Tenía miedo de dejarla ir y miedo de admitir que, en realidad, no me voy a mudar el lunes, porque la verdad es que el lunes tendré que pasar por el juzgado. Y, después de la vista con el juez, iré o bien a rehabilitación, o bien a la cárcel, dependiendo de quién se salga con la suya. Callahan Gentry o yo.

Esta mañana, cuando mi padre se pasó por el estudio, me cuidé mucho de no irme de la lengua, porque sabía que Auburn podría estar escuchando. Sin embargo, mantener la calma resultó más difícil de lo que pensaba. Solo quería que viera lo que esto me estaba provocando. Quería agarrarlo de una mano y tirar de él escaleras arriba para señalarla mientras dormía en mi cama. Quería decirle: «Mírala, papá. Mira lo que me está costando tu egoísmo».

En cambio, hice lo que siempre hago. Dejé que los recuerdos de mi madre y de mi hermano me convencieran de no enfrentarme a él. Son mi excusa. Y son su excusa. Han sido nuestra excusa durante los últimos años, y me temo que, si no encuentro la forma de dejar de usar esa noche como excusa, Callahan y Owen Gentry nunca volverán a ser padre e hijo.

Sin embargo, nada me ha hecho desear tanto un cambio en mi modo de vida como ella. Por más que lo he intentado, por más que lo he pensado y por más que me hunda cada vez que la culpa me derrota, nunca me he sentido tan fuerte como me siento cuando estoy con ella. Nunca he sentido que tuviera un propósito como el que siento cuando estoy con ella. Pienso en las primeras palabras que le dije cuando apareció en mi puerta.

«¿Has venido para salvarme?».

¿Vas a salvarme, Auburn? Eso parece, y hace mucho tiempo que no siento ningún atisbo de esperanza.

—¿Adónde vas? —me pregunta.

Su voz podría usarse como una forma de terapia. Estoy convencido de ello. Auburn podría entrar en una habitación llena de personas con depresión grave y solo tendría que abrir un libro y leer en voz altas para curarlas.

—A Target.

Me da un empujón en un hombro y se ríe, y me alegra ver que ha recuperado esa faceta suya. Apenas se ha reído en todo el día.

—No me refiero a ahora mismo, tonto. Me refiero al lunes. ¿Adónde vas? ¿Por qué te mudas?

Miro al otro lado de la calle.

Miro al cielo.

Me concentro en mis pies.

Miro a todas partes menos a sus ojos, porque no quiero mentirle otra vez. Ya le he mentido una vez hoy y no puedo volver a hacerlo.

Alargo un brazo y le tomo la mano entre las mías. Ella me lo permite, y el simple hecho de saber que no me dejaría aferrarle la mano si supiera la verdad hace que me arrepienta de haberle mentido. Sin embargo, cuanto más espero para admitir la verdad, más difícil me resulta.

—Auburn, en serio que no quiero responder a esa pregunta, ¿de acuerdo?

Sigo mirándome los pies, sin querer que me vea en la cara que me parece que está loca por haber aceptado pasar el fin de semana conmigo, porque se merece mucho más de lo que yo puedo darle. Sin embargo, no creo que se merezca algo mejor que yo. Creo que sería perfecta para mí y que yo sería perfecto para ella, aunque todas las malas decisiones que he tomado en la vida son lo que ella no se merece. Así que hasta que pueda averiguar cómo corregir todos mis errores, dos días con ella es lo único que me merezco. Y sé que dijo que nos centraríamos primero en el día de hoy antes de decidir pasar todo el fin de semana juntos, pero creo que ambos sabemos que eso es una tontería.

Me aprieta la mano.

—Si no me dices por qué te mudas, yo no te digo por qué me he mudado a Texas.

Esperaba descubrirlo todo sobre ella este fin de semana.

Tenía preguntas preparadas y listas para hacérselas, pero ahora tengo que retroceder, porque no estoy dispuesto a contarle mi vida. Por lo menos de momento.

—Me parece justo —replico y, por fin, puedo volver a mirarla.

Ella sonríe y me da un apretón en la mano, y no puedo soportar lo guapa que está ahora mismo. Libre de preocupaciones, libre de ira, libre de culpa. El viento le arrastra un mechón de pelo hasta la boca y se lo aparta con la punta de los dedos.

Voy a pintar este momento más tarde.

Sin embargo, ahora mismo, la llevo a Target. A hacer la compra.

Porque se queda conmigo.

Todo el fin de semana.

Es austera en muchos aspectos, pero no en lo referente a la comida. Sé que tiene claro que solo va a estar dos días en mi casa, pero echa en el carrito comida para dos semanas.

Sin embargo, se lo permito, porque quiero que sea el mejor fin de semana de su vida, y la *pizza* congelada y los cereales me ayudarán a conseguirlo.

—Creo que con esto vamos bien. —Está mirando el carrito, rebuscando y asegurándose de que tiene todo lo que quería—. Tendremos que ir en taxi a tu casa, porque no podremos cargar con todo esto.

Me doy media vuelta con el carrito justo antes de llegar a la caja.

—Se nos ha olvidado una cosa —digo.

—¿El qué? Si nos llevamos toda la tienda.

Me dirijo en dirección contraria.

—Tu regalo de cumpleaños.

Espero que corra detrás de mí y proteste, que es lo que seguramente haría la mayoría de las chicas. En cambio, empieza a aplaudir. Creo que también acaba de chillar. Me agarra del brazo con ambas manos y me dice:

—¿Cuánto puedo gastar?

Su entusiasmo me recuerda una de las veces que mi padre nos llevó a Carey y a mí a un Toys "R" Us. Carey era dos años mayor que yo, pero nuestros cumpleaños se celebraban con una semana de diferencia. Mi padre solía hacer cosas así, cuando Callahan Gentry sabía cómo ser padre. Recuerdo un día en concreto; quería convertir la compra de regalos en un juego. Nos dijo que eligiéramos un número de pasillo y un número de estantería, y que podíamos elegir lo que quisiéramos de esa estantería en concreto. Carey fue el primero, y acabamos en el pasillo de los Lego, algo que era típico en él por la buena suerte que tenía. A mí no me fue tan bien. Mis números nos llevaron al pasillo de Barbie, y decir que me enfadé es quedarse corto. Carey era el tipo de hermano que o bien me estaba pegando, o bien me protegía con uñas y dientes. Miró a mi padre y le dijo:

—¿Y si invierte los números? A lo mejor en vez del pasillo cuatro y el estante tres, deberíamos estar en pasillo tres y el estante cuatro.

Mi padre sonrió con orgullo.

—Eso es muy de abogado, Carey. —Echamos a andar hacia el pasillo tres, que era el de los deportes. Ni siquiera recuerdo lo que acabé eligiendo. Solo recuerdo el día y que, pese al momento de terror en el pasillo de Barbie, acabó siendo uno de mis recuerdos preferidos de los tres.

Tomo la mano de Auburn entre las mías y dejo de empujar el carrito.

—Elige un número de pasillo.

Ella levanta una ceja y mira hacia atrás, intentando ver los carteles de los pasillos, así que le bloqueo la vista.

—No hagas trampas. Elige un número de pasillo y un número de estantería. Te compraré lo que quieras de la estantería en la que acabemos.

Ella sonríe. Le gusta este juego.

—El trece —me dice—. Pero ¿cómo sé cuántas estanterías hay?

—Adivínalo y ya está. A lo mejor tienes suerte.

Se pellizca el labio inferior con el pulgar y el índice, y me mira fijamente.

—Si digo el uno, ¿se consideraría el estante superior o el inferior?

—El inferior.

Sonríe y se le iluminan los ojos.

—Pues pasillo trece, estante número dos. —Está tan emocionada que diría que nunca antes le han hecho un regalo. Se muerde el labio inferior para disimular un poco la emoción.

¡Ay, Dios, esta mujer me encanta!

Me doy media vuelta y descubro que estamos en el extremo opuesto de la tienda.

—Creo que es el pasillo de los artículos deportivos o electrónicos —digo.

Ella da un saltito y dice:

—O el de las joyas.

¡Mierda! La joyería está cerca de la sección de electrónica. Este puede ser el regalo de cumpleaños más caro que he comprado en la vida. Me suelta la mano y agarra el extremo del carrito, tirando de él más rápido.

—Date prisa, Owen.

Si hubiera sabido que los regalos de cumpleaños le hacían tanta ilusión, le habría comprado uno el día que la conocí. Y todos los días desde entonces.

Seguimos caminando hacia el pasillo trece, y pasamos por delante de la sección de joyería y luego por la de electrónica, eliminando ambas posibilidades. Nos detenemos en el pasillo doce y, aunque estamos delante de los artículos deportivos, ella parece emocionada.

—Estoy muy nerviosa —dice, caminando de puntillas hacia el pasillo trece. Dobla la esquina primero y se asoma. Me mira con una sonrisa enorme—. ¡Tiendas de campaña! —Y desaparece.

La sigo y doblo la esquina con el carrito, pero ella ya está sacando una de la estantería.

—Quiero esta —dice emocionada, pero vuelve a dejarla en la estantería—. No, no, quiero esta —murmura para sí misma—. El azul es su color preferido. —Se decide por la azul, y la ayudo, aunque no estoy seguro de poder moverme. Todavía estoy intentando asimilar sus palabras.

«El azul es su color preferido».

Quiero preguntarle a quién se refiere y por qué está pensando en irse de acampada con alguien cuyo color favorito es el azul, el azul y nada más que el azul. Sin embargo, no digo nada, porque no tengo derecho a decir nada. Me ha concedido dos días, no una eternidad.

Dos días.

«No va a ser suficiente para mí, Auburn». Empiezo a darme cuenta. Y quienquiera que tenga como color favorito el azul no va a tener la menor oportunidad con ella en esta tienda, porque estoy a punto de asegurarme de que solo pueda pensar «¡Ay, Dios mío» y de que no pueda sacarse mis iniciales de la cabeza cada vez que vea una tienda de campaña.

Cargo toda la compra en el taxi y me doy media vuelta en busca de la tienda de campaña. Ella me la quita de las manos antes de que yo pueda meterla en el maletero.

—Yo la llevo. Quiero ir a mi casa un rato antes de ir a la tuya, así que me la llevo.

Reviso la compra y vuelvo a mirarla.

—¿Por qué? —Cierro el maletero y veo que se pone colorada mientras se encoge de hombros.

—¿Puedes dejarme allí? Dentro de un par de horas voy a tu casa.

No quiero dejarla. Podría cambiar de opinión.

—Sí —contesto—. Claro. —Camino hacia la parte trasera del taxi y le abro la puerta. Creo que se da cuenta de que no quiero que se vaya a su casa, pero intento disimular mi decepción. Cuando me meto en el taxi, la tomo de la mano y cierro la puerta. Ella le da su dirección al taxista.

Estoy mirando por la ventanilla cuando siento que me da un apretón en la mano.

—¿Owen?

La miro, y su sonrisa es tan dulce que me duele todo.

—Solo quiero ducharme y preparar una muda de ropa antes de ir a tu casa, pero te prometo que iré, ¿sí? —Su expresión es tranquilizadora.

Asiento con la cabeza, sin estar seguro de creer lo que me acaba de decir. Puede que sea su forma de vengarse de mí por haberla dejado plantada aquel día. Ve la duda en mis ojos y se ríe.

—Owen Mason Gentry —dice al tiempo que se quita la tienda de campaña del regazo para dejarla al lado, en el asiento.

Se coloca sobre mis piernas y la agarro por la cintura, sin saber muy bien adónde quiere llegar, aunque no me preocupa tanto como para detenerla. Me mira a los ojos mientras me toma la cara entre las manos—, deja de lloriquear. Y de dudar.

Sonrío.

—Eso ha rimado.

Se ríe a carcajadas. ¿He dicho que la amo? No, no lo he dicho. Porque eso sería una locura. Sería imposible.

—Soy la reina de las rimas —replica con una sonrisa—. Todo depende del momento. —Me pone las manos en el pecho y levanta la mirada un segundo, pensando en su siguiente frase antes de volver a clavarla en la mía—. Owen, respira tranquilo. Mi deseo por ti está vivo.

Intenta ser seductora, y funciona, pero tampoco puede dejar de reírse de sí misma, y eso es todavía mejor.

El taxi se detiene delante de su edificio. Auburn hace ademán de agarrar la tienda, pero le tomo la cara entre las manos y la atraigo hacia mí, acercando mis labios a su oreja.

—Te doy una hora para ducharte, después, Auburn Mason Reed, que sepas que voy a devorarte.

Cuando retrocedo y la miro, su sonrisa ha desaparecido. Traga saliva y su reacción a mis palabras me arranca una sonrisa. Abro la puerta del taxi y ella sale del trance.

—Eres un genio, Owen. —Se inclina sobre el asiento y aferra la tienda de campaña. Cuando sale del taxi, le sonrío y ella me sonríe, pero no nos despedimos. Solo me despediré de ella una vez, y no será hasta el lunes por la mañana.

Estoy a punto de llamar al timbre de su puerta. Sé que solo ha pasado una hora y que ni siquiera ha tenido tiempo de volver a mi estudio, pero no puedo dejar de pensar en ella haciendo todo el trayecto sola. Odio que tenga que hacerlo dos veces al día cuando va a trabajar.

Sin embargo, no quiero meterle prisa y tampoco quiero que crea que aparezco porque dudo de ella. Tal vez debería sentarme en la escalera y esperar a que abra la puerta. Así parecerá que he llegado justo cuando ella salía. Además, si no abre la puerta, dentro de un par de horas sabré que ha cambiado de opinión. Si eso sucede, puedo irme y ella ni siquiera sabrá que he estado aquí.

¿Y si ya se ha ido y no la he visto porque ha llamado a un taxi? Podría estar en mi casa, mientras yo he tomado la ridícula decisión de plantarme en la puerta de su casa. *Mierda*.

—¿Quieres entrar?

Me giro al instante y veo a Emory de pie en la puerta, mirándome fijamente. Lleva el bolso en una mano y las llaves en la otra.

—¿Sigue Auburn aquí?

Ella asiente con la cabeza y abre más la puerta.

—Está en su habitación. Acaba de salir de la ducha.

Titubeo, porque no me siento cómodo entrando en su casa sin que ella lo sepa. Emory me ve dudar, así que retrocede y entra de nuevo en el apartamento.

—¡Auburn! El chico con el que deberías acostarte está aquí. El policía no, ¡el otro!

El policía.

Emory me mira de nuevo y asiente con la cabeza como diciendo «De nada». Diría que me cae bien, pero cada vez que nos vemos saca a colación al «otro» y me pregunto si será él a quien le gusta el color azul.

Oigo que Auburn gime en su dormitorio.

—¡Emory, te lo juro! Necesitas una clase de habilidades sociales. —Aparece en la puerta, y Emory huye hacia la escalera. Auburn tiene el pelo húmedo y se ha cambiado de ropa. Lleva unos vaqueros y una camiseta sencilla, pero son diferentes de los que llevaba antes. Me gusta que vaya tan informal. Me mira de arriba abajo—. Ni siquiera ha pasado una hora, don Impaciente.

No parece molesta, lo cual es bueno. Me hace un gesto para que entre y la sigo.

—Iba a esperar fuera —replico.

Entra en su habitación y sale con una mochila. La deja sobre la encimera, se vuelve y me mira expectante.

—Estaba aburrido —añado—. Se me ha ocurrido que podía venir para acompañarte hasta mi estudio.

Sus labios esbozan una sonrisa.

—Estás demasiado interesado en mí, Owen. El lunes lo vas a pasar mal.

Lo dice como si estuviera bromeando, pero no sabe cuánta razón tiene.

—¡Ah! —Se vuelve hacia el salón y agarra la tienda del sofá—. Ayúdame a montar la tienda antes de irnos. —Va hacia su dormitorio con la tienda en las manos—. Es pequeña, no tardaremos mucho.

Meneo la cabeza, sin entender por qué quiere montar una tienda de campaña en su dormitorio, pero ella parece muy tranquila, así que no la cuestiono. Porque ¿qué chica no se merece una tienda de campaña en su habitación?

—La quiero aquí. —Señala un lugar cerca de la cama mientras aparta de un puntapié una esterilla de yoga.

Echo un vistazo por la habitación, en un intento por averiguar algo sobre ella sin tener que hacer preguntas. No hay fotos en las paredes ni en la cómoda, y la puerta del armario está cerrada. Es como si un día hubiera decidido marcharse de Portland y no se hubiera traído nada cuando vino. Me pregunto por qué. ¿No es una mudanza permanente?

La ayudo a desembalar la tienda de campaña. En Target no me di cuenta, pero la verdad es que es pequeña. Caben dos personas y tiene un separador opcional en el centro. La montamos en menos de cinco minutos, pero parece que a ella no le basta con montarla. Abre el armario y saca dos mantas del estante superior. Las pone en la tienda y entra.

—Trae dos cojines de mi cama —dice—. Tenemos que tumbarnos en ella unos minutos antes de irnos.

Me hago con los cojines y me arrodillo delante de la tienda. Se los tiendo, y ella me los quita de las manos. Aparto la solapa y me meto con ella, pero me tumbo en el suelo en vez de hacer lo que de verdad quiero hacer, que es tumbarme encima de ella.

Soy demasiado grande para la tienda y se me salen los pies, igual que a ella.

—Creo que has comprado una tienda de campaña para personajes de ficción.

Ella menea la cabeza y se incorpora sobre un codo.

—Yo no la he comprado. La has comprado tú. Y es una tienda de campaña para niños, Owen. Claro que no cabemos. —Busca con la mirada la cremallera que cuelga de la parte superior de la tienda—. Mira. —La aferra y la mueve. Una red baja de la parte superior y sigue subiendo la cremallera por los lados hasta que nos separa una malla. Apoya la cabeza en el brazo y me sonríe—. Parece que estamos en un confesionario.

Me pongo de costado, apoyo la cabeza en la mano y la miro fijamente.

—¿Quién de nosotros va a confesarse?

Entrecierra los ojos y me señala con un dedo.

—Creo que puedo decir sin temor a equivocarme que le debes al mundo unas cuantas confesiones más.

Levanto la mano y le toco el dedo a través de la malla. Ella abre la palma y la presiona contra la mía.

—Podríamos estar aquí toda la noche, Auburn. Tengo muchas confesiones.

Podría decirle cómo la conocí. Hacerle entender de dónde viene mi abrumador impulso de protegerla, pero hay ciertos secretos que me llevaré a la tumba, y este es definitivamente uno de ellos.

En cambio, le ofrezco otra confesión. Una que no significa tanto para mí. Algo seguro.

—Solo tengo tres contactos en el móvil. El de mi padre. El de Harrison. El de mi primo Riley, pero hace más de seis meses que no hablo con él. Nada más.

Se queda callada. No sabe qué decir, porque ¿quién tiene solo tres contactos en su teléfono? Alguien con problemas, obviamente.

—¿Por qué no tienes más?

Me gustan sus ojos. Son muy reveladores y, ahora mismo, se compadece de mí, porque se da cuenta de que no es la única persona solitaria de Dallas.

—Cuando terminé la secundaria, seguí mi propio camino. Me centré en mi arte y en nada más. Perdí todos mis antiguos contactos al cambiar de teléfono hace un año, y cuando eso pasó, me di cuenta de que en realidad no hablaba con nadie. Mis abuelos murieron hace años. Solo tengo un primo y, como ya te he dicho, no hablamos mucho. Solo necesito el número de Harrison y el de mi padre.

Me recorre la palma de la mano con los dedos. Ya no me mira, tiene los ojos fijos en sus manos.

—Déjame ver tu móvil.

Me lo saco del bolsillo y se lo doy por debajo de la malla, porque le he dicho la verdad. Puede comprobarlo por sí misma. Tres números, nada más.

Sus dedos se mueven sobre la pantalla durante varios segundos antes de devolvérmelo.

—Ya está. Ahora tienes cuatro.

Miro la pantalla y veo su contacto. Me río al ver el nombre que se ha puesto.

Auburn Mason (el mejor segundo nombre) Reed.

Me guardo el teléfono de nuevo en el bolsillo y acerco otra vez la mano a la suya, que sigue en la malla.

—Te toca —le digo.

Ella niega con la cabeza.

—Todavía te queda mucho que soltar. Sigue.

Suspiro y me tumbo de espaldas. No quiero decirle nada más de momento, pero tengo miedo porque, si no salimos pronto de esta tienda, acabaré contándole lo que sé y todo lo que no quiere oír. Aunque tal vez sea mejor así. Quizá si le digo la verdad, pueda aceptarla y confiar en mí y saber que, en cuanto vuelva, las cosas serán distintas. Quizá si le digo la verdad, tengamos una oportunidad de superar lo del lunes.

—¿La noche que no aparecí? —Hago una pausa, porque el corazón me late tan rápido que me cuesta pensar. Sé que tengo que confesárselo, pero no sé cómo hacerlo. Lo mire como lo mire, sé que reaccionará negativamente, y lo entiendo, pero estoy cansado de no ser sincero con ella. Vuelvo a tumbarme de costado y la miro. Abro la boca para confesarme, pero no lo consigo porque llaman a la puerta.

La expresión confusa de su cara revela que no está acostumbrada a recibir visitas.

—Voy a ver quién es. Espera aquí. —Sale de la tienda al instante, y yo me tumbo de nuevo de espaldas y suelto el aire. Auburn vuelve al cabo de unos segundos y se arrodilla delante de la tienda—. Owen… —dice con un deje frenético en la voz, y me levanto sobre los codos mientras ella asoma la cabeza. Me mira con los ojos rebosantes de preocupación—. Tengo que abrir la puerta, pero por favor no salgas de mi habitación, ¿sí? Te lo explicaré todo en cuanto se vaya. Te lo prometo.

Asiento con la cabeza, detestando el miedo que transmite su voz. También detesto que, de repente, quiera esconderme de quienquiera que esté llamando.

Retrocede y cierra la puerta del dormitorio. Vuelvo a apoyarme en el cojín y escucho, consciente de que estoy a punto de oír una de sus confesiones, aunque ella no parece dispuesta a compartirla conmigo.

Oigo que abre la puerta del apartamento y lo primero que escucho es la voz de un niño.

—¡Mami, mira! Mira lo que me ha comprado la abuela Lydia.

Y luego oigo que Auburn replica:

—¡Vaya, es el que querías!

¿Acaba de llamarla «mami»?

Oigo pasos y luego una voz femenina que dice:

—Sé que es todo muy precipitado, pero teníamos que haber salido para Pasadena hace horas. Sin embargo, han ingresado a mi suegra en el hospital y Trey está trabajando.

—¡Ay, no, Lydia! —exclama Auburn.

—Tranquila, mi suegra está bien. La diabetes le está dando problemas otra vez, algo que no le pasaría si me hiciera caso y se cuidara. Sin embargo, como no lo hace, luego espera que toda la familia renuncie a sus planes para atenderla.

Oigo el pomo de una puerta que gira.

—AJ, no —oigo que dice Auburn—. No entres en la habitación de mamá.

—El caso es que tengo que llevarle algunas cosas —sigue la mujer—, pero no permiten niños en la UCI, así que necesito que te quedes con él un par de horas.

—Por supuesto —replica ella—. ¿Aquí?

—Sí, no tengo tiempo para dejarlos en mi casa.

—De acuerdo —dice. Parece emocionada. Como si no estuviera acostumbrada a que la mujer confiara en ella para hacer eso. Está tan emocionada que no creo que se dé cuenta de que AJ está abriendo la puerta de su dormitorio otra vez.

—Vendré a por él más tarde —dice la mujer.

—Puede pasar la noche aquí —sugiere Auburn, esperanzada—. Lo llevaré de vuelta por la mañana.

La puerta del dormitorio se abre y entra un niño que corre hasta la tienda de campaña para arrodillarse delante de la solapa abierta. Me incorporo sobre los codos y le sonrío, porque él me está sonriendo.

—¿Por qué estás en una tienda de campaña? —me pregunta.

Me llevo el dedo a la boca.

—Shhh.

El niño sonríe y se mete en la tienda. Parece tener unos cuatro o cinco años, y sus ojos no son verdes como los de Auburn. Son de diferentes colores. Marrones, grises y verdes. Como un lienzo.

Tampoco ha heredado su característico color de pelo, ya que el suyo es castaño oscuro. Supongo que lo heredó de su padre, pero de todas formas veo mucho de Auburn en él. Sobre todo en su expresión y en lo curioso que parece.

—¿La tienda es un secreto? —me pregunta.

Asiento con la cabeza.

—Sí. Y nadie sabe que esta tienda está aquí, así que tenemos que mantenerlo entre nosotros, ¿de acuerdo?

Sonríe y asiente con la cabeza, como si estuviera emocionado por tener un secreto.

—Puedo guardar secretos.

—Eso está bien —replico—. Porque los músculos no son lo que hace fuertes a los hombres. Son los secretos. Cuantos más secretos guardas, más fuerte eres por dentro.

Sonríe.

—Quiero ser fuerte.

Estoy a punto de decirle que vuelva al salón antes de que se den cuenta de su ausencia, pero oigo que se abre la puerta del dormitorio.

—AJ, ven a darle un abrazo a la abuela Lydia —dice la mujer. Sus pasos se acercan, y AJ abre mucho los ojos.

—Lydia, espera —oigo que le dice Auburn al borde del pánico. Sin embargo, la advertencia llega un segundo tarde, porque no me da tiempo a meter los pies en la tienda antes de que Lydia entre en la habitación.

Oigo que sus pasos se detienen de inmediato. No me hace falta verle la cara para saber que no está muy contenta de ver a AJ en esta tienda de campaña.

—AJ —dice con voz firme—, cariño, sal de la tienda.

AJ me sonríe y se lleva el dedo a la boca.

—No estoy en una tienda, abuela. Aquí no hay ninguna tienda.

—Lydia, puedo explicártelo —dice Auburn, que se

agacha y le hace un gesto a AJ para que salga. Sus ojos solo se cruzan con los míos durante un segundo—. Es solo un amigo. Me estaba ayudando a montar la tienda de campaña para AJ.

—AJ, vámonos, cariño. —Lydia agarra al niño de la mano, y tira de él para sacarlo de la tienda—. Puede que a ti te parezca bien permitir que tu hijo esté rodeado de desconocidos, pero a mí no.

Me percato de la decepción que invade a Auburn. También se apodera de AJ cuando se da cuenta de que Lydia no va a permitirle que se quede. Sigo al niño y salgo de la tienda. Me pongo de pie.

—No pasa nada, me voy —digo—. Acabamos de montarla para él.

Lydia me mira de arriba abajo, poco impresionada por lo que cree ver. Quiero mirarla de la misma manera, pero prefiero no hacer nada que empeore las cosas para Auburn. Cuando la miro bien, me doy cuenta de que la he visto antes. Hace ya tiempo, pero no ha cambiado nada, aparte de tener unas cuantas canas más en su pelo negro y liso. Sigue pareciendo tan estricta e intimidante como hace tantos años.

La mujer mira a AJ.

—AJ, coge tu juguete. Tenemos que irnos.

Auburn sigue a Lydia fuera de la habitación.

—Lydia, por favor. —Agita una mano en mi dirección—. Ya se va. Solo estaremos AJ y yo, te lo prometo.

La mano de Lydia se detiene en el pomo de la puerta del apartamento y se vuelve para mirar a Auburn. Suelta un rápido suspiro.

—Puedes verlo el domingo por la noche, Auburn. De verdad, no pasa nada. Debería haber sabido que era mejor no venir sin avisar. —Mira al niño por encima del hombro de Auburn—. Despídete de tu madre, AJ.

Veo que Auburn hace una mueca, pero con la misma rapidez, su ceño fruncido se transforma en una sonrisa al volverse para arrodillarse delante de AJ. Tira de él y lo abraza.

—Lo siento, pero tienes que irte con la abuela Lydia, ¿sí? —Se separa de él y le pasa la mano por el pelo—. Nos veremos el domingo por la noche.

—Pero quiero quedarme aquí —protesta el niño con auténtica decepción.

Auburn intenta disimular con una sonrisa, pero veo que las palabras de su hijo la dejan hecha polvo. Le revuelve el pelo y le dice:

—Otra noche, ¿de acuerdo? Mamá tiene que levantarse mañana muy temprano para trabajar y no vas a divertirte si lo único que hacemos es dormir.

—Será divertido —replica el niño, que señala hacia el dormitorio—. Tienes una tienda de campaña y podríamos dormir en... —Sus ojos buscan los míos y se da cuenta de que acaba de mencionar la tienda secreta. Vuelve a mirar a Auburn y niega con la cabeza—. Da igual, no tienes ninguna tienda. Me he equivocado.

Pese a lo mal que me siento por lo que está pasando, el niño me arranca una sonrisa.

—AJ, vamos.

Auburn le da otro fuerte abrazo y le susurra:

—Te quiero. Te querré siempre. —Lo besa en la frente y él la besa en la mejilla antes de aceptar la mano de Lydia. Auburn ni siquiera se vuelve para despedirse de la mujer, y no la culpo en absoluto.

En cuanto se cierra la puerta, se levanta, pasa a mi lado y se dirige directamente a su dormitorio. La veo retirar la solapa y meterse en la tienda.

Me detengo en el vano de la puerta del dormitorio y oigo que está llorando.

A estas alturas, todo tiene sentido. Su enfado por el plantón de Lydia el día de su cumpleaños, porque eso significaba que no podía pasarlo con AJ.

El comentario sobre el color azul.

El motivo de su mudanza a Texas, cuando aquí parece tan descontenta.

Y por qué me va a resultar imposible alejarme de ella ahora, después de haber presenciado esta escena. Después de haber visto lo increíble que es cuando ama a ese niño.

CAPÍTULO ONCE

Auburn

Oigo que bajan la cremallera de la malla de separación de la tienda y luego noto una mano en el brazo, seguida de un brazo que se desliza por debajo de mi cojín. Owen me estrecha contra él, y quiero apartarme enseguida, pero, al mismo tiempo, me sorprende lo cómoda que me siento entre sus brazos. Cierro los ojos y espero a que me haga preguntas. Voy a quedarme tumbada y a disfrutar de la comodidad hasta que me la arrebate con su curiosidad.

Me desliza la mano arriba y abajo por el brazo, acariciándome con suavidad. Después de varios minutos de silencio, me busca los dedos para entrelazarlos con los suyos.

—Cuando tenía dieciséis años —dice en voz baja—, mi madre y mi hermano mayor murieron en un accidente de carro. Conducía yo.

Cierro los ojos con fuerza. No consigo ni imaginármelo. De repente, mis problemas ya no me parecen tan grandes.

—Mi padre estuvo en coma varias semanas. Me quedé a su lado todo el tiempo. No porque quisiera estar allí cuando despertase, sino porque no sabía adónde ir. Nuestra casa estaba vacía. Mis amigos seguían con sus vidas, así que casi ni los vi después del funeral. Al principio, me visitaban familiares, pero incluso eso dejó de pasar. Después de un mes, solo estábamos mi padre y yo. Y me aterrorizaba pensar que si él también moría, no me quedaría nada por lo que vivir.

Me vuelvo despacio sobre mi espalda y lo miro.

—¿Qué pasó?

Owen me pone los dedos en la frente y me aparta el pelo.

—Vivió, está claro —contesta en voz baja—. Se despertó justo antes de que se cumpliera un mes del accidente. Y, aunque me alegraba de que estuviera bien, creo que no lo asimilé por completo hasta que tuve que contarle lo que había pasado. No se acordaba de nada del día del accidente, ni tampoco del momento en sí. Cuando tuve que decirle que mi madre y Carey habían muerto, lo vi. Vi que la vida se le escapaba por los ojos. Y no he visto que la recuperase desde la noche que pasó.

Me seco las lágrimas de los ojos.

—Lo siento mucho —le digo.

Menea la cabeza, como si no necesitara mis condolencias.

—No lo sientas —replica—. No es un tema al que le dé muchas vueltas. El accidente no fue culpa mía. Claro que los echo de menos y me duele todos los días, pero también sé que la vida tiene que continuar. Y mi madre y Carey no eran la clase de personas que querrían que usara sus muertes como excusa. —Me desliza los dedos con suavidad por el mentón, adelante y atrás. No me está mirando a los ojos. Tiene la vista clavada en algo por encima de mi cabeza, absorto—. A veces, los echo tantísimo de menos que me duele justo aquí —dice, y se presiona con fuerza un puño contra el pecho—. Es como si alguien me estrujase el corazón con la fuerza del mundo entero.

Asiento con la cabeza, porque sé muy bien a lo que se refiere. Yo siento lo mismo cada vez que pienso en AJ y en el hecho de que no vive conmigo.

—Cada vez que tengo esa sensación en el pecho, empiezo a pensar en las cosas que más echo de menos de ellos. Como la forma de sonreír de mi madre. Porque, pasara lo que pasase, estuviéramos donde estuviésemos, su sonrisa siempre me reconfortaba. Podíamos estar en medio de una guerra y bastaba con que ella se arrodillara y me mirase a los ojos con esa sonrisa para que desapareciesen todos mis miedos y preocupaciones. Y sonreía hasta cuando tenía días malos, cuando no tenía ganas de sonreír. Porque, para ella, no importaba nada más que mi felicidad. Y echo de menos eso. A veces, lo echo tanto de menos que la única forma que tengo de sentirme mejor es pintarla. —Se ríe por lo bajo—. Tengo unos veinte cuadros de mi madre guardados. Da un poco de miedito.

Me río con él, pero ver lo mucho que quiere a su madre me devuelve el dolor al pecho y mi risa da paso a una expresión de preocupación. Me pregunto si AJ alguna vez sentirá lo mismo por mí, ya que ahora mismo no puedo ser la clase de madre que quiero ser para él.

Owen me toma la cara con una mano y me mira muy serio a los ojos.

—He visto cómo lo miras, Auburn. He visto cómo le sonríes. Le has sonreído igual que mi madre me sonreía a mí. Y me da lo mismo lo que esa mujer opine de ti como madre; aunque casi no te conozco, he sentido lo mucho que quieres a ese niño.

Cierro los ojos y dejo que sus palabras impregnen todas las dudas que he tenido alguna vez sobre mis capacidades como madre.

Soy madre desde hace más de cuatro años.

Cuatro.

Y durante estos cuatro años, Owen es la primera persona que me dice algo que me ayuda a sentir que soy capaz de ser una buena madre. Y aunque apenas me conoce y no sabe nada de mi situación, percibo su convicción en las palabras que me está diciendo. El simple hecho de que crea lo que dice hace que yo también quiera creerlo.

—¿En serio? —pregunto en voz baja. Abro los ojos y lo miro—. Porque, a veces, tengo la sensación de que...

Me interrumpe con un terco movimiento de cabeza.

—No —dice, rotundo—. No conozco tu situación y supongo que si quisieras que la conociera, me la habrías contado. Así que no voy a preguntar. Pero puedo decirte que lo que acabo de ver es a una mujer que se aprovecha de tus inseguridades. No permitas que te haga sentir así, Auburn. Eres una buena madre. Una buena madre.

Se me escapa otra lágrima y vuelvo la cabeza a toda prisa. En el fondo, sé que podría ser una buena madre si Lydia me diera la oportunidad. Sé que no es culpa mía cómo han salido las cosas. Tenía dieciséis años y no estaba preparada cuando tuve a AJ, pero nunca había sido consciente de lo bien que se siente que otra persona crea en uno.

Descubrir lo de AJ podría haber hecho que Owen saliera

por la puerta en un abrir y cerrar de ojos. Descubrir que no tengo la custodia de mi hijo podría haberlo hecho suponer muchas ideas erróneas sobre mí, pero no ha pasado nada de eso. En cambio, ha usado la oportunidad para animarme. Para hacerme sentir mejor. Y nadie me había hecho sentir así desde el día que Adam murió.

Las gracias no me parecen suficientes, así que, en vez de hablar, lo miro de nuevo. Sigue inclinado sobre mí, mirándome. Levanto una mano, se la pongo en la nuca y pego la boca a la suya.

Lo beso con ternura, y él no hace nada para impedirlo ni intenta prolongarlo. Se limita a aceptar el beso mientras inspira despacio. No separo los labios, y ninguno de los dos intenta que el beso nos lleve a algo más. Creo que los dos sabemos que es más un «Gracias» que un «Te deseo».

Cuando me aparto, tiene los ojos cerrados y parece tan tranquilo como me acaba de hacer sentir a mí.

Me tumbo contra el cojín y lo veo abrir los ojos despacio. Se le dibuja una sonrisa en los labios y se tumba a mi lado, ambos con la mirada clavada en el techo de la tienda.

—El padre de AJ fue mi primer novio —le digo, explicándole mi situación. Me siento bien al contárselo. No se lo cuento a mucha gente, pero por algún motivo quiero contárselo todo a Owen—. Murió cuando yo tenía quince años. Dos semanas después, descubrí que estaba embarazada. Cuando mis padres se enteraron, quisieron que lo diera en adopción. Ya tenían que cuidar de cuatro hijos además de mí, y les costaba mucho que hubiera comida en la mesa para todos. No podían permitirse criar a otro niño de ninguna de las maneras, pero yo tampoco estaba dispuesta a renunciar a mi hijo. Por suerte, Lydia apareció con una solución intermedia. Dijo que si accedía a darle la custodia legal después de que naciera, podría vivir con ella y ayudarla a criarlo. Quería tener la certeza de que no lo daría en adopción, algo que obtendría con la custodia. También dijo que sería mejor así por temas médicos y de cobertura de seguro. No dudé de su palabra. Era joven y no tenía ni idea de lo que eso implicaba. Solo sabía que era mi única garantía de quedarme con AJ, así que lo hice. Habría firmado cualquier cosa que ella quisiera con tal de poder estar con él. Cuando AJ nació, Lydia se hizo con el control por completo. Nada de lo que yo hacía la complacía. Me hacía sentir como una ignorante. Y, después de un tiempo, empecé a creerle. Al fin y al cabo, yo era joven y ella había criado a dos hijos, así que supuse que sabía más que yo. Cuando por fin me gradué de la secundaria, Lydia estaba tomando todas las decisiones que tenían que ver con él. Y una de esas decisiones fue que se quedaría con ella mientras yo iba a la universidad.

Owen me busca la mano y la coloca entre los dos, aferrándomela con fuerza. Le agradezco el gesto de ánimo, porque es una confesión muy dura para mí.

—En vez de asistir a la universidad durante cuatro años, decidí estudiar cosmetología, dado que era un programa de un solo año. Creía que una vez que me graduase y tuviera casa propia, lo dejaría vivir conmigo. Pero tres meses antes de la graduación, murió su marido. Se mudó a Texas para estar más cerca de Trey, su otro hijo. Y se trajo al *mío* con ella.

Owen suspira.

—¿Por eso te viniste a vivir a Texas? ¿No pudiste evitar que se fuera de Oregón?

Niego con la cabeza.

—Legalmente, tiene derecho a llevárselo adonde quiera. Dijo que Texas era un lugar mejor para criar a un niño, y que si yo quería lo mejor para AJ, también me vendría a vivir aquí después de la graduación. Mi última clase terminó a las cinco de la tarde un viernes y me mudé a este apartamento menos de veinticuatro horas después.

—¿Qué me dices de tus padres? —pregunta—. ¿No pudieron hacer nada para impedirlo?

Niego de nuevo con la cabeza.

—Mis padres me han apoyado en todas mis decisiones, pero no se involucran. No tienen una relación estrecha con AJ, porque me fui de su casa a vivir a la de Lydia cuando estaba embarazada. Además, ya tienen bastantes preocupaciones. Me sentiría mal si les contase cómo me está tratando Lydia, porque eso haría que se sintieran culpables por haber permitido que me mudara con ella en aquel entonces.

—¿Así que finges que todo va bien?

Lo miro y asiento con la cabeza, un poco preocupada por lo que pueda ver en sus ojos. ¿Desdén? ¿Decepción? Cuando nuestras miradas se encuentran, no veo nada de eso. Veo compasión. Y tal vez un poco de rabia.

—¿Pasa algo si digo que odio a Lydia?

Sonrío.

—Yo también la odio —replico con una carcajada—. Aunque también la quiero. Quiere a AJ tanto como yo, y sé que AJ la quiere a ella. Agradezco que sea así, pero no habría renunciado a la custodia si llego a saber que iba a acabar de esta manera. Creía que Lydia quería ayudar, pero ahora me doy cuenta de que está usando a AJ para reemplazar al hijo que perdió.

Owen se acerca a mí hasta que lo miro a la cara mientras él me mira desde arriba.

—Vas a recuperarlo —me asegura—. No hay motivos para que un tribunal no quiera que tu hijo esté contigo.

Su cumplido me hace sonreír, aunque sé que se equivoca.

—He investigado todas mis opciones. Un tribunal no le quitaría un niño a la persona que lo ha tenido legalmente desde su nacimiento a menos que haya una razón legítima. Lydia nunca aceptará que viva conmigo. En realidad, la única opción que tengo es hacer lo que pueda para apaciguarla mientras ahorro todo el dinero posible para pagarle al abogado que he contratado, pero ni siquiera él parece muy esperanzado.

Owen apoya la cabeza en una mano y me pone la otra en la cara. Me acaricia con suavidad el pómulo con los dedos, y su contacto hace que quiera cerrar los ojos. De alguna manera, los mantengo abiertos pese a la sensación relajante de su piel contra mi mejilla.

—¿Sabes qué? —dice con una sonrisa—. Estoy bastante seguro de que acabas de hacer que la determinación sea mi cualidad favorita en una persona.

Sé que apenas lo conozco, pero no quiero que se mude el lunes. Siento que es lo único bueno que me ha pasado desde que llegué a Texas.

—No quiero que te vayas, Owen.

Él baja la mirada, apartándola. Me desliza la mano hacia un hombro y traza un patrón invisible con la punta del dedo, siguiéndolo con la mirada. Parece arrepentido, y es por otra cosa que no tiene nada que ver con lo del lunes. Está alterado por algo más profundo, y me doy cuenta de que tiene una confesión que está a punto de escapársele de la boca. Se está callando algo.

—No es por trabajo —digo—. Ese no es el motivo por el que te vas el lunes, ¿verdad?

Sigue sin mirarme. Ni siquiera tiene que contestar, porque su silencio lo confirma, aunque contesta de todas formas.

—No.

—¿Adónde vas?

Veo que hace una ligera mueca. Vaya donde vaya, no quiere decírmelo. Le da miedo lo que yo pueda pensar. Y, la verdad, a mí me da miedo lo que estoy a punto de oír. Ya me han pasado suficientes cosas negativas en un día.

Por fin levanta la mirada para encontrarse con la mía, y la expresión arrepentida de su cara me hace desear no haber sacado el tema. Abre la boca para hablar, pero meneo la cabeza.

—No quiero saberlo todavía —me apresuro a decir—. Dímelo después.

—¿Después de qué?

—Después de este fin de semana. No quiero pensar en confesiones. No quiero pensar en Lydia. Vamos a pasar las próximas veinticuatro horas evitando nuestras penosas realidades.

Sonríe con expresión agradecida.

—La verdad es que me gusta esa idea. Mucho.

Nuestro momento se ve interrumpido por el feroz rugido de mi estómago. Me lo aprieto con las manos, avergonzada. Él se ríe.

—Yo también tengo hambre —dice. Sale de la tienda de campaña y me ayuda a hacer lo mismo, tendiéndome una mano—. ¿Quieres comer aquí o en mi casa?

Meneo la cabeza.

—No estoy segura de poder esperar quince manzanas —contesto al tiempo que voy a la cocina—. ¿Te gusta la *pizza* congelada?

Solo estamos preparando una *pizza*, pero es lo más divertido que he hecho con un chico desde Adam. Quedarme embarazada a los quince no me dejó mucho tiempo para interacciones sociales, así que decir que soy un poco inexperta es quedarse corta. Antes me ponía nerviosa por la idea de acercarme a otro chico, pero Owen me provoca todo lo contrario. Siento muchísima calma cada vez que estoy con él.

Mi madre dice que hay gente que aparece en tu vida a la que acabas conociendo con el tiempo, y gente que aparece en tu vida y es como si la conocieras desde siempre. Creo que Owen es de las últimas. Nuestras personalidades parecen complementarse, como si nos conociéramos de toda la vida. No tenía ni idea hasta hoy de lo mucho que necesito a alguien como él en mi vida. Alguien que llene los agujeros que Lydia ha creado en mi autoestima.

—Si no hubieras tenido tanta prisa por graduarte, ¿qué carrera habrías elegido aparte de la cosmetología?

—Cualquier cosa —contesto—. Cualquier cosa.

Owen se ríe. Está apoyado en la encimera, junto a la cocina, y yo estoy sentada en la encimera frente a él.

—Se me da fatal cortar el pelo. Detesto escuchar los problemas de todo el mundo cuando se sientan en el sillón de la peluquería. Te juro que la gente da muchísimas cosas por sentadas, y escuchar todas sus quejas me pone de muy mal humor.

—Si lo miras de esa manera, los dos estamos en el mismo negocio —dice Owen—. Yo pinto confesiones y tú tienes que escucharlas.

Asiento con la cabeza para darle la razón, pero también tengo la sensación de que a lo mejor parezco una desagradecida.

—Hay unos cuantos clientes buenos. Gente a la que me gusta atender. Creo que no se trata tanto de que la gente no me guste, sino de que tuve que elegir algo que no quería hacer.

Me mira en silencio un rato.

—En fin, la buena noticia es que eres joven. Mi padre me decía que no hay decisión en la vida que sea permanente, salvo un tatuaje.

—No estoy muy de acuerdo —replico con una carcajada—. ¿Qué me dices de ti? ¿Siempre has querido ser artista?

Suena el temporizador del horno y Owen se apresura a abrir la puerta para comprobar cómo está la *pizza*. Vuelve a meterla. Sé que solo es *pizza* congelada, pero me pone a mil ver a un hombre cocinar.

Se apoya de nuevo en la encimera.

—No elegí ser artista. Creo que podría decirse que el arte me eligió a mí.

Me encanta esa respuesta. También me provoca celos, porque ojalá hubiera nacido yo con un talento innato. Algo que me hubiera elegido a mí, para así no tener que andar cortando el pelo todo el día.

—¿Has pensado alguna vez en volver a estudiar? —me pregunta—. Especializarte a lo mejor en algo que te interese de verdad.

Me encojo de hombros.

—Algún día, quizá. Porque, ahora mismo, mi objetivo es AJ.

Sonríe, indicando que le gusta mi respuesta. No se me ocurren más preguntas que hacerle, porque el silencio es agradable. Me gusta cómo me mira cuando estamos en silencio. No pierde la sonrisa, y su mirada me recorre, cálida como una manta.

Presiono con las manos la encimera que tengo debajo y me miro los pies, que tengo colgando. De repente, me cuesta seguir mirándolo, porque temo que vea lo mucho que me gusta.

Sin hablar, empieza a acortar la distancia que nos separa. Me muerdo el labio inferior, nerviosa, porque viene hacia mí con una intención clara, y no creo que dicha intención sea hacer más preguntas. Veo que coloca las palmas de las manos en mis rodillas antes de empezar a subir despacio. Me roza los muslos con las manos hasta dejarlas en las caderas.

Cuando lo miro a los ojos, me pierdo en ellos por completo. Me mira fijamente con un deseo que yo no sabía que era capaz de provocarle a alguien. Me rodea la parte baja de la espalda con la mano y me pega a él. Le pongo las manos en los antebrazos y me agarro con fuerza, sin saber qué va a ocurrir a continuación, pero totalmente dispuesta a permitirlo.

La sonrisilla de su cara desaparece cuando acerca los labios a los míos. Me tiemblan los párpados y luego se me cierran por completo, justo cuando me roza la boca con la suya.

—Llevo queriendo hacer esto desde el momento en que te vi —susurra. Pega la boca a la mía y, al principio, su beso es como el que le di en la tienda de campaña. Tierno, dulce e inocente. Pero la inocencia desaparece en cuanto me pasa una mano por el pelo y me acaricia los labios con la lengua.

No sé cómo puedo sentirme tan ligera y tan pesada a la vez, pero su beso hace que me sienta como si estuviera suspendida en una nube. Le rodeo el cuello con las manos y hago todo lo que puedo por devolverle el beso de la misma manera, pero me temo que mi boca no puede compararse a la suya. Es imposible que pueda conseguir que él sienta lo que él me está haciendo sentir ahora mismo.

Me tira de las piernas para que le rodee la cintura, me levanta de la encimera y me lleva al salón sin dejar de besarme. Intento ignorar el olor de la *pizza* que se está cociendo en el horno, porque no quiero que pare, pero también tengo mucha, muchísima hambre y no quiero que la *pizza* se queme.

—Creo que la *pizza* se está quemando —susurro justo cuando llegamos al sofá. Me tumba con suavidad boca arriba y menea la cabeza.

—Te prepararé otra. —Vuelve a pegar la boca a la mía y, de repente, la *pizza* me da igual.

Se tumba en el sofá, pero no me cubre por completo. Pone los brazos a ambos lados de mi cabeza para soportar su peso y no hace nada que indique que espera algo más que este beso.

Así que eso es lo que le doy. Lo beso y él me besa, y no paramos hasta que empieza a sonar el detector de humo. En cuanto nos damos cuenta de que el sonido procede del interior del apartamento, nos separamos y nos levantamos de un salto. Él corre hacia el horno y lo abre mientras yo empiezo a abanicar el detector de humo con la caja de la *pizza*.

Owen saca la *pizza* del horno, y está tan quemada que es totalmente incomible.

—A lo mejor deberíamos comer algo de camino a mi casa.

La alarma deja de sonar y dejo la caja de la *pizza* en la encimera.

—O podemos comernos algo de lo que has comprado en Target, porque ahí hay comida para varios años.

Se quita el guante del horno de la mano y lo deja sobre la estufa. Me toma de la mano, me da un tirón para acercarme a él y vuelve a pegar la boca a la mía.

Estoy segura de que sus besos son la mejor dieta que existe, porque, cada vez que me roza los labios con los suyos, me olvido por completo de que me muero de hambre.

En cuanto nuestras lenguas se tocan, alguien llama de repente a la puerta. Separamos los labios y nos damos media vuelta para ver que la puerta se abre. Cuando veo a Trey en el vano, me alejo enseguida de Owen. Detesto que mi primer impulso sea separarme de él, porque lo último que quiero es que Owen crea que hay algo entre Trey y yo. La verdad es que me habría apartado de él sin importar quién estuviera en la puerta.

Aunque desearía que no fuera Trey.

—¡Mierda! —susurra Owen. Lo miro y veo que tiene la cara descompuesta y que ha encorvado los hombros. Me doy cuenta enseguida de que debe de haberse hecho una idea equivocada de lo que supone la aparición de Trey en la puerta.

Vuelvo a mirar a Trey, quien, por alguna razón, viene hasta hacia la cocina fulminando a Owen con la mirada.

—¿Qué haces aquí?

Miro a Owen, y no le está prestando atención a Trey. Me mira directamente a mí.

—Auburn —dice—, tenemos que hablar.

La carcajada de Trey me provoca un estremecimiento.

—¿De qué tienes que hablar con ella, Owen? ¿No se lo has dicho ya?

Owen cierra los ojos unos segundos y luego los abre y clava la mirada en Trey.

—¿Cuándo vas a quedarte satisfecho, Trey? ¡Carajo!

El corazón me martillea en el pecho, y tengo la sensación de que estoy a punto de descubrir por qué sienten eso el uno por el otro, pero de momento no estoy segura de querer saberlo. No puede ser nada bueno.

Trey da dos pasos hacia Owen, hasta quedar a pocos centímetros de su cara.

—Sal de su casa. Sal de su vida. Si puedes hacer esas dos cosas, seguramente me daré por satisfecho.

—Auburn —dice Owen con firmeza.

Trey da varios pasos hacia mí, interponiéndose entre Owen y yo para que ya no pueda verlo. Ahora miro a Trey a los ojos y solo veo ira.

Señala a su espalda.

—¿Este al que has metido en tu casa? ¿Al que has dejado que se acerque a tu hijo? Lo detuvieron por posesión, Auburn.

Meneo la cabeza con una carcajada incrédula. No sé por qué Trey dice esas cosas. Se aparta y vuelvo a ver a Owen.

El corazón se me hace demasiado pesado como para sostenerlo, porque la mirada de Owen lo dice todo. Veo la disculpa y el arrepentimiento. Esto es lo que iba a decirme antes. Esta es la confesión que le dije que podía esperar hasta el lunes.

—¿Owen? —Pronuncio su nombre con un hilo de voz.

—Quería decírtelo —me asegura—. No es tan malo como él insinúa, Auburn. Te lo juro.

Owen hace ademán de dar un paso hacia mí, pero Trey se vuelve enseguida y lo empuja contra la pared. Le planta el brazo en el cuello.

—Tienes cinco segundos para largarte.

Owen sigue mirándome fijamente a los ojos, pese al brazo que le aprieta la garganta. Asiente con la cabeza.

—Déjame sacar mis cosas de su habitación, y me voy.

Trey lo mira con atención durante unos segundos y luego lo suelta. Veo a Owen entrar en mi habitación para recuperar sus «cosas».

Sé a ciencia cierta que Owen no ha traído nada.

Trey me está mirando ahora.

—¿Tu hijo tiene un tío que es un puto policía y no se te ocurre investigar los antecedentes de la gente a la que dejas entrar en tu vida?

No tengo respuesta para eso. Tiene razón.

Trey menea la cabeza, decepcionado, justo cuando Owen sale de mi dormitorio. Antes de que Trey se vuelva hacia él, Owen mira hacia la tienda con un gesto elocuente. Me dice algo con los ojos que no está dispuesto a decir en voz alta. Pasa junto a Trey y sale por la puerta sin mirar atrás.

Trey echa a andar hacia la puerta y la cierra de un portazo. Se queda de pie con los brazos en jarras, mirándome, a la espera de una explicación. Si no supiera que va a contárselo todo a Lydia, lo mandaría a la mierda. Así que hago lo de siempre. Digo justo lo que sé que va a complacerlos.

—Lo siento. No lo sabía.

Se acerca a mí y me da un leve apretón en los antebrazos mientras me mira a los ojos.

—Me preocupo por ti, Auburn. Por favor, no confíes en nadie hasta que lo consultes conmigo primero. Podría haberte advertido sobre él. —Me abraza, y me cuesta la misma vida devolverle el abrazo, pero lo hago—. Solo te faltaba que su reputación se interponga entre tu hijo y tú. No te beneficiaría en absoluto.

Asiento con la cabeza contra su pecho, pero quiero apartarlo de mí por esa amenaza velada. Es igual que su madre. Siempre usa la situación con AJ para manipularme. Me quema y me despoja de toda la confianza que he ganado momentáneamente al estar en los brazos de Owen.

Me alejo de él e intento sonreír.

—No quiero tener nada que ver con él —le aseguro. Me cuesta pronunciar esas palabras, porque puede que haya algo de verdad en ellas. Ni siquiera puedo pensar en lo enfadada que estoy con Owen ahora que Trey sigue delante de mí—. Gracias por decírmelo —añado mientras echo a andar hacia la puerta. La abro para que capte la indirecta—, pero quiero estar sola un rato. Ha sido un día muy largo.

Trey echa a andar hacia la puerta y sale.

—¿Vendrás a cenar el domingo por la noche?

Asiento con la cabeza y me obligo a sonreír de nuevo para apaciguarlo. En cuanto cierro la puerta, echo el pestillo y corro a mi dormitorio. Me meto en la tienda y encuentro un papel en un cojín. Lo levanto y lo leo.

«Por favor, ven a mi estudio esta noche. Tenemos que hablar».

Leo la nota de Owen tantas veces que seguramente podría reescribirla con su letra exacta. Me tumbo y me apoyo en el cojín, y se me escapa un largo suspiro, porque no tengo ni idea de lo que hacer. No hay justificación posible para que Owen vaya a la cárcel ni para que me haya mentido. Sin embargo, y pese a todo lo que acaba de pasar, me duele el cuerpo entero por él. Apenas lo conozco, pero siento ese puño familiar apretándome el corazón. Tengo que verlo una vez más, aunque solo sea para despedirme.

CAPÍTULO DOCE

Owen

Debería habérselo contado. En cuanto me soltaron, debería haber ido derecho a su casa y contárselo todo.

Llevo más de una hora paseándome de un lado para otro por el estudio. Es algo que solo hago cuando estoy enfadado, y ahora mismo creo que nunca he estado tan enfadado. Voy a hacer un agujero en el suelo si no paro.

Sin embargo, sé que ya ha debido de leer mi mensaje. Han pasado más de dos horas desde que se lo dejé en el cojín, y empiezo a pensar que ha tirado la toalla conmigo. No la culpo. Por mucho que quiera intentar convencerla de que Trey no es bueno para ella y de que yo no soy tan malo como ella cree, tengo la sensación de que ni siquiera voy a tener esa oportunidad. No sé qué le habrán contado de mí a estas alturas.

Justo cuando hago además de acercarme a la escalera, oigo unos golpecitos en la puerta de cristal. No me acerco deprisa a la puerta. Corro hacia ella.

Cuando la abro, su mirada se cruza un instante con la mía antes de mirar nerviosa hacia atrás. Agarra la puerta y entra enseguida antes de cerrarla.

Lo detesto. Detesto que tenga miedo de estar aquí, que tenga miedo de que alguien la haya visto entrar por la puerta.

No confía en mí.

Se da media vuelta y me mira, y detesto la expresión decepcionada que le inunda los ojos en este momento.

Tenemos que hablar y no quiero hacerlo aquí, así que la rodeo y cierro la puerta con llave.

—Gracias por venir.

No replica. Espera a que yo diga algo más.

—¿Quieres acompañarme arriba?

Mira hacia el pasillo por encima de mi hombro y asiente con la cabeza. Me sigue por el estudio hasta la escalera. Es una locura lo diferentes que son las cosas entre nosotros ahora. Hace dos horas, todo era perfecto. Y en este instante…

Es increíble la distancia que una verdad puede crear entre dos personas.

Echo a andar hacia la cocina y le ofrezco algo de beber. Quizá si le sirvo una copa, la conversación dure más. Hay muchísimas cosas que quiero y que necesito explicarle, si tan solo me diera esa oportunidad.

No quiere nada de beber.

Se queda de pie y parece como si tuviera miedo de acercarse a mí. Recorre la estancia con la mirada como si nunca hubiera estado aquí. Veo la expresión de su cara. Me ve de diferente manera ahora que lo sabe.

La miro en silencio durante un rato. Al final, sus ojos vuelven a encontrarse con los míos y hay una larga pausa antes de que se arme de valor y me pregunte lo que ha venido a averiguar.

—¿Eres drogadicto, Owen?

No se anda por las ramas, qué va. Su franqueza me hace dar un respingo, porque la respuesta no es un simple sí o no. Y, a juzgar por su forma de mirar hacia la escalera, no parece estar dispuesta a esperar a que se lo explique.

—Si dijera que no, ¿eso cambiaría algo para nosotros?

Me mira en silencio durante unos segundos y luego niega con la cabeza.

—No.

Ya tenía la sensación de que esa iba a ser su respuesta. Y así, sin más, se me quitan las ganas de explicarle mi versión de las cosas. ¿Qué sentido tiene si mi respuesta no importa? Decirle la verdad podría complicar todavía más la situación.

—¿Vas a ir a la cárcel? —pregunta—. ¿Por eso dijiste que te mudabas?

Inclino la botella y me sirvo una copa de vino. Bebo un sorbo largo y lento antes de responder con un movimiento de cabeza.

—Seguramente me condenen a ir a la cárcel. Es mi primer delito, así que dudo que sea por mucho tiempo.

Ella suelta el aire y cierra los ojos. Cuando vuelve a abrirlos, se mira los pies. Pone los brazos en jarras y sigue evitando mirarme a los ojos.

—Quiero la custodia de mi hijo, Owen. Te usarían en mi contra.

—¿A quiénes te refieres?

—A Lydia y a Trey. —Ahora me mira—. Nunca confiarán en mí si saben que tengo algún tipo de relación contigo.

Me esperaba algo parecido a una despedida cuando se presentó, pero no me esperaba el dolor que acompañaría sus palabras. Me siento como un idiota por no haber pensado en las consecuencias que esto tendría para ella. He estado tan preocupado por lo que pensaría de mí cuando se enterara, que no se me había ocurrido hasta ahora que podría poner en peligro la relación con su hijo.

Me sirvo otra copa de vino. Seguramente no sea buena idea que me vea beber vino ahora que conoce mis antecedentes penales.

Espero que se dé media vuelta y se marche, pero no lo hace. En cambio, da unos pasos lentos hacia mí.

—¿Te permitirán elegir la rehabilitación?

Me bebo la segunda copa de vino.

—No necesito rehabilitación. —Dejo la copa en el fregadero.

Veo que la decepción la abruma. Conozco esa mirada. La he visto bastantes veces como para saber lo que significa y no me gusta que sus sentimientos hayan pasado tan deprisa de desearme a tenerme lástima.

—No tengo ningún problema con las drogas, Auburn. —Me inclino hacia delante hasta que solo nos separan unos cuantos centímetros—. Lo que me preocupa es que parece que tienes algo con Trey. Yo puedo tener antecedentes, pero deberías andarte con ojo con él.

Se ríe por lo bajo.

—Es policía, Owen. Tú vas a ir a la cárcel por posesión. ¿En quién de ustedes crees que deba confiar?

—En tu instinto —contesto de inmediato.

Se mira las manos, que tiene entrelazadas sobre la encimera. Presiona las yemas de los pulgares la una contra la otra.

—Mi instinto me dice que haga lo mejor para mi hijo.

—Exacto —replico—. Por eso te he dicho que confíes en él.

Me mira, y veo el dolor reflejado en sus ojos. No debería haberle provocado esto, lo sé. Sé muy bien lo que siente cuando me mira. Frustración, decepción, ira. Lo veo cada vez que me miro en el espejo.

Rodeo la encimera y le aferro una muñeca. Tiro de ella para pegarla a mí y la estrecho entre mis brazos. Me lo permite durante unos segundos, pero luego me aparta con un movimiento firme de la cabeza.

—No puedo.

Son solo dos palabras, pero solo significan una cosa.

El final.

Se da media vuelta y baja la escalera.

—Auburn, espera —le digo.

No lo hace. Llego a la escalera y escucho el eco de sus pasos en el estudio. Esto no tiene que acabar así. Me niego a que se vaya de esta manera, porque si se va con esta sensación, le resultará muy fácil no volver jamás.

Bajo los escalones de inmediato y corro detrás de ella. La alcanzo justo cuando su mano toca la cerradura de la puerta del estudio. Le aparto la mano, hago que se dé media vuelta y pego la boca a la suya.

CAPÍTULO TRECE

Auburn

Owen me besa con convicción, arrepentimiento y rabia, pero de alguna manera es todo ternura. Cuando nuestras lenguas se encuentran, siento un respiro momentáneo de la realidad de la despedida. Ambos soltamos un suave suspiro, porque así es justo como debe ser un beso. El roce de sus labios contra los míos hace que se me aflojen las rodillas.

Le devuelvo el beso, aunque sé que no nos conducirá a nada. Que no corregirá nada. No corregirá ninguno de sus errores. Sin embargo, tengo claro que es posible que esta sea la última vez que me sienta así y no quiero negármelo.

Me rodea con un brazo y me sube la mano por el cuello

hasta el pelo. La deja en mi cabeza, y me da la impresión de que está intentando memorizar todo lo que se siente cuando nos besamos, porque sabe que cuando dejemos de hacerlo, solo le quedará eso. El recuerdo.

La idea de que esto sea un adiós empieza a enfadarme, porque Owen me dio esperanza y luego permitió que Trey me la arrebatara al decirme la verdad.

El beso no tarda en volverse doloroso, pero no en un sentido físico. Cuanto más nos besamos, más nos damos cuenta de lo que estamos perdiendo, y duele. Me asusta saber que existe la posibilidad de que me haya topado con una de las pocas personas en este mundo que puede hacerme sentir así y que tenga que renunciar tan pronto a ella.

Estoy cansadísima de tener que renunciar a las cosas que quiero de verdad en la vida.

Owen se aparta y me mira a los ojos con expresión dolida. Me quita la mano de la nuca y me la pone en la mejilla para pasarme el pulgar por el labio inferior.

—Esto es doloroso. —Su boca vuelve a buscar la mía y me da un beso tan suave como el terciopelo. Mueve despacio la cabeza hasta rozarme la oreja con los labios—. ¿Esto es todo? ¿Así es como termina?

Asiento con la cabeza, aunque es lo último que quiero hacer. Esto es el fin, sí. Aunque cambiara su vida por completo, sus decisiones pasadas me seguirían afectando.

—A veces no tenemos segundas oportunidades, Owen. A veces, las cosas simplemente terminan.

Hace un gesto de dolor.

—Ni siquiera hemos tenido una *primera* oportunidad.

Quiero decirle que no es culpa mía, sino suya, pero sé que él lo sabe. No me está pidiendo que le dé otra oportunidad. Lo que pasa es que le molesta que esta ya se haya acabado.

Apoya las manos en la puerta de cristal que tengo detrás, aprisionándome entre sus brazos.

—Lo siento, Auburn —se disculpa—. Tienes muchas cosas con las que lidiar en tu vida, y no era mi intención ponerte las cosas más difíciles ni mucho menos. —Me da un beso en la frente y se aparta de la puerta. Retrocede dos pasos y asiente con la cabeza—. Lo comprendo. Y lo siento.

No puedo soportar el dolor que rebosa su mirada ni la resignación de su voz. Tanteo con la mano y abro la puerta. Me doy media vuelta y me voy.

Oigo que la puerta se cierra detrás de mí, y se convierte en el sonido que más detesto del mundo. Me llevo un puño al corazón, porque siento exactamente lo que Owen dijo que siente cuando echa de menos a alguien. Y no lo entiendo, porque solo hace unas semanas que lo conozco.

«Hay gente que aparece en tu vida a la que acabas conociendo con el tiempo, y gente que aparece en tu vida y es como si la conocieras desde siempre».

No me importa el tiempo que ha pasado desde que nos conocimos. No me importa si me ha mentido. Voy a permitirme el lujo de estar triste y de compadecerme de mí misma, porque a pesar de lo que haya hecho en el pasado, nadie me ha hecho sentir lo que he sentido hoy con él. Owen ha conseguido que me sienta orgullosa de mí misma como madre. Precisamente por eso, tener que despedirme de él merece unas cuantas lágrimas, y no pienso sentirme culpable por llorar.

Llego a mitad de camino y, justo cuando me estoy secando las últimas lágrimas que me he permitido derramar por esta despedida, un coche se detiene a mi lado y avanza a paso lento.

Lo miro de reojo y veo de inmediato que es una patrulla. Dejo de andar cuando Trey baja la ventanilla y se inclina sobre el asiento del pasajero.

—Sube, Auburn.

No discuto. Abro la puerta y entro, y él pone rumbo a mi casa. No me gusta las vibraciones que me transmite. No sé si actúa como un novio celoso o como un hermano sobreprotector. Técnicamente, no es ninguna de las dos cosas.

—¿Acabas de salir de su estudio?

Miro por la ventanilla y me pregunto qué debo responder. Sabrá que miento si digo que no, y necesito que confíe en mí. Necesito que tanto Lydia como Trey vean que todo lo que hago es por AJ. El resto del mundo me da igual.

—Sí. Me debía dinero.

Oigo su respiración agitada cuando inhala y exhala. Al final, se detiene a un lado de la calle y aparca. No quiero mirarlo directamente, pero veo que se tapa la boca con la mano y que aprieta los dientes.

—Te dije hace poco que es peligroso, Auburn. —Me mira a los ojos—. ¿Eres tonta?

No lo soporto más. Abro la puerta del coche, salgo y la cierro de golpe. Antes de que pueda dar tres pasos, lo veo de pie delante de mí.

—No es peligroso, Trey. Tiene una adicción. Y no hay nada entre nosotros, solo he ido a cobrar lo que me debía por haber trabajado en su estudio.

Trey me mira a la cara, seguramente para ver si le estoy mintiendo. Suelto el aire con fuerza y pongo los ojos en blanco.

—Si hubiera pasado algo, habría estado en su estudio más de cinco minutos. —Lo empujo y echo andar hacia mi casa—. ¡Caramba, Trey! Actúas como si tuvieras motivos para estar celoso.

Vuelve a plantarse delante de mí, obligándome a detenerme. Me mira fijamente y en silencio durante varios segundos.

—Estoy celoso, Auburn.

Me veo obligada a tragarme el nudo que se me forma en la garganta. Yo también lo miro fijamente, a la espera de que se retracte de lo que ha dicho, pero no lo hace. Su mirada transmite sinceridad.

Es el hermano de Adam. Es el tío de AJ.

No puedo.

Es Trey.

Lo rodeo y sigo caminando. Solo estamos a una manzana de mi casa, así que no me sorprende oír que me pisa los talones. Sigo andando, intentando procesar las dos últimas horas de mi vida, pero me cuesta un poco cuando el hermano de mi novio muerto me acecha motivado por los celos.

Cuando llego a la puerta del edificio, la abro y me vuelvo para mirarlo. Sus ojos son como cuchillos de trinchar que se me clavan y me destrozan. Estoy a punto de darle las buenas noches cuando levanta un brazo y apoya la mano en el marco de la puerta, junto a mi cabeza.

—¿Alguna vez te lo has planteado?

Sé muy bien a qué se refiere, pero me hago la tonta.

—¿El qué?

Sus ojos se posan en mis labios.

—Tú y yo.

«Tú y yo».

Trey y yo.

Puedo decir sinceramente que no, que nunca lo he pensado, pero no quiero herir sus sentimientos, así que no respondo.

—Tiene sentido, Auburn.

Meneo la cabeza, casi con firmeza. No quiero parecer tan renuente, pero es justo lo que siento.

—*No* tiene sentido —lo corrijo—. Adam era tu hermano. Eres el tío de AJ. Eso lo confundiría.

Trey da un paso adelante. Su cercanía es distinta de la de Owen. La de Trey es asfixiante, como si necesitara hacer un agujero en la atmósfera para poder respirar.

—Lo quiero, Auburn. Soy la única figura paterna que tiene tu hijo —replica—. Vive en mi casa con mi madre, y si tú y yo estuviéramos juntos...

Enderezo la espalda al instante.

—Espero que no estés a punto de usar a mi hijo como excusa para que salga contigo. —El deje furioso de mi voz me sorprende, así que sé que él también está sorprendido.

Se pasa una mano por el pelo y no sabe qué decir. Recorre el pasillo con la mirada mientras intenta replicar.

—A ver —dice al tiempo que enfrenta de nuevo mi mirada—, no intento usarlo para acercarme a ti. Sé que ha parecido justo eso, pero no. Solo digo que... tiene sentido. Lo nuestro tiene sentido.

No respondo, porque todo lo que dice encierra parte de verdad. Lydia confía en Trey más que en nadie en el mundo. Y si Trey y yo estuviéramos juntos...

—Piénsalo —añade, sin exigirme una respuesta ahora mismo—. Podemos empezar despacio. Ver si encajamos. —Retira la mano del marco de la puerta y retrocede, dándome espacio para respirar—. Lo hablaremos el domingo por la noche. Tengo que volver al trabajo. Prométeme que mantendrás la puerta cerrada.

Asiento con la cabeza, y detesto hacerlo, porque no quiero que piense que estoy de acuerdo con todo lo que acaba de decir.

Aunque… tiene sentido. Vive en la misma casa que AJ y Lydia, y lo único que quiero es pasar más tiempo con mi hijo. He llegado a un punto en el que no me importa lo que tenga que hacer para pasar más tiempo con AJ; simplemente lo necesito. Lo echo mucho de menos.

No me gusta tener que considerar la sugerencia de Trey. No siento por él ni una fracción de lo que sentí por Adam. Ni siquiera puedo compararlo con lo que siento por Owen.

Sin embargo, tiene razón. Estar con él me acercaría más a AJ. Y lo que siento por AJ es algo único. Haré lo que sea necesario para recuperar a mi hijo.

Cueste lo que cueste.

~

Antes de mudarme a Texas, Lydia me aseguró que el tráfico de Dallas no era tan malo. Cuando le pregunté cuánto tardaría en llegar desde mi posible nuevo apartamento a su casa, me dijo: «¡Ah, está a unos dieciséis kilómetros!».

No mencionó que esa distancia en Dallas son tres cuartos de hora en taxi. Casi ningún día salgo del trabajo antes de las siete. Cuando subo a un taxi para ir a su casa, AJ ya está acostado. Por eso considera un inconveniente que los visite entre semana.

«Lo altera», dice.

Así que solo voy a cenar los domingos y cualquier otro día de la semana que pueda convencerla de que me permita ir. Por supuesto, alargo los domingos todo lo posible. A veces, llego a la hora del almuerzo y no me voy hasta que se ha dormido. Sé que eso la irrita, pero me importa una mierda. Es mi hijo y no debería verme obligada a pedir permiso para visitarlo.

Hoy ha sido un día excepcionalmente largo con él, y me ha

encantado. Nada más levantarme por la mañana, me duché y llamé a un taxi. Llegué a casa de Lydia después del desayuno y AJ no se ha separado de mí. Nada más terminar de cenar, me lo he llevado al sofá y se ha quedado dormido en mi regazo después de medio episodio de dibujos animados. Lo normal es que friegue los platos y limpie la cocina después de cenar, pero esta vez ni me ofrezco. Esta noche solo quiero abrazar a mi pequeño mientras duerme.

No sé si Trey está tratando de demostrar su faceta doméstica o si lo estoy viendo con otros ojos, pero la verdad es que se ha hecho cargo de todo y ha limpiado la cocina. Por el ruido que hace, acababa de cargar el lavavajillas y ponerlo a funcionar.

Levanto la mirada cuando aparece en el vano de la puerta que separa la cocina del salón. Se apoya en el marco y sonríe al vernos acurrucados en el sofá.

Nos mira en silencio un instante hasta que Lydia entra y rompe la tranquilidad del momento.

—Espero que no lleve mucho tiempo dormido —dice, mirando a AJ en mis brazos—. Si se duerme tan temprano, se despierta de madrugada.

—Se ha dormido hace unos minutos —replico—. No pasará nada.

Se sienta en una de las sillas que hay al lado del sofá y mira a Trey, que sigue de pie en el vano de la puerta.

—¿Trabajas esta noche? —le pregunta.

Trey asiente con la cabeza y se endereza.

—Sí. De hecho, tengo que irme —contesta. Me mira—. ¿Quieres que te lleve a casa?

Miro a AJ entre mis brazos. Todavía no estoy preparada para irme, pero no sé si debo hacer lo que quiero hacer con él dormido en mi regazo. Me he estado armando de valor para hablar con Lydia sobre el acuerdo, y esta noche parece tan buen momento como cualquier otro.

—En realidad, quería hablar con tu madre de una cosa antes de irme —le digo a Trey.

Siento la mirada de Lydia, pero no se la devuelvo. Cualquiera pensaría que, después de vivir con ella tanto tiempo, no me asustaría tanto. Sin embargo, es difícil no temerle a alguien cuando tiene todo el poder sobre lo único que quieres en la vida.

—Sea lo que sea, puede esperar, Auburn —replica ella—. Estoy agotada y Trey tiene que irse a trabajar.

Le paso la mano por el pelo a AJ. Tiene el pelo de su padre. Suave y fino, como la seda.

—Lydia —digo en voz baja. La miro con un nudo en el estómago y el corazón en la garganta. Siempre me obliga a guardar silencio cada vez que intento hablarle de esto, pero tengo que hacerlo de una vez por todas—, quiero hablar contigo sobre la custodia. Y te agradecería mucho que pudiéramos hablarlo esta noche, porque me está matando no verlo tanto como antes.

Cuando vivía con ellos en Portland, lo veía todos los días. La custodia no era un problema en aquel entonces, porque todos los días volvía de clases a la casa donde vivía mi hijo. Aunque Lydia tenía la última palabra sobre todo lo relacionado con él, yo seguía sintiéndome como su madre.

Sin embargo, desde que se lo trajo a Dallas hace varios meses, me siento la peor madre del mundo. Nunca consigo verlo. Cada vez que hablo con él por teléfono, cuelgo hecha un mar de lágrimas. No puedo evitar sentir que la distancia que está poniendo entre nosotros es intencionada.

—Auburn, sabes que eres bienvenida a verlo cuando quieras.

Niego con la cabeza.

—Pero es que ese es el problema —le digo—. No soy bienvenida. —Mi voz es débil, y detesto parecer una niña ahora mismo—. No te gusta que venga los días que tiene escuela y ni siquiera le has permitido pasar la noche conmigo.

Lydia pone los ojos en blanco.

—Por una buena razón —replica—. ¿Cómo quieres que confíe en la gente a la que dejas entrar en tu casa? El último que tuviste en tu dormitorio es un delincuente convicto.

Poso la mirada en Trey y él rompe de inmediato el contacto visual conmigo. Sabe que contarle el pasado de Owen ha abierto una brecha entre AJ y yo. Puede ver el enfado en mi cara, así que entra en el salón.

—Voy a acostar a AJ —dice.

La verdad es que le agradezco el gesto. Es mejor que AJ no se despierte y oiga la conversación que hay a su alrededor ahora mismo. Lo dejo en brazos de Trey y me vuelvo para mirar a Lydia.

—No le habría permitido que se quedara en el apartamento estando AJ —digo a la defensiva—. Ni siquiera habría estado en el apartamento de haber sabido que ibas a llevarlo.

Tiene los labios fruncidos y los ojos entrecerrados por la desaprobación. Detesto cómo me mira.

—¿Qué me estás pidiendo, Auburn? ¿Quieres que tu hijo se quede a dormir en tu apartamento? ¿Quieres aparecer todas las noches justo antes de su hora de irse a la cama y alterarlo tanto que no quiera acostarse? —Se levanta, exasperada—. He criado a ese niño desde que nació, así que no esperes que me parezca bien que esté con desconocidos.

Yo también me pongo de pie. No pienso permitir que utilice la postura para hacer que me sienta inferior.

—Lo *hemos* criado desde que nació, Lydia. Yo he estado a su lado en todo momento. Es mi hijo. Soy su madre. No debería verme obligada a pedirte permiso cuando quiero estar con él.

Lydia me mira fijamente, y espero que esté asimilando mis palabras y aceptándolas. Seguro que ve lo injusta que está siendo.

—Auburn —dice, esbozando una sonrisa falsa—, he criado niños antes, así que sé lo importantes que son las rutinas y los horarios para su desarrollo. Si quieres visitarlo, me parece muy bien, pero tendremos que acordar un horario más coherente que no lo perjudique.

Me froto la cara con las manos, intentando aliviar parte de la frustración que siento. Suelto el aire despacio y pongo los brazos en jarras.

—¿Que no lo perjudique? —repito—. ¿De qué manera va a perjudicarlo que su madre lo arrope todas las noches?

—Necesita estabilidad, Auburn...

—¡Eso es lo que intento *ofrecerle*, Lydia! —exclamo, alzando la voz. En cuanto lo hago, dejo de hablar. Nunca le he levantado la voz. Ni una sola vez.

Trey vuelve al salón, y Lydia lo mira antes de mirarme a mí.

—Deja que Trey te lleve a casa —dice—. Es tarde.

No se despide, ni siquiera pregunta si la conversación ha terminado. Se va como si tal cosa, sin importarle si yo tengo algo más que añadir o no.

—¡Uf! —Gimo, totalmente insatisfecha con el resultado de la conversación. No solo no le he dicho que quiero que mi hijo viva conmigo, sino que ni siquiera he podido llegar a un acuerdo que me favorezca. Siempre saca el tema de la «estabilidad» y de las «rutinas» como si yo quisiera sacarlo de la cama a las doce para que coma tortitas todas las noches. Lo único que quiero es ver a mi hijo más de lo que ella me permite. No entiendo que no vea el daño que me está haciendo. Debería estar agradecida de que quiera desempeñar mi papel como lo hago. Seguro que hay gente en su situación a la que le encantaría que los padres de sus nietos se preocuparan un poco.

La risilla de Trey me saca de mis pensamientos. Lo miro y lo veo sonreír.

En la vida he tenido tantas ganas de borrar una sonrisa con un puñetazo, porque no creo que haya un momento más inapropiado para reírse como este.

Se da cuenta de que no me hace gracia su risa, pero no disimula siquiera. Menea la cabeza y busca sus cosas en el armario de la entrada.

—Acabas de gritarle a mi madre —dice—. ¡Guau!

Lo fulmino con la mirada mientras se coloca la funda del arma sobre el uniforme.

—Me alegro de que mi situación te haga gracia —replico, muy seria. Paso a su lado y salgo por la puerta principal. Cuando llego a su coche, entro y cierro de un portazo. En cuanto me quedo sola en la oscuridad, rompo a llorar.

Me permito llorar todo lo que puedo hasta que lo veo salir de la casa al cabo de unos minutos. En ese momento, dejo de llorar y me seco las lágrimas. Una vez que Trey se sienta y cierra la puerta del coche, clavo la mirada al otro lado de la ventanilla y espero que sea obvio que no estoy de humor para hablar.

Creo que capta que me ha cabreado, porque no habla en todo el trayecto de vuelta a casa. Y, aunque no hay tráfico, veinte minutos es mucho tiempo cuando hay tanto silencio.

Una vez delante de mi apartamento, sale del coche y me sigue hasta el interior del edificio. Sigo cabreada cuando llego a mi puerta, pero mi intento de huir entrando en casa sin despedirme de él se ve frustrado porque me agarra de un brazo y me obliga a darme la vuelta.

—Lo siento —dice—. No me estaba riendo de tu situación, Auburn. —Meneo la cabeza y noto que la tensión se apodera de mi mandíbula—. Es que… No sé. Nadie le grita nunca a mi madre, y me ha parecido gracioso. —Se acerca un paso y levanta un brazo para apoyar la mano en el marco de la puerta—. De hecho —añade—, me pareció sexy. Nunca te había visto enojada.

Mis ojos se encuentran con los suyos al instante.

—¿Lo dices en serio, Trey? Te juro por Dios que si había alguna posibilidad de que algún día te encontrara atractivo, acabas de arruinarla por completo con ese comentario.

Cierra los ojos y retrocede un paso. Levanta las manos en señal de rendición.

—No quería decir nada con eso —me asegura—. Era un cumplido. Aunque es evidente que no estás de humor para cumplidos, así que quizá podamos intentarlo en otra ocasión.

Me despido de él agitando brevemente una mano, me doy media vuelta y cierro la puerta. Pasan unos segundos y oigo que Trey me llama desde el otro lado.

—Auburn —dice en voz baja—, abre la puerta.

Pongo los ojos en blanco, pero me vuelvo y abro. Está en el pasillo con los brazos cruzados delante del pecho. Parece arrepentido. Apoya la cabeza en el marco de la puerta, y el momento me recuerda a la noche que Owen se quedó en esa misma posición. Me gustaba mucho más cuando Owen estaba aquí.

—Hablaré con mi madre —dice Trey. Esas palabras me hacen volver al presente y prestarle toda mi atención—. Tienes razón, Auburn. Deberías pasar más tiempo con AJ, y ella te lo está poniendo difícil.

—¿Hablarás con ella? ¿De verdad?

Se acerca un paso hasta situarse en el vano de la puerta.

—Antes no quería molestarte —me asegura—. Solo intentaba que te sintieras mejor, pero creo que he metido la pata. No te enfades, ¿quieres? No sé si podré soportar que te enfades conmigo.

Me trago sus disculpas y niego con la cabeza.

—No estoy enfadada contigo, Trey. Es que... —Tomo una bocanada de aire y lo suelto despacio—. Tu madre a veces me saca de quicio.

Sonríe, complacido.

—Te entiendo perfectamente —replica. Se separa del marco de la puerta y echa un vistazo hacia el pasillo—. Tengo que irme a trabajar. Hablamos luego, ¿sí?

Asiento con la cabeza y lo miro con una sonrisa sincera. Que esté dispuesto a interceder por mí con Lydia merece una sonrisa o dos. Retrocede varios pasos antes de volverse y marcharse. Cierro la puerta en cuanto dobla la esquina del pasillo. Cuando me doy media vuelta, se me sube el corazón a la garganta al ver a Emory de pie a unos metros delante de mí.

Con un gato entre los brazos.

Un gato que me resulta conocido.

Señalo a Owen la Gata.

—¿Qué...? —Bajo el brazo, completamente confundida—. ¿Cómo?

Emory mira a la gata y se encoge de hombros.

—Owen se pasó por aquí hace una hora —contesta—. Dejó esto y una nota.

Meneo la cabeza.

—¿Ha dejado a su gata?

Emory se vuelve y camina hacia el salón.

—Y una nota. Me ha dicho que sabrías dónde encontrarla.

Echo a andar hacia mi habitación y me arrodillo para entrar en la tienda de campaña. Hay un papel doblado sobre uno de los cojines. Me hago con él, me tumbo y lo desdoblo.

Auburn:

Sé que es mucho pedir que te quedes con Owen, pero no cuento con nadie más. Mi padre es alérgico a los gatos, quizá por eso me quedé con Owen. Harrison no volverá a la ciudad hasta el martes, pero si lo necesitas, puedes dejarla con él.

Sé que ya lo he dicho unas cuantas veces, pero de verdad que lo siento. Te mereces a alguien que pueda darte lo que necesitas y, ahora mismo, ese alguien no soy yo. Si hubiera sabido que algún día aparecerías en mi puerta, lo habría hecho todo de otra manera.

Todo.

Por favor, no permitas que nadie te haga sentir menos de lo que eres.

Cuídate.

P. D.: Sé que algún día de estos tendrás que permitir que alguien entre para usar tu baño. Hazme un favor y quita los jaboncitos con forma de caracola. No soporto pensar que esos jabones le gusten a otro tanto como me gustan a mí.

P. D. 2: Solo tienes que darle de comer a Owen una vez al día. Es bastante fácil mantenerla con vida. Gracias de antemano por cuidar de ella, por mucho o poco tiempo que decidas hacerlo. Sé que estará en buenas manos, porque te he visto como madre y se te da bastante bien.

—Owen

Me sobresalto al sentir las lágrimas que me ruedan por las mejillas. Doblo la nota y salgo corriendo de mi dormitorio. Al llegar al lado de Emory, que sigue en el salón, le quito de los brazos a Owen la Gata y me la llevo a mi habitación. Cierro la puerta y me meto en la cama con ella, que me lo permite y se tumba a mi lado, como si supiera que tiene que estar aquí.

Estaré encantada de cuidar de ella todo el tiempo que Owen lo necesite. Porque tenerla me hace sentirme conectada a él. Y, por la razón que sea, siento que necesito ese vínculo con Owen, porque consigue que me duela un poco menos el pecho cuando pienso en él.

CAPÍTULO CATORCE

Owen

Miro a mi padre, que está de pie con actitud culpable en la puerta de la sala de detención. Estoy sentado ante una mesa muy parecida a la que ocupé hace unas semanas cuando me detuvieron, solo que ahora estoy pagando el precio de aquel arresto.

Me miro las muñecas y bajo las esposas un poco para aliviar parte de la presión.

—¿De qué te sirve el título de abogado si ni siquiera puedes sacarme de este aprieto?

Sé que ha sido un golpe bajo, pero estoy cabreado. Frustrado. En estado de *shock* porque me acaban de condenar a noventa días de cárcel, a pesar de que es mi primer delito. Sé que es porque el caso lo ha llevado el juez Corley. La suerte no parece estar de mi parte últimamente. Mi destino *estaba* en manos de uno de los amigos superficiales de mi padre.

Mi padre cierra la puerta, encerrándonos a ambos. Es su última visita antes de que me trasladen a mi celda y, la verdad, preferiría que ni siquiera estuviera aquí ahora. Da tres pasos, adentrándose en la estancia, y se detiene al llegar a mi lado.

—¿Se puede saber por qué has rechazado la rehabilitación? —masculla.

Cierro los ojos, decepcionado por su actitud.

—No necesito rehabilitación.

—Solo tenías que pasar una breve temporada en la clínica, y lo habrían borrado todo de tu expediente.

Está enfadado. Está gritando. Su plan era que aceptase la rehabilitación, pero sé a ciencia cierta que solo era su forma de sentirse mejor por la detención. Si me hubieran condenado a ingresar en una clínica en vez de mandarme a la cárcel, le resultaría más fácil de digerir. A lo mejor solo he elegido la cárcel para fastidiarlo.

—Puedo hablar con el juez Corley. Le diré que has tomado la decisión equivocada y veré si reconsidera su postura.

Niego con la cabeza.

—Vete, papá.

Su expresión no cambia. No se va.

—¡Vete! —digo más fuerte esta vez—. ¡Vete! No quiero que me visites. No quiero que me llames. No quiero hablar contigo mientras esté allí, porque espero por Dios que sigas tu propio consejo.

Sigue sin moverse, así que doy un paso hacia él y lo rodeo. Golpeo la puerta.

—¡Déjeme salir! —le digo al funcionario del juzgado.

Mi padre me pone la mano en un hombro y me encojo al instante.

—No hagas eso, papá. Es que... ahora mismo no puedo.

La puerta se abre y me escoltan por un pasillo, alejándome de mi padre. Una vez que me quitan las esposas y los barrotes se cierran a mi espalda, me siento en el catre. Apoyo la cabeza en las manos y pienso en el fin de semana que pasé en este mismo lugar. El fin de semana que debería haberlo hecho todo de otra manera.

Ojalá me hubiera dado cuenta de que lo que hago no protege a nadie. No ayuda a nadie.

He mantenido una actitud permisiva desde hace años. «Y ahora estoy pagándolo muy caro, porque el precio es perderte, Auburn», pienso.

TRES SEMANAS ANTES

Miro el teléfono y me estremezco al ver el número de mi padre. Si me llama tan tarde, solo puede significar una cosa.

—Debería irme —digo mientras silencio el teléfono y me lo vuelvo a guardar en el bolsillo. Empujo la taza hacia ella y veo su expresión alicaída mientras asiente con la cabeza, aunque no tarda en darse media vuelta para disimular.

—En fin, gracias por el trabajo —replica—. Y por acompañarme a casa.

Me apoyo en la encimera y entierro la cara en las manos, frotándomela, cuando en realidad quiero darme un puñetazo. Las cosas iban fenomenal entre nosotros hace un momento y, en cuanto recibo una llamada de mi padre, me cierro y consigo que parezca justo lo contrario.

Auburn cree que me voy porque acaba de llamarme una chica. Nada más lejos de la realidad, y aunque detesto haberla decepcionado, me encanta que esté celosa. La gente no se pone celosa a menos que haya sentimientos de por medio.

Finge estar ocupada lavando mi taza de café y no se da cuenta de que me acerco por detrás.

—No era una chica —le aseguro. La cercanía de mi voz la sobresalta y se vuelve para mirarme con los ojos muy abiertos. Como no dice nada, me acerco un paso más y se lo repito para asegurarme de que me entiende y me cree—. No quiero que pienses que me voy porque me acaba de llamar otra chica.

Veo el alivio en sus ojos y la sonrisilla que intenta aparecer en sus labios, pero vuelve a mirar hacia el fregadero con la esperanza de que no me dé cuenta.

—No es asunto mío quién te llama, Owen.

Sonrío, aunque no puede verme. Por supuesto que no es asunto suyo, pero ella quiere que lo sea tanto como lo quiero yo. Acorto la distancia que nos separa apoyando las palmas de las manos en la encimera, a ambos lados de su cuerpo. Le acerco la barbilla al hombro y quiero enterrarme contra su cuello e inhalarla, pero me agarro a la encimera y me quedo donde estoy. Me cuesta todavía más controlar mis impulsos cuando siento que se acerca a mí.

Ahora mismo quiero hacer muchas cosas. Quiero rodearla con los brazos. Quiero besarla. Quiero levantarla en volandas y llevarla a mi cama. Quiero que pase la noche conmigo. Quiero confesarle todo lo que le he estado ocultando desde que apareció en mi puerta.

El deseo es tan intenso que hasta estoy dispuesto a hacer lo último que me apetece hacer, que es ir más despacio para no asustarla.

—Quiero verte de nuevo.

Cuando dice «De acuerdo» me cuesta la misma vida no levantarla del suelo y darle media vuelta. No sé cómo lo consigo, pero mantengo la calma y la serenidad, incluso cuando me acompaña hasta la puerta y nos despedimos.

Cuando por fin cierra la puerta, quiero llamar. Quiero obligarla a abrirla por cuarta vez para poder besarla en los labios y hacerme una idea del que espero que sea nuestro futuro.

Antes de poder decidir si me voy y espero a mañana o si me lanzo y llamo para que me abra la puerta y poder besarla esta noche, mi móvil toma la decisión por mí. Lo saco del bolsillo cuando empieza a sonar y respondo a la llamada de mi padre.

—¿Estás bien? —le pregunto.

—Owen… ¡Mierda! Pues es que…

Su voz deja claro que ha bebido. Murmura algo ininteligible y luego… nada.

—¿Papá? —Silencio. Salgo a la calle y me pongo la mano en la oreja para intentar oírlo mejor—. ¡Papá! —grito.

Oigo crujidos y luego más murmullos.

—Sé que no debería haberlo hecho… Lo siento, Owen, no he podido…

Cierro los ojos e intento mantener la calma, pero lo que dice no tiene sentido.

—Dime dónde estás. Voy para allá.

Murmura el nombre de una calle que no está lejos de su casa. Le digo que no se mueva y corro hasta el estudio en busca de mi coche.

No sé lo que voy a encontrarme cuando llegue donde me ha dicho que está. Solo espero que no haya cometido alguna estupidez que pueda hacer que lo detengan. Hasta ahora ha tenido suerte, pero nadie puede tener tanta suerte como él y seguir saliéndose con la suya.

⁓

Cuando llego a la calle en cuestión, no veo nada. Hay algunas casas, pero es sobre todo una zona con parcelas vacías cerca de la urbanización donde él vive. Cuando me acerco al final de la calle, por fin veo su coche. Parece que se ha salido de la carretera.

Me detengo en la cuneta y salgo para ver cómo está. Me acerco a la parte delantera del coche para ver si ha sufrido algún daño, pero no veo nada. Tiene las luces traseras encendidas y, según parece, ha sido incapaz de volver a la carretera.

Está dormido en el asiento delantero, con las puertas cerradas.

—¡Papá! —Golpeo la ventanilla hasta que por fin se despierta. Tantea los botones de la puerta y baja la ventanilla hasta la mitad en vez de abrir la puerta—. Ese no es el botón que buscabas —le digo. Meto la mano, desbloqueo la puerta y la abro—. Apártate.

Sin embargo, él se apoya en el reposacabezas y me mira con cara de decepción.

—Estoy bien —murmura—. Solo necesitaba echar un sueñecito.

Lo empujo con el hombro para apartarlo del asiento del conductor. Él protesta, pero se pasa al otro asiento y se desploma contra la puerta del pasajero. Por desgracia, esto se está convirtiendo en una rutina. En este último año, ya es la tercera vez que tengo que acudir en su ayuda. Cuando solo eran las pastillas, no era tan grave; pero desde que las mezcla con alcohol, le resulta más difícil ocultarlo.

Intento arrancar el coche, pero tiene todavía la marcha de conducción metida. Pongo la palanca en posición de aparcamiento y arranca con facilidad. Meto la marcha atrás y lo saco a la calzada sin problemas.

—¿Cómo has conseguido que haga eso? —me pregunta—. Yo lo he intentado y no funcionaba.

—Tenía la marcha de conducción metida, papá. No puedes arrancar el coche a menos que esté en posición de aparcamiento.

Al pasar junto a mi coche, que sigue parado en el arcén, levanto el llavero y lo cierro. Tendré que decirle a Harrison que venga a buscarme y me traiga hasta aquí para recoger mi coche en cuanto deje a mi padre en su casa.

Hemos conducido unos dos kilómetros cuando empieza a llorar. Está acurrucado contra la ventanilla del pasajero y le tiembla todo el cuerpo por los sollozos. Antes me molestaba, pero ya me he vuelto inmune. Y seguramente deteste haberme vuelto inmune a su depresión más de lo que detesto su depresión en sí.

—Lo siento mucho, Owen. —Se le quiebra la voz—. Lo he intentado. Lo he intentado, lo he intentado. —Llora tanto que cuesta entender lo que dice, pero sigue hablando—: Dos meses más, solo necesito dos meses más. Después buscaré ayuda, te lo prometo.

Sigue llorando por la vergüenza, y eso es lo más duro para mí. Puedo soportar sus cambios de humor, el síndrome de abstinencia, las llamadas nocturnas. Llevo años lidiando con ellos.

Sin embargo, son sus lágrimas lo que me corroe. Es verlo todavía con el corazón destrozado por lo que pasó aquella noche lo que me hace aceptar sus excusas. Es oír la depresión en su voz lo que me hace recordar el horror de aquella noche y, por mucho que quiera odiarlo por ser tan débil, también lo admiro por seguir vivo. De haber sido él, no sé si habría tenido la voluntad de seguir viviendo.

Deja de llorar de inmediato cuando unas luces iluminan el interior del coche. Me han parado muchas veces y sé que suelen ser controles rutinarios cuando vas conduciendo a estas horas de la noche. Sin embargo, el estado de mi padre me preocupa.

—Papá, déjame encargarme de esto —digo mientras me aparto hacia la cuneta—. En cuanto abras la boca, verá que estás borracho.

Asiente y observa nervioso al policía mientras se acerca al coche.

—¿Dónde tienes la documentación del seguro? —le pregunto a mi padre justo cuando el policía llega a la ventanilla. Mi padre rebusca en la guantera mientras yo bajo la ventanilla.

El policía me resulta conocido, pero al principio no lo ubico. No lo recuerdo hasta que se agacha y me mira directamente a los ojos. Creo que se llama Trey. Es increíble que lo recuerde.

«Estupendo. Me ha parado el único hombre al que le he dado un puñetazo en la vida».

No parece acordarse de mí, así que me alegro.

—Carnet de conducir y seguro —dice muy serio.

Saco mi carnet de conducir de la cartera y mi padre me da la documentación del seguro. Trey mira primero el carnet en cuanto le doy ambas cosas, y sonríe casi de inmediato.

—¿Owen Gentry? —Golpea el coche con mi carnet de conducir y se ríe—. ¡Vaya! Nunca pensé que volvería a oír ese nombre.

Paso los pulgares por el volante, y él menea la cabeza. Sí que se acuerda. Se acabó la alegría.

Trey levanta la linterna y la enciende para iluminar el interior del coche, la pasa por el asiento trasero y luego la posa sobre mi padre, que se tapa los ojos con un brazo.

—¿Es usted, Callahan?

Mi padre asiente con la cabeza, pero no responde.

Trey vuelve a reírse.

—Bueno, menudo placer.

Supongo que Trey conoce a mi padre porque es abogado defensor y no estoy seguro de que ahora mismo eso nos beneficie. No es raro que los policías odien a los abogados que defienden a los delincuentes que ellos *detienen*.

Trey baja la linterna y retrocede un paso.

—Salga del coche. —Me está hablando a mí, así que lo obedezco. Abro la puerta y salgo. Casi de inmediato, me agarra por el brazo y tira de mí hasta que me doy media vuelta de forma voluntaria y pongo los brazos sobre el capó. Empieza a cachearme—. ¿Lleva algo en su poder de lo que deba estar al tanto?

¿Se puede saber qué es esto? Niego con la cabeza.

—No. Solo voy a llevar a mi padre a su casa.

—¿Ha bebido algo esta noche?

Pienso en las copas que me he tomado antes en el bar, pero de eso hace ya un par de horas. Ni siquiera sé si debería mencionarlas. Sin embargo, verme titubear no le gusta ni un pelo. Me obliga a volverme y me apunta a los ojos con la linterna.

—¿Cuánto ha bebido?

Meneo la cabeza e intento apartar la mirada de la luz cegadora.

—Solo un par de copas. Pero fue temprano.

Retrocede y le dice a mi padre que salga del coche. Por suerte, mi padre consigue abrir la puerta. Menos mal que está lo bastante sobrio como para hacer eso.

—Acérquese al coche —le dice Trey, y lo observa mientras él rodea el coche tambaleándose desde el lado del pasajero hasta donde estoy yo, apoyándose en todo momento para no perder el equilibrio. Es evidente que está borracho y, la verdad, no estoy seguro de si es un delito que un pasajero esté ebrio. Trey no ha visto a mi padre conducir—. ¿Me da permiso para registrar el vehículo?

Miro a mi padre para que me oriente, pero está apoyado en el coche con los ojos cerrados. Parece a punto de dormirse. Me debato entre negarme o no al registro, pero creo que eso solo le daría a Trey más motivos para sospechar. Además, mi padre conoce las repercusiones de viajar con cualquier cosa que pueda meterlo en problemas, así que aunque haya sido tan tonto como para conducir después de haber bebido esta noche, dudo mucho que tenga algo en su poder que pueda poner en peligro su carrera profesional. Me encojo de hombros como si tal cosa y digo:

—Adelante. —Lo único que quiero es que se quede satisfecho y se largue.

Trey nos ordena que nos coloquemos cerca de la parte trasera del coche mientras él se inclina sobre el asiento delantero. Mi padre está completamente despierto, mirándolo con mucha atención. Se retuerce las manos y tiene los ojos muy abiertos por el miedo. La expresión de su cara me basta para saber que es más que probable que Trey encuentre algo dentro del coche.

—Papá —susurro, decepcionado.

Sus ojos se cruzan con los míos, rebosando arrepentimiento.

No sé cuántas veces me ha prometido que iba a buscar ayuda. Creo que ha esperado demasiado.

Lo veo cerrar los ojos cuando Trey echa a andar hacia nosotros. Deja sobre el coche tres frascos de pastillas y procede a abrirlos para inspeccionar el contenido.

—Parece oxicodona —dice, al tiempo que frota una pastilla entre el pulgar y el índice. Me mira a mí y luego a mi padre—. ¿Alguno de los dos tiene receta para esto?

Miro a mi padre, deseando con todas mis fuerzas que, de hecho, tenga receta. Sin embargo, sé que es una esperanza vana.

Trey sonríe. ¡El cabrón sonríe como si acabara de encontrar oro! Apoya los codos en el coche y empieza a meter las pastillas en sus frascos, una a una.

—No sé si saben —dice, sin mirarnos, pero hablándonos a los dos— que la oxicodona se considera una droga perteneciente al grupo uno si se obtiene de forma ilegal. —Me mira a mí—. Sé que no es abogado como su padre, así que se lo explicaré en términos sencillos. —Se endereza y vuelve a tapar los frascos—. En el estado de Texas, un arresto por posesión de drogas del grupo uno conlleva pena de cárcel.

Cierro los ojos y suelto el aire. A mi padre solo le faltaba perder su carrera profesional además de todo lo que ha perdido ya. Si eso llegara a pasar, no sobreviviría.

—Antes de que uno de los dos vuelva a hablar, sugiero que tengan en cuenta lo que ocurriría si se acusara a un abogado defensor de un delito grave. Estoy casi seguro de que el resultado sería la pérdida de la licencia para ejercer la abogacía. —Rodea el vehículo y se interpone entre mi padre y yo. Mira a mi padre de arriba abajo—. Piénsenlo un segundo. Un abogado, cuyo trabajo consiste en defender a delincuentes, se queda sin su carrera profesional y se *convierte* él mismo en delincuente. Ironía en estado puro. —Se vuelve y me mira de frente—. ¿Ha trabajado esta noche, Gentry?

Ladeo la cabeza, confundido por la pregunta.

—Es el dueño de ese estudio, ¿verdad? ¿Esta noche no era una de las que abre?

Odio que sepa lo de mi estudio. Y todavía odio más que pregunte por él.

Asiento con la cabeza.

—Sí. El primer jueves de cada mes.

Da un paso hacia mí.

—Me lo imaginaba —replica. Hace rodar los tres frascos de pastillas entre las manos—. Lo vi salir del estudio con alguien esta noche. ¿Era una chica?

¿Me estaba vigilando? ¿Por qué iba a vigilarme? ¿Y por qué me pregunta por Auburn?

Se me seca la boca.

No me puedo creer que no haya atado cabos hasta ahora mismo. ¡Pues *claro* que Auburn tiene relación con Trey! Seguramente su familia sea el motivo de que haya vuelto a Texas.

—Sí —contesto mientras busco la manera de restarle importancia—. Ha trabajado esta noche en el estudio, así que la acompañé a casa.

Entrecierra los ojos al oír mi respuesta y asiente con la cabeza.

—Sí —dice con sequedad—. No me gusta mucho que trabaje para alguien como tú —dice, tuteándome. Sé que es policía, pero ahora mismo solo veo a un imbécil. Se me contraen los músculos de los brazos y sus ojos se posan de inmediato en mis puños.

—¿Qué significa eso de alguien como yo?

Me mira de nuevo a los ojos y suelta una carcajada.

—Bueno, no puede decirse que tú y yo nos llevemos bien, ¿verdad? —me pregunta—. Me atacaste la primera vez que nos vimos. Esta noche, en cuanto te he parado, has admitido que conducías bajo los efectos del alcohol. Y ahora… —sigue y mira las pastillas que tiene en las manos—, encuentro esto en el coche que conduces.

Mi padre se acerca.

—Esas son…

—¡Calla! —le grito a mi padre, interrumpiéndolo. Sé que está a punto de decir que son suyas, pero no está lo bastante sobrio como para darse cuenta de lo que eso podría suponer para su carrera profesional.

Trey vuelve a reírse y, la verdad, estoy harto de oír sus carcajadas.

—En cualquier caso —dice—, si necesita que lo lleven a casa, aquí estoy. —Deja las pastillas sobre el capó—. En fin, ¿quién es el dueño de las pastillas?

Mi padre me mira. Veo la lucha en sus ojos porque no sabe qué decir. No le doy la oportunidad.

—Son mías. —Cierro los ojos y pienso en Auburn, porque este momento y la amenaza indirecta de Trey de que me aleje de ella están a punto de acabar con cualquier oportunidad que pudiéramos haber tenido.

¡Joder!

Mi mejilla choca con el frío metal del capó.

—Tiene derecho a guardar silencio…

Trey me tira de las manos hacia atrás y me coloca las esposas.

Segunda parte

CAPÍTULO QUINCE

Auburn

Han pasado veintiocho días desde que Owen fue condenado a noventa días de cárcel. En veintiocho días pueden suceder muchas cosas.

Arropo a AJ con la manta y me inclino para besarlo en la frente.

—Te veré mañana después de la escuela, ¿de acuerdo?

AJ me sonríe y, como cada vez que lo hace, se me derrite el corazón. Es idéntico a Adam. Salvo por el reflejo rojizo en el pelo castaño, todo en él es Adam, hasta los gestos.

—¿Vienes a comer con nosotros?

Asiento con la cabeza y le doy otro abrazo. Despedirme de

él, sabiendo que no duerme en una cama en mi casa, es lo que más me cuesta. Debería estar arropándolo en la cama de un hogar que compartimos juntos.

Sin embargo, lo que le dijera Trey a Lydia ha funcionado, porque he estado viniendo más noches durante la semana y ella no me ha dicho ni una sola cosa negativa.

—¿Lista? —pregunta Trey a mi espalda.

—Buenas noches, AJ. Te querré siempre.

Sonríe.

—Buenas noches, mamá. Te querré siempre.

Apago la luz al salir de la habitación y cierro la puerta. Trey me toma de la mano y entrelaza los dedos con los míos mientras vamos al salón. Miro nuestras manos entrelazadas y solo siento culpa. Durante las últimas semanas, he intentado corresponder a lo que él siente por mí, pero hasta ahora no ha funcionado como esperaba.

Atravesamos el salón, y Lydia está sentada en el sofá. Clava la mirada de inmediato en nuestras manos. Esboza una breve sonrisa, y no estoy segura de lo que significa el gesto. Trey me dijo que no reaccionó cuando le contó que íbamos a tener nuestra primera cita oficial la semana pasada, pero estoy segura de que tiene una opinión al respecto. Casi podría pensar que está contenta, porque el hecho de estar vinculada a ella a través de Trey de modo positivo significa que hay menos probabilidad de que me lleve a mi hijo de vuelta a Portland.

—¿Trabajas esta noche? —le pregunta a Trey.

Él asiente con la cabeza, me suelta la mano y busca la llave que abre el armario de la entrada.

—Tengo turno de noche durante las próximas tres semanas —dice. Mete la llave en la puerta y saca su pistola de la caja fuerte.

Desvío la mirada de Trey hacia una foto de Adam que hay colgada en la pared del salón. En la foto, no puede tener más de catorce años. Cada vez que vengo, hago lo posible por no mirarla, pero me sorprende lo mucho que AJ se parece a su padre. Cuanto más crece AJ, más rasgos de Adam veo en él. Pero saber que Adam nunca pasó de los dieciséis años hace que me pregunte por el aspecto que habría tenido de adulto. Si estuviera vivo, ¿se parecería a Trey? ¿Se parecerá AJ a Trey?

—Auburn.

La voz de Trey está tan cerca que me hace dar un respingo. Cuando lo miro, desvía un segundo la mirada hacia la foto de Adam y luego se vuelve hacia la puerta principal. Parece decepcionado de que me haya quedado plantada mirando la foto, y eso me provoca una punzada de culpabilidad. Debe de ser duro para él saber que yo quería tanto a su hermano. Sé que sería aún más duro para él si supiera lo mucho que *sigo* queriéndolo.

—Buenas noches, Lydia —me despido al tiempo que echo a andar hacia la puerta.

Ella sonríe, pero hay algo en su sonrisa que siempre me ha parecido un poco raro. Casi como si hubiera culpa detrás de ella. A lo mejor estoy proyectando mis propios sentimientos, pero nunca he dejado de pensar que me guarda rencor por el tiempo que pasé con Adam antes de que muriera. No creo que le gustase lo que Adam sentía por mí y, desde luego, sé que no le gustaba la cantidad de tiempo que quería pasar conmigo.

Y eso me preocupa hasta cierto punto, porque por mucho que parezca apoyar que Trey y yo mantengamos una relación, me preocupa lo que pueda pasar si las cosas no funcionan entre nosotros. Precisamente por eso no he hecho las cosas oficiales, porque cuando lo haga, tengo que estar preparada para lo que pueda pasar con AJ si Trey y yo no duramos como pareja.

⁓

Trey me acompaña hasta la puerta, como ha hecho casi todas las noches de la última semana. Sé que sigue esperando a que lo invite a entrar, pero todavía no lo he hecho. No estoy segura de cuándo lo estaré, pero anoche por fin le permití que me besara, que no era justo lo que tenía en mente. Lo hizo sin más. Abrí la puerta y me di media vuelta para mirarlo, y sus labios estaban sobre los míos antes de que pudiera acceder o protestar. Ojalá pudiera decir que lo disfruté, pero me sentí incómoda por varias razones.

Sigo sintiéndome incómoda porque estuve enamorada de su hermano. A lo mejor todavía sigo enamorada de su hermano y puede que eso nunca desaparezca. También me inquieta el hecho de que su hermano sea la única persona con la que me he acostado. De la misma manera, me inquieta que AJ haya conocido a Trey como su tío toda la vida, y no quiero que eso lo confunda si la cosa se pone seria entre nosotros.

También está el tema de la atracción. Trey es un hombre atractivo. Es seguro de sí mismo y tiene un buen trabajo, pero hay algo en él que trasciende su cuerpo musculado o su pelo oscuro peinado a la perfección. Algo que es completamente opuesto a Adam. Algo que me da muy malas vibraciones.

Había bondad en Adam. Cierta sensación de calma. Cuando estaba con él, me sentía segura.

Owen me provocó la misma sensación, y creo que por eso me sentí atraída por él. Compartía muchas cualidades con Adam.

De momento, Trey no me transmite eso. Intento no pensar en la posibilidad de que vaya a comprometerme con un hombre que temo que no sea una buena persona. Claro que he asociado a Trey con Lydia desde que lo conozco, así que es posible que esto no tenga nada que ver con su carácter. Puede que lo haya juzgado injustamente, por el simple hecho de que creo que su madre no es una buena persona.

Por eso, estoy intentando abrirme a la idea de tenerlo como pareja. Por eso le permití que me besara anoche, porque, a veces, la intimidad puede ofrecerles a las personas cierta conexión que no tendrían de otro modo.

Abro la puerta y tomo una lenta bocanada de aire antes de volverme. Intento ponerme en situación de que quiero que me bese, de que su beso puede ser bueno y excitante, pero estoy segura de que no sentiré ni una pizca de lo que sentí cuando Owen me besó.

Aquel sí que fue un beso.

Cierro los ojos e intento sacarme de la cabeza cualquier pensamiento sobre Owen, pero me cuesta. Cuando conectas con alguien tan deprisa y un beso te provoca tantas cosas, no es tan fácil olvidar a esa persona cuando hace algo que te duele. Y a pesar de que Owen resultó tener problemas mucho más gordos que cualquier cosa en la que quisiera verme involucrada, sigo sin poder dejar de pensar en él. Tal vez sea porque la persona que llegué a conocer y la persona que resultó ser no parecen la misma. Y por más que intente olvidarme de él, no puedo evitar preocuparme. Me preocupa cómo está. Me preocupa cuánto tiempo estará en la cárcel. Me preocupa su estudio. Me preocupa Owen la Gata, porque todavía la tengo y sé que en cuanto suelten a Owen, tendré que volver a verlo para devolvérsela.

Me preocupa cómo seguir ocultándoselo a Trey, porque ahora mismo cree que Owen la Gata es de Emory.

También cree que la gata se llama Chispas.

—¿Trabajas mañana? —me pregunta Trey.

Me doy media vuelta y lo miro. Es mucho más alto que yo, y eso a veces me intimida. Asiento con la cabeza.

—De nueve a cuatro.

Me pone una mano en la nuca y se inclina para besarme. Cierro los ojos y hago todo lo posible por disfrutar de su boca cuando se posa sobre la mía. Imagino que estoy besando a Owen por un segundo, y detesto hacerlo.

Este beso es corto. Ya llega tarde al trabajo, así que me ahorro la incomodidad de no invitarlo a entrar.

Trey me sonríe.

—Ya van dos veces que me dejas besarte.

Sonrío.

—Llámame cuando salgas del trabajo mañana —dice—. Haremos que sean tres.

Vuelvo a asentir con la cabeza, y se da media vuelta para marcharse. Abro la puerta de mi apartamento, pero me llama por mi nombre antes de que la cierre. Vuelve a la puerta y me mira con expresión seria.

—Asegúrate de que las puertas estén cerradas esta noche. He oído que han soltado a Gentry antes de tiempo y no me extrañaría que intentara vengarse de mí viniendo aquí.

Me quedo sin aire en los pulmones y tengo que ocultar que me cuesta respirar. No quiero que vea hasta qué punto me han afectado sus palabras, así que asiento deprisa con la cabeza.

—¿Por qué querría vengarse de ti?

—Auburn, porque tengo lo que él no puede tener.

Eso me inquieta, porque no me gusta que Trey piense que «me tiene». Y esa es otra diferencia entre Owen y él. Tengo la sensación de que Owen nunca diría que «me tiene».

—Cerraré con llave. Te lo prometo.

Trey asiente con la cabeza y se aleja por el pasillo. Cierro la puerta detrás de mí con llave.

Miro fijamente la cerradura.

La abro.

No sé por qué.

Owen la Gata ronronea a mis pies, así que me agacho para levantarla y luego entro en mi dormitorio. Lo primero que hago, que es lo primero que hice anoche después de besar a Trey, es lavarme los dientes. Sé que es un pensamiento absurdo, pero besar a Trey me hace sentir como si le estuviera poniendo los cuernos a Owen.

Cuando termino de lavarme los dientes, vuelvo a mi dormitorio y veo que Owen la Gata se mete en la tienda. No he podido desmontarla, sobre todo porque sé que en cuanto AJ pueda pasar la noche aquí, le va a encantar. Me meto en la tienda y me tumbo boca arriba. Me pongo a Owen la Gata sobre el abdomen y empiezo a acariciarla.

Ahora mismo tengo las emociones a flor de piel. Tengo un subidón de adrenalina al saber que Owen ya no está en la cárcel y que es muy posible que venga a por su gata en algún momento de esta semana. Sin embargo, también me invade una energía nerviosa, porque no sé qué pasará cuando lo vea de nuevo. Y detesto pensar en la posibilidad de que volver a verlo me emocione más que el beso de Trey.

Owen la Gata se baja al suelo en cuanto recibo un mensaje de texto. Me saco el teléfono del bolsillo y desbloqueo la pantalla.

El corazón intenta salírseme del pecho cuando leo el mensaje de Owen.

Vestido de carne.

Me levanto de inmediato, voy al salón y abro la puerta de

golpe. En cuanto nuestras miradas se cruzan, siento como si un puño me estrujara el corazón.

¡Por Dios, cuánto lo he echado de menos!

Da un titubeante paso hacia mí. No quiere incomodarme con su presencia, pero veo en su cara que siente la misma opresión en el pecho que yo.

Retrocedo un paso y abro más la puerta, invitándolo en silencio a entrar. En la comisura de sus labios aparece el asomo de una sonrisa mientras echa a andar despacio hacia la puerta. Cuando la cruza, me hago a un lado hasta que entra del todo. Pone la mano en la puerta, la cierra, se da media vuelta y echa el pestillo. Cuando vuelve a mirarme, tiene una expresión dolorida, como si no supiera si darse la vuelta y marcharse o estrecharme entre sus brazos.

Quiero que haga las dos cosas.

CAPÍTULO DIECISÉIS

Owen

Ojalá supiera lo mucho que he estado pensando en ella. Todas las noches me preguntaba si la opresión que sentía en el pecho podía deberse a que la echaba de menos o a que no podía verla. A veces, la gente quiere lo que no puede tener y le confunde sentir algo por otra persona.

En cualquier caso, la sensación está ahí. La presión, el dolor, la lenta acumulación en mi estómago que me anima a acortar la distancia que nos separa y a apoderarme de su boca. Ya lo habría hecho si no hubiera visto a Trey salir de su apartamento cuando venía hacia aquí. Por suerte, es un imbécil que no se da cuenta de nada, así que ni se ha percatado de mi presencia.

Yo sí que lo he visto. Y eso hace que me pregunte qué estaba haciendo aquí tan tarde por la noche. No es que tenga derecho a saberlo, pero desde luego que no puedo contener mi curiosidad.

Fue a verme a la cárcel la semana pasada. Me dijeron que tenía visita, y esperaba que fuera mi padre. Había una pequeña parte de mí que esperaba que fuera Auburn. Nunca esperé que fuera a verme mientras estaba en la cárcel, pero creo que la esperanza de que pudiera darse el caso me mantuvo más positivo de lo que habría estado de otro modo.

Cuando entré en la sala de visitas y vi a Trey allí de pie, al principio no pensé que fuera para verme a mí. Pero en cuanto su mirada se posó en mí, lo vi claro. Me acerqué a la silla y tomé asiento, y él hizo lo mismo.

Me miró fijamente durante varios minutos sin decir una sola palabra. Yo le devolví la mirada. No sé si pensó que su sola presencia era intimidación suficiente, pero no abrió la boca. Se quedó sentado en su silla durante diez minutos, mirándome fijamente.

Yo no titubeé. Me entraron ganas de reír un par de veces, pero conseguí contenerme. Al final se levantó, pero yo me quedé sentado. Rodeó la mesa, como para dirigirse hacia la salida que yo tenía detrás; en cambio, se detuvo y me miró.

—No te acerques a mi chica, Owen.

Fue entonces cuando perdió mi contacto visual. No porque me cabreara o me pusiera nervioso, sino porque sus palabras fueron un puñetazo insoportable en las tripas. El hecho de que se refiriera a Auburn como su chica es lo último que quería oír, y eso no tiene nada que ver con mis celos y sí con lo que el instinto me dice con respecto a Trey.

Y aunque debo admitir que detesto haber arruinado mi

vida hasta el punto de que nos afectaría negativamente si estuviéramos juntos, detesto todavía más que él se quede con ella. Porque se merece algo mejor. *Mucho* mejor.

Se merece tenerme a mí.

Ojalá ella lo supiera.

Me está mirando como si quisiera rodearme con sus brazos. Como si quisiera besarme. Y, la verdad, si hiciera cualquiera de esas cosas ahora mismo, lo agradecería.

Está de pie con las manos a los costados, como si no supiera qué hacer con ellas. Levanta la mano derecha y se la pasa por delante del pecho hasta apretarse el bíceps del brazo izquierdo. Acaba bajando la mirada a sus pies.

—Estás bien. —La voz le sale con un deje muy inseguro. No sé si me está haciendo una pregunta o si es una simple observación. Asiento con la cabeza de todos modos. Suelta un leve suspiro, y su alivio es algo que no me esperaba. No esperaba que le preocupase. Tenía la esperanza de que así fuera, pero tener la esperanza de que algo suceda y ver que es así son dos cosas distintas.

No estoy seguro de lo que ocurre, pero ambos damos un rápido paso adelante a la vez. Ninguno de los dos se detiene hasta que ella me rodea el cuello con los brazos y yo le rodeo la espalda con los míos, y ambos nos estrechamos en un abrazo desesperado.

Le acerco la cara al cuello e inhalo su aroma. Si su olor tuviera un color, sería rosa. Dulce e inocente, con un toque de rosas.

Después de un largo abrazo, que aun así resulta demasiado corto, retrocede un paso y me toma de la mano. Tira de mí hacia su dormitorio, y la sigo. Cuando abre la puerta, me fijo en la tienda azul que sigue instalada junto a su cama. No la ha quitado, y eso me hace sonreír. Cierra la puerta a nuestra espalda, agarra los cojines de la cama, esboza una sonrisa tierna, los mete en la tienda y entra.

Se tumba en la tienda y yo entro para tumbarme a su lado. Nos miramos fijamente durante unos instantes. Levanto la mano y le aparto un mechón de pelo de la frente, pero noto que se aleja un poco. Dejo caer la mano.

Es como si no quisiera empezar la conversación porque sabe que lo primero que hay que sacar a la luz es su relación con Trey. No quiero ponerla en una situación incómoda, pero también necesito saber la verdad. Carraspeo y, de alguna manera, suelto las palabras que no quieren respuestas.

—¿Ahora estás con él?

Son las primeras palabras que le digo desde que nos despedimos hace un mes. Detesto tener que elegir estas palabras. Debería haberle dicho: «Te he echado de menos» o «Estás preciosa». Debería haber dicho palabras que ella apreciaría; en cambio, he pronunciado unas palabras que le cuesta oír. Sé que le cuesta oírlas porque baja la mirada, incapaz de sostener la mía.

—Es complicado —dice.

No tiene ni idea.

—¿Lo quieres?

Se apresura a negar con la cabeza. Eso me llena de alivio, pero también detesto que esté con alguien por las razones equivocadas.

—¿Por qué estás con él?

Me mira a los ojos y veo que se le ha endurecido la expresión.

—Por el mismo motivo por el que no puedo estar contigo. —Hace una pausa—. Por AJ.

Seguramente es lo único que no quería oír, porque es lo único que sé que se escapa a mi control.

—Él te acerca a AJ, y yo hago justo lo contrario.

Asiente con la cabeza, aunque es casi imperceptible.

—¿Sientes algo por él? ¿Lo que sea?

Cierra los ojos como si se avergonzara.

—Ya te he dicho que es… complicado.

Extiendo un brazo para tomarle la mano. Me la llevo a la boca y le beso el dorso.

—Auburn, mírame.

Me mira de nuevo, y me muero por inclinarme hacia ella y besarla, pero eso es lo último que necesita. Solo añadiría más complicaciones a su vida.

—Lo siento —susurra.

Meneo la cabeza de inmediato. No necesito oír que lamenta que no podamos estar juntos. Las razones por las que no podemos estar juntos son culpa mía. No suya.

—Lo entiendo. Nunca querría formar parte de nada que pudiera mantenerte alejada de tu hijo, pero debes entender que Trey no es la solución. No es una buena persona, y no te conviene que AJ crezca con él como ejemplo.

Se tumba boca arriba y clava la mirada en el techo. No me gusta la distancia que acaba de crear entre nosotros, pero también sé que mis palabras no son nada nuevo para ella. Sé que ella sabe qué clase de persona es Trey.

—Quiere a AJ. Es bueno con él.

—¿Durante cuánto tiempo? —le pregunto—. ¿Cuánto tiempo tiene que seguir fingiendo para conquistarte? Porque no va a durar, Auburn.

Se lleva las manos a la cara y empiezan a temblarle los hombros. La rodeo con un brazo de inmediato y la pego a mí. No era mi intención presentarme en su casa y hacerla llorar.

—Lo siento —susurro—. No te estoy diciendo nada que

no sepas ya. Estoy seguro de que has sopesado tus opciones y esta es la única que te sirve, y lo entiendo. Es que detesto que tengas que vivir esto.

Le acaricio el pelo con la mano y la beso en la coronilla. Me permite abrazarla durante varios minutos, y saboreo cada uno de ellos, porque los dos sabemos que lo siguiente que me va a decir es adiós.

No quiero que tenga que decirlo, así que la beso una vez más en la cabeza. La beso en la mejilla y luego le rozo el mentón con los dedos, de modo que le levanto la cara hacia la mía. Me inclino hacia delante y pego los labios a los suyos con ternura. No le doy tiempo para que se lo piense. Cierro los ojos, la suelto y salgo de la tienda.

Ha tomado su decisión, y aunque no es la que ninguno de los dos queremos, es la única que le sirve en este momento. Y tengo que respetarlo.

Dejo a mi gata en el estudio y decido que no hay mejor momento que la medianoche para ir a ver a mi padre. Ha honrado mi petición y no me ha visitado ni me ha llamado mientras he estado preso. Me sorprende que no me haya visitado, pero una pequeña parte de mí tiene esperanzas de que no lo haya hecho porque ver cómo metían a su hijo en la cárcel por sus errores podría haber sido su punto más bajo.

He aprendido a lo largo de los años a no permitirme albergar demasiadas esperanzas, pero mentiría si dijera que cada parte de mí no está rezando para que se haya sometido a rehabilitación mientras yo no estaba.

Esperaba que estuviera dormido o que se hubiera ido, así que traigo la llave de casa. Todas las luces están apagadas.

Cuando entro, enseguida veo el tenue resplandor del televisor. Me vuelvo hacia el salón y veo a mi padre tumbado boca abajo en el sofá. Saber que no está en rehabilitación me provoca una oleada de decepción, pero no puedo negar la pequeña esperanza de que, en realidad, esté tumbado en el sofá porque no respira.

Y eso no es algo que un hijo deba sentir por su padre.

Me siento en la mesita, a medio metro de él.

—Papá.

No se despierta de inmediato. Extiendo un brazo y agarro su frasco de pastillas. El hecho de que acabe de pasar un mes en la cárcel por su culpa debería haber sido más que suficiente para que no quisiera volver a tocarlas. Al ver que no ha sido así, me dan ganas de salir de esta casa y no volver la vista atrás.

Mi padre es una buena persona. Lo sé. Si no fuera una buena persona, sería más fácil darle la espalda. Lo habría hecho hace mucho tiempo. Sin embargo, sé que no tiene el control de sí mismo. Lleva años sin tenerlo.

Después del accidente, sufrió mucho, física y emocionalmente. No ayuda el hecho de que, durante todo el mes que estuvo en coma, lo tuvieran dopado con medicamentos.

Cuando por fin despertó y empezó a recuperarse, las pastillas eran lo único que le aliviaba el dolor. Cuando empezó a necesitar más de las que le habían recetado, los médicos rechazaron sus peticiones.

Durante semanas, tuve que verlo sufrir. No trabajaba, no se levantaba de la cama, se encontraba en un estado constante de agonía y depresión. En aquel momento, no creía que mi padre fuera capaz de permitir que algo tan pequeño como una pastilla lo devorase por completo, pero fui un ingenuo. Lo único que veía cuando lo miraba era un hombre que sufría y que necesitaba mi ayuda. Yo iba al volante del coche que acabó con la vida de su hijo mayor y de su mujer, y habría hecho cualquier cosa para mejorar la situación. Para rectificar lo sucedido. Arrastré mucha culpa durante mucho tiempo por aquel accidente, aunque sé que mi padre no me culpó. Eso es algo que hizo bien: decirme una y otra vez que no fue culpa mía.

Aun así, es difícil no sentirse culpable cuando tienes dieciséis años. Yo solo quería mejorar las cosas para él. Empezó cuando me recetaron mi propia medicación para el dolor. Era bastante fácil fingir dolor de espalda después de un accidente de la magnitud del que tuvimos, así que eso fue justo lo que hice. Después de varios meses en los que cada vez aseguraba tener más dolor, llegó un punto en el que ni siquiera mis pastillas adicionales le bastaban.

También fue entonces cuando mi médico me retiró las pastillas y se negó a recetarme más. Creo que sabía lo que estaba pasando y no quería contribuir a la adicción de mi padre.

Tenía un par de amigos en la secundaria que sabían cómo conseguir las pastillas que mi padre necesitaba, así que empecé llevándole los medicamentos de conocidos. Eso duró dos años, hasta que esos amigos dejaron de asaltar los alijos de sus padres o se fueron a la universidad. Desde entonces, las consigo de mi única fuente, que es Harrison.

Harrison no es un traficante, pero estar rodeado de alcohólicos la mayor parte del día hace que le resulte bastante fácil saber con quién ponerse en contacto cuando alguien necesita algo. También sabe que las pastillas no son para mí, que es la única razón por la que ha estado dispuesto a dármelas.

Ahora que sabe que fui a la cárcel por las pastillas que le ha estado suministrando a mi padre, se niega a conseguirle más.

Harrison se ha lavado las manos, lo que yo esperaba que fuera el final para mi padre, ya que significaba el fin de su suministro.

Sin embargo, aquí está con más pastillas. No sé cómo las ha conseguido, pero me pone nervioso que alguien más, aparte de Harrison y yo, sepa de su adicción. Ahora está siendo imprudente.

Por más que he intentado convencer a mi padre de que vaya a rehabilitación, tiene miedo de lo que le pasaría a su carrera profesional si su problema se hiciera público. Ahora mismo, su adicción es tan grave que está destruyendo su vida personal. Sin embargo, casi ha llegado al punto de que va a destruir su vida profesional. Es solo cuestión de tiempo, porque el alcohol está empezando a jugar un papel importante y los incidentes de los que lo he estado rescatando este último año se repiten cada vez con más frecuencia. Y sé que las adicciones no mejoran así como así. O se combaten activamente, o se alimentan activamente. Y, ahora mismo, él no está haciendo absolutamente nada por combatir la suya, carajo.

Abro el frasco y me echo las pastillas en la palma de la mano para empezar a contarlas.

—¿Owen? —murmura mi padre. Se incorpora. Mira con atención las pastillas que tengo en la mano, más concentrado en lo que voy a hacer con ellas que en el hecho de que me hayan soltado antes de tiempo.

Dejo las pastillas a mi lado en la mesita. Junto las manos entre las rodillas y le sonrío a mi padre.

—Hace poco conocí a una chica. —La expresión de mi padre lo dice todo. Está totalmente desconcertado—. Se llama Auburn. —Me levanto y me dirijo a la repisa de la chimenea. Miro la última foto familiar que nos hicimos. Fue más de un año antes del accidente, y detesto que sea el último recuerdo que tengo de su aspecto. Quiero tener un recuerdo más reciente de ellos en mi mente, pero los recuerdos se desvanecen mucho más rápido que las fotografías.

—Eso está bien, Owen —susurra mi padre—. Pero es más de medianoche. ¿No podías habérmelo dicho mañana?

Me acerco de nuevo a él, pero esta vez no me siento. En cambio, lo miro fijamente. A ese hombre que una vez fue mi padre.

—¿Crees en el destino, papá?

Parpadea.

—Hasta que la vi, yo no. Pero eso cambió en cuanto me dijo su nombre. —Me muerdo el interior del carrillo un segundo antes de continuar. Quiero darle tiempo para que asimile todo lo que estoy diciendo—. Compartimos el segundo nombre.

Levanta una ceja y me doy cuenta de que tiene el ojo rojo.

—Compartir el segundo nombre no lo convierte necesariamente en cosa del destino, Owen, pero me alegro de que seas feliz.

Mi padre se frota la cabeza, todavía desconcertado por el motivo de mi presencia. Estoy seguro de que no todas las noches un hijo despierta a su padre después de medianoche de un sueño inducido por las drogas para hablarle largo y tendido sobre la chica a la que ha conocido.

—¿Quieres saber qué es lo mejor que tiene?

Mi padre se encoge de hombros. Sé que quiere mandarme a la mierda, pero hasta él sabe que es de mal gusto mandar a la mierda a alguien que acaba de pasar un mes en la cárcel por ti.

—Tiene un hijo.

Eso lo espabila un poco. Me mira.

—¿Es tuyo?

No contesto a eso. Si estuviera prestando atención, me

habría oído decir que la conocí hace poco. Que la conocí *oficialmente*, por lo menos.

Me siento delante de él. Lo miro directamente a los ojos.

—No. No es mío. Pero si lo fuera, te garantizo que nunca lo pondría en las situaciones en las que tú me has puesto a mí estos últimos años.

Mi padre baja la mirada al suelo.

—Owen… —dice—, nunca te he pedido que…

—¡Tampoco me has pedido que *no* lo hiciera! —grito. Me pongo de pie de nuevo y sigo mirándolo fijamente. Nunca había sentido tanta rabia hacia él. No me gusta.

Agarro el frasco de pastillas y voy a la cocina. Las vierto en el fregadero y abro el grifo. Cuando veo que el agua las ha arrastrado, echo a andar hacia su despacho. Lo oigo venir detrás de mí cuando se da cuenta de lo que estoy haciendo.

—¡Owen! —exclama.

Sé que también le dan una receta legal, aparte de lo que yo puedo conseguirle, así que rodeo la mesa y abro el cajón. Encuentro otro frasco de pastillas medio vacío. Sabe que no debe intentar detenerme físicamente, así que se hace a un lado mientras me suplica que no lo haga.

—Owen, sabes que las necesito. Sabes lo que pasa cuando no las tomo.

Esta vez no le hago caso. Empiezo a verterlas por el desagüe, forcejeando con él mientras lo hago.

—¡Las necesito! —grita una y otra vez mientras intenta rescatarlas antes de que desaparezcan por el desagüe. De hecho, atrapa una entre los dedos y se la mete en la boca. El gesto hace que me duela el estómago. Parece mucho menos humano cuando está tan desesperado y débil.

Una vez que desaparece la última pastilla, me doy media

vuelta y lo miro. Está tan avergonzado que ni siquiera es capaz de devolverme la mirada. Deja caer los codos sobre la encimera y apoya la cabeza en las manos. Doy un paso hacia él y me apoyo en la encimera mientras le hablo con calma.

—La he visto con su hijo. He visto hasta qué punto se sacrifica por él —sigo—. He visto hasta dónde debe llegar un padre para asegurarse de que su hijo tenga la mejor vida posible que pueda darle. Y cuando la veo con él, pienso en ti y en mí, y en lo mal que estamos, papá. Estamos fatal desde aquella noche. Y lo único que he querido en todo momento desde entonces es ver que intentas mejorar, pero no lo has hecho. Has ido empeorando, y no puedo quedarme aquí sentado y formar parte de esto. Te estás matando, y no dejaré que el sentimiento de culpa por verte sufrir siga excusando las cosas que hago por ti. —Me doy media vuelta y echo a andar hacia la puerta, aunque no sin antes pasar al lado de la repisa de la chimenea y agarrar la foto enmarcada. Paso junto a él y salgo por la puerta.

—¡Owen, espera!

Me detengo antes de bajar los escalones de la entrada y me planto delante de él. Se queda en la puerta, a la espera de que vuelva a gritarle. No lo hago. En cuanto veo sus ojos sin vida, el sentimiento de culpa se me cuela de nuevo en el alma.

—Espera —repite.

Ni siquiera estoy seguro de que sepa lo que me está pidiendo. Solo sabe que nunca había visto esta faceta mía. La faceta decidida.

—*No* puedo esperar, papá. Llevo años esperando. No me queda nada más por dar.

Me doy media vuelta y me alejo de él.

CAPÍTULO DIECISIETE

Auburn

A J, ¿quieres pepitas de chocolate o arándanos?

AJ, Trey y yo estamos de compras. La última vez que vine a este Target fue con Owen, y ya hace tiempo. Casi tres meses para ser exactos. Aunque tampoco llevo la cuenta… En fin, pues sí que la llevo, pero intento parar. Intento centrarme en lo que está surgiendo entre Trey y yo…, y no dejo de compararlo con Owen.

Apenas si lo conocía, pero de alguna manera llegó a una parte de mí a la que nadie había llegado desde que estuve con Adam. Y, pese a lo que ha hecho, sé que Owen es una buena persona. Por más que intente olvidar lo que siento en el pecho cuando pienso en él, los sentimientos siguen ahí, y no sé cómo conseguir que desaparezcan.

—Mami —dice AJ al tiempo que me tira de la camiseta—, ¿puedes?

Salgo del trance.

—¿El qué?

—Comprarme un juguete.

Empiezo a negar con la cabeza, pero Trey responde antes de que yo tenga la oportunidad de hacerlo.

—Sí, vamos a ver los juguetes. —Lo agarra de la mano y empieza a caminar hacia atrás—. Nos vemos en la sección de juguetes cuando termines —dice antes de darse media vuelta.

Los miro. Los dos se ríen, y la manita de AJ es engullida por la de Trey y eso hace que me odie por no esforzarme más. Trey quiere a AJ, y salta a la vista que mi hijo lo corresponde, y aquí estoy siendo una egoísta, simplemente porque la conexión con Trey no se parece en nada a la que sentí con Owen. Pasé dos días con Owen. Nada más. Seguro que habría encontrado algo que no me gustara si hubiera pasado más tiempo con él, así que es posible que esté atrapada en el *ideal* que me he hecho de Owen en lugar de en mis verdaderos sentimientos hacia él.

Viéndolo así, me siento un poco mejor. Puede que no haya tenido una conexión instantánea con Trey, pero está creciendo. Sobre todo, por su forma de tratar a AJ. Me hace feliz quienquiera que sea capaz de hacer feliz a mi hijo.

Por primera vez en mucho tiempo, sonrío al pensar en Trey y no en Owen. Echo en el carro casi todos los artículos de la lista antes de dirigirme a la sección de juguetes. Tomo un atajo a través de los artículos deportivos y me detengo nada más doblar una esquina.

Si el destino gasta bromas, esta es la peor de todas.

Owen me devuelve la mirada con tanta incredulidad en la cara como la que estoy segura que se refleja en la mía. En un instante, todo lo que he estado intentando sentir por Trey disminuye de forma radical y lo que siento por Owen se multiplica. Agarro el carrito con fuerza y me debato entre dar media vuelta sin hablar con él o no. Estoy segura de que lo entendería.

Él debe de estar sufriendo la misma lucha interna, porque ambos dejamos de caminar en cuanto nos miramos. Ninguno de los dos habla. Ninguno de los dos retrocede.

Nos quedamos mirándonos en silencio.

Siento sus ojos en todo el cuerpo, y experimento un dolor físico. La principal razón por la que he dudado de lo que ocurre entre Trey y yo está delante de mí, recordándome cómo deberían ser los verdaderos sentimientos.

Owen sonríe y, de repente, me encantaría estar en el pasillo de los productos de limpieza, porque me estoy derritiendo en el suelo y alguien va a tener que limpiarlo.

Mira hacia su izquierda y luego hacia la derecha antes de clavar de nuevo su mirada en mí.

—Pasillo trece —dice con una sonrisa—. Debe de ser cosa del destino.

Sonrío, pero el sonido de la voz de AJ me borra la sonrisa.

—¡Mamá, mira! —exclama mientras echa dos juguetes en el carrito—. Trey ha dicho que puedo quedarme con los dos.

Trey.

Trey, Trey, Trey, que seguramente está detrás de mí ahora mismo, a juzgar por la reacción de Owen. Se pone rígido y se endereza, aferrando el carro con ambas manos mientras mira a alguien que está a mi espalda.

Un brazo me rodea la cintura y me agarra con gesto posesivo. Trey está a mi lado y noto que mira a Owen. Me lleva la mano a la base de la espalda y luego me roza la mejilla con los labios. Cierro los ojos, porque no quiero ver la cara que pone Owen.

—Vamos, nena —me dice Trey, invitándome a que me vuelva.

Es la primera vez que me llama «nena». Sé que solo lo dice delante de Owen para que nuestra relación parezca más de lo que es.

Después de un nuevo tirón del brazo, por fin me doy media vuelta y echo a andar con Trey.

Terminamos de comprar los pocos artículos que quedan en la lista. Trey no me habla en ningún momento. Mantiene una conversación con AJ, pero me doy cuenta de que está enfadado. Acabo hecha un manojo de nervios, porque nunca me había tratado así y no sé qué esperar.

El silencio continúa en la caja hasta que llegamos al coche. Carga la compra en el maletero mientras yo amarro a AJ en el asiento trasero. Una vez atado a su silla, cierro la puerta y, al volverme, veo a Trey apoyado en el coche, mirándome fijamente. Está tan quieto que ni siquiera parece respirar.

—¿Has hablado con él?

Niego con la cabeza.

—No. Acababa de doblar la esquina justo antes de que llegaran ustedes.

Trey tiene los brazos cruzados delante el pecho y los dientes apretados. Mira por encima de mi hombro durante unos segundos antes de volver a clavar los ojos en los míos.

—¿Follaste con él?

Enderezo la espalda, sorprendida por su pregunta. Sobre todo porque AJ está en el coche. Lo miro, pero lo veo concentrado en sus juguetes y no en nosotros. Cuando vuelvo a mirar a Trey, creo que estoy más enfadada que él.

—No puedes enfadarte conmigo porque nos hayamos cruzado con alguien en una tienda, Trey. Yo no controlo quién compra aquí.

Intento apartarme de él, pero me agarra del brazo y me empuja contra el coche, aprisionándome con el torso. Me coloca una mano en la cabeza y me acerca la boca a la oreja. El corazón me late de forma errática, porque no tengo ni idea de lo que está a punto de hacer.

—Auburn —dice. Su voz es un susurro ronco y amenazador—, ha estado en tu apartamento. Ha estado en tu dormitorio. Estuvo en esa puta tienda de campaña contigo. Ahora necesito que me digas si alguna vez ha estado dentro de *ti*.

Niego con la cabeza, haciendo lo que puedo para calmarlo, porque AJ está a un palmo de nosotros dentro del coche. Me agarra la muñeca con la mano derecha, esperando a que le dé una respuesta verbal. Diré lo que tenga que decir para asegurarme de que no pierda la cabeza.

—No —susurro—. No pasó nada de eso. Casi ni lo conocía.

Trey se retira unos centímetros y me mira a los ojos.

—Bien —me dice—. Porque su forma de mirarte me ha hecho pensar lo contrario. —Me da un beso en la frente y afloja un poco la presión alrededor de la muñeca. Me sonríe con suavidad, pero el gesto tiene el efecto contrario. Me aterra que su temperamento pueda cambiar tan deprisa. Me abraza y presiona la cara contra mi pelo. Inhala y exhala despacio—. Lo siento —susurra—. Vámonos de aquí.

Me abre la puerta del pasajero y la cierra cuando entro. Suelto el aire, aliviada porque el momento ha pasado, pero muy consciente de que su reacción es una enorme señal de alarma.

Como si me estuvieran llamando, clavo los ojos en un coche al otro lado del aparcamiento. Owen está de pie junto a él, mirando fijamente en mi dirección. La expresión de su cara deja claro que ha sido testigo de todo lo que acaba de pasar. Sin embargo, desde el otro lado del aparcamiento bien podría haber parecido un momento tierno en vez de lo que ha sido en realidad. Lo que también puede explicar su expresión dolida.

Abre la puerta de su coche al mismo tiempo que Trey abre la suya. Mantengo la mirada clavada en Owen el tiempo suficiente para verlo llevarse una mano al corazón y cerrarla. Me vienen a la cabeza las palabras que me dijo sobre lo mucho que echaba de menos a su madre y a su hermano: «A veces, los echo tantísimo de menos que me duele justo aquí. Es como si alguien me estrujase el corazón con la fuerza del mundo entero».

Trey sale del aparcamiento y, justo antes de que Owen desaparezca de mi vista, me llevo un puño al pecho con discreción. Nuestras miradas siguen entrelazadas hasta que ya no pueden hacerlo más.

El incidente de ayer en el supermercado no se ha vuelto a mencionar. Trey y AJ pasaron toda la tarde conmigo en mi casa, y Trey actuó como si no pasara nada mientras le preparaba a AJ panqueques con pepitas de chocolate. De hecho, estaba de muy buen humor. No sé si era una fachada para compensar el enfado del aparcamiento o si de verdad disfruta cuando está con nosotros.

Su repentino buen humor también pudo deberse a que sabía que no me vería en cuatro días y no quería irse enfadado. Salía esta mañana para San Antonio para asistir a una conferencia y, cuando se despidió de mí anoche, me di cuenta de que no le apetecía dejarme. Me preguntó varias veces por mis planes para el fin de semana. Lydia se va a Pasadena con AJ para estar con su familia, y si no tuviera que trabajar hoy, me habría ido con ellos.

Sin embargo, no me he ido, y ahora aquí estoy con todo un fin de semana por delante y sin nada que hacer. Creo que eso es lo que tiene nervioso a Trey. Obviamente tiene problemas de confianza en lo referente a Owen.

Y con buenos motivos. Al fin y al cabo, aquí estoy, dos horas después de que Trey se haya ido de Dallas, delante del estudio de Owen. Cada día que paso por aquí, deslizo un trozo de papel en la ranura. He dejado más de veinte confesiones en las últimas semanas. Sé que tiene montones, así que es imposible que sepa cuáles son las mías. Sin embargo, el dejarlas me hace sentir mejor. Casi todas son cosas triviales que no tienen nada que ver con él y que están relacionadas con AJ, pero las redacto de forma que Owen no sepa que soy yo. Estoy segura de que ni siquiera sabe que le dejo confesiones, aunque de todas maneras me parece una forma de terapia.

Leo la confesión que acabo de escribir.

Pienso en ti cada vez que él me besa.

Doblo el papel por la mitad y lo deslizo por la ranura sin pensármelo dos veces. Todavía siento el momento que compartimos en el supermercado. Quiero volver a oír su voz. Quiero volver a ver su sonrisa. Sigo diciéndome a mí misma que dejar esta confesión solo es para ponerle fin al tema y poder seguir adelante con Trey, pero sé que lo hago por razones puramente egoístas.

Saco otro papel del bolso y escribo una frase a toda prisa.

Este fin de semana está fuera de la ciudad.

Deslizo el papel por la ranura sin doblarlo siquiera. En cuanto lo suelto, siento una opresión en el pecho y me arrepiento al instante de lo que acabo de escribir. No era una confesión, era una invitación. Una invitación que tengo que rescindir. Ahora mismo. Yo no soy así.

¿Por qué acabo de hacer eso?

Intento meter los dedos por la ranura, aunque sé perfectamente que el papel ya ha caído al suelo. Saco otro papel del bolso y escribo algo como continuación de la última confesión.

No le hagas ni caso a esa confesión. No era una invitación.
No sé por qué la he escrito.

Deslizo el nuevo trozo de papel por la ranura y me arrepiento todavía más. Ahora parezco idiota. Saco otro trozo de papel y escribo en él, consciente en cierto modo de que debería tirar tanto el bloc de notas como el bolígrafo.

Owen, deberías idear algún sistema para que la gente se
retracte de sus confesiones. Una especie de política de
devolución de veinte segundos.

Lo deslizo por la puerta y guardo el bloc de notas y el bolígrafo en el bolso.

¿Se puede saber qué acabo de hacer?

Me subo la correa del bolso por el hombro y sigo hacia la peluquería. Estoy segurísima de que esto es lo más vergonzoso que he hecho en la vida. A lo mejor Owen no las lee hasta el lunes, cuando ya haya pasado el fin de semana.

Han pasado ocho horas desde mi desliz de esta mañana cuando pasaba por delante del estudio de Owen. He tenido mucho tiempo para analizar por qué se me ocurrió que estaba bien dejarle algo así para que lo leyera. Sé que fue un momento de debilidad, pero no es justo por mi parte hacerle eso. Si de verdad sintió algo por mí en el poco tiempo que lo conocí, mi negativa a estar con él se escapa a su control. Así que es injusto dejarle notas ridículas como las que le he estado dejando durante las últimas semanas, aunque hoy ha sido el primer día que de verdad he dejado confesiones relacionadas con nosotros dos.

Sin embargo, ya he tomado mi decisión, y aunque no sienta por Trey lo que él siente por mí, jamás lo traicionaré. Una vez que me comprometo con alguien, soy de las personas que honran ese compromiso.

Ya hemos hablado del tema de que nuestra relación sea exclusiva, aunque yo todavía no veo lo nuestro como una relación. Eso significa que tengo que encontrar la manera de dejar de pensar en Owen. Tengo que dejar de preocuparme por él. Tengo que dejar de pasar por delante de su estudio cuando sé que puedo tomar otro camino. Tengo que centrarme por completo en mi relación con Trey, porque si quiero que tenga un papel importante en la vida de AJ, debo comprometerme a que esta relación funcione.

Y Trey ha sido bueno conmigo. Sé que su ataque de celos de ayer en el aparcamiento me asustó, pero no lo culpo. Es muy probable que vernos a Owen y a mí le generase una gran inseguridad, así que por supuesto que se enfadó. Y es muy bueno con AJ. Podría mantenernos como yo no puedo hacerlo sola.

No hay ninguna razón que justifique una negativa a mantener una relación con Trey, salvo mi propio egoísmo.

—Me voy —dice Donna, que se asoma por la esquina—. ¿Te importa cerrar?

Donna es la empleada más reciente y lleva aquí unas dos semanas. Ya tiene más clientes que yo y trabaja mucho mejor. No es que se me dé mal lo que hago, es que no soy tan buena. Es difícil ser bueno en algo que detestas.

—Sin problemas.

Se despide de mí, y termino de lavar los cuencos de tinte en el fregadero. Unos minutos después de que se vaya, suena la campanilla de la puerta y entra alguien. Rodeo la mampara para decirle a quienquiera que sea que hemos terminado por hoy, pero se me quedan atascadas las palabras en la garganta cuando lo veo.

Está de pie al lado de la puerta, mirando el interior de la peluquería. Cuando posa los ojos en mí, la canción que suena por el altavoz se interrumpe de forma muy oportuna y se hace un opresivo silencio.

Si pudiera sentir por Trey aunque solo fuera una fracción de lo que siento por Owen cuando lo veo al otro lado de la estancia, seguramente conseguiría que una relación con él funcionara sin problemas.

Sin embargo, no siento esto con nadie más. Solo con Owen.

Echa a andar hacia mí con seguridad. Yo no me muevo en absoluto. Ni siquiera estoy segura de que mi corazón se mueva. Sé que mis pulmones no lo hacen, porque no he respirado desde que me asomé por la mampara y lo vi al lado de la puerta.

Se detiene cuando está a metro y medio de mí. Su mirada no se ha desviado ni una sola vez, y ya no puedo controlar la evidente subida y bajada de mi pecho. Su sola presencia le provoca a mi cuerpo una verdadera revolución.

—Hola —dice con expresión cautelosa. No deja traslucir ni un ápice de emoción. No sé si está enfadado por mis confesiones, pero está aquí, así que es evidente que sabía que eran mías. Como no le devuelvo el saludo, mira un momento por encima del hombro. Se pasa una mano por el pelo y vuelve a mirarme—. ¿Tienes tiempo para cortarme el pelo? —me pregunta.

Mis ojos se dirigen a su pelo, que ha crecido bastante desde que se lo corté.

—¿Confías en mí para cortarte el pelo otra vez? —Me sorprende el tono juguetón de mi voz. No importan las circunstancias, las cosas parecen muy fáciles con él.

—Pues depende. ¿Estás sobria?

Sonrío, aliviada de que sea capaz de devolverme la broma en medio de nuestra guerra fría. Asiento con la cabeza y señalo la parte trasera de la peluquería, donde están los lavabos. Echa a andar hacia mí y yo lo rodeo para ir a cerrar la puerta. Solo me faltaba que entrase alguien y lo viera aquí.

Cuando vuelvo a la parte posterior, está sentado en el mismo lavabo donde le lavé el pelo la última vez. Y, al igual que la última vez, no me aparta los ojos de la cara. Compruebo la temperatura del agua antes de mojarle la cabeza. Después de hacerlo, me echo el champú en la palma de la mano y se lo paso por el pelo hasta que hace espuma. Durante unos segundos, cierra los ojos, y aprovecho para mirarlo fijamente.

Vuelve a abrirlos en cuanto empiezo a enjuagarle el pelo, así que desvío enseguida la mirada.

Ojalá hablara. Si está aquí, es por algo. Y no es para mirarme.

Cuando termino de lavarle el pelo, caminamos en silencio hacia la parte delantera. Se sienta en mi sillón y le seco el pelo con una toalla. No sé si llego a respirar mientras le corto el pelo, pero hago lo que puedo para concentrarme en el corte y no en él. La peluquería nunca ha estado tan silenciosa.

Y, al mismo tiempo, nunca ha habido tal estrépito.

No puedo controlar el hervidero de pensamientos que tengo en la cabeza. Pensamientos de lo que sentí cuando me besó. Pensamientos sobre cómo me hacía sentir cuando me rodeaba con sus brazos. Pensamientos de la naturalidad de nuestras conversaciones, tan sencillas y reales que no quería que acabaran nunca.

Cuando acabo de cortarle, suelto las tijeras, lo peino y lo limpio. Le quito la capa protectora y la sacudo. La doblo y la guardo en el cajón.

Él se pone en pie y saca la cartera. Deja un billete de cincuenta dólares en el mostrador y vuelve a meterse la cartera en el bolsillo.

—Gracias —dice con una sonrisa.

Se da media vuelta para marcharse, y yo meneo la cabeza. No quiero que se vaya. Ni siquiera hemos hablado de las confesiones. Ni siquiera me ha dicho qué le hizo pasarse por aquí.

—¡Espera! —le grito. Justo cuando llega a la puerta, se vuelve despacio. Intento pensar qué decirle, pero no me sale nada. En cambio, miro el billete de cincuenta dólares y lo levanto—. Esto es demasiado dinero, Owen.

Durante lo que parece una eternidad, me mira en silencio y luego abre la puerta y sale sin decir palabra.

Me dejo caer en el sillón, porque mi forma de reaccionar me ha confundido mucho. ¿Qué quería que hiciera? ¿Quería que hiciera algo? ¿Quería que me invitara a su casa?

Me habría negado a cualquiera de las dos cosas, y el hecho de sentirme molesta porque no ha pasado ninguna de las dos hace que me sienta una persona horrible.

Miro el billete de cincuenta dólares que tengo en la mano. Me doy cuenta de que hay algo escrito en el reverso. Lo vuelvo y leo el mensaje escrito con rotulador negro.

Necesito una noche contigo por lo menos. Por favor.

Aprieto el puño y me lo llevo al pecho. El latido errático de mi corazón y la rápida expansión de mis pulmones para hacer sitio a más aire son las dos únicas cosas en las que puedo concentrarme ahora mismo.

Arrojo el billete al mostrador y entierro la cabeza entre los brazos.

¡Ay, Dios!

¡Ay, Dios!

En la vida había deseado tanto hacer lo incorrecto.

Cuando me detengo delante de su estudio, contemplo la posibilidad de tomar una decisión de la que mañana no me sentiré orgullosa. Si entro, tengo claro lo que pasará entre nosotros. Y aunque sé que con Trey fuera de la ciudad la probabilidad de que se entere de esto es mínima, eso no significa que esté bien.

Claro que la idea de que se entere tampoco me quita las ganas de hacerlo.

Antes de que pueda tomar una decisión, se abre la puerta y Owen me agarra de una mano. Me arrastra a la oscuridad del interior del estudio, cierra la puerta y echa el pestillo. Espero a que mis ojos se adapten a la penumbra y mi conciencia, al hecho de que estoy aquí. En su estudio.

—No deberías quedarte ahí fuera —dice—. Podría verte alguien.

No estoy segura de a quién se refiere, pero no hay ninguna posibilidad de que Trey me vea esta noche, teniendo en cuenta que está en San Antonio.

—Se ha ido el fin de semana.

Owen está de pie a menos de medio metro, mirándome con la cabeza ladeada. Veo el asomo de una sonrisa en sus labios.

—Eso me han dicho.

Me miro los pies, avergonzada. Cierro los ojos e intento convencerme de que debo cambiar de idea. Mi presencia aquí lo pone todo en peligro. Sé que si pudiera desterrar los pensamientos que me han estado rondando por la cabeza, sería capaz de ver que esta no es una decisión inteligente. Nos descubran o no, estar con él no mejorará nada. Solo lo empeorará, porque es muy probable que lo desee todavía más después de esta noche.

—No debería estar aquí —digo en voz baja.

Su mirada no flaquea en ningún momento.

—Pero aquí estás.

—Solo porque me has arrastrado dentro sin preguntar.

Se ríe por lo bajo.

—Estabas delante de mi puerta intentando decidir qué hacer. Solo te he ayudado a tomar una decisión.

—Todavía no he decidido nada.

Asiente con la cabeza.

—Sí que lo has hecho, Auburn. Has decidido muchas cosas. Elegiste estar con Trey a largo plazo. Y ahora has elegido estar conmigo esta noche.

Me muerdo el labio inferior y aparto la mirada de él. No me gusta su comentario, aunque encierre muchas verdades. A veces, la verdad duele, y que él la exponga así hace que todo parezca más blanco o negro de lo que es en realidad.

—Estás siendo injusto.

—No, estoy siendo egoísta —replica.

—Es lo mismo.

Da un paso hacia mí.

—No, Auburn, no lo es. Injusto sería darte un ultimátum. Ser egoísta es hacer algo así. —Sus labios se apoderan de los míos y me da un beso apasionado y firme. Me pasa las manos por el pelo y me las deja en la nuca. Me besa como si me estuviera dando todos los besos que desearía haberme dado en el pasado y todos los que deseará darme en el futuro.

Todos juntos, todos a la vez.

Me baja las manos hasta la espalda y me pega a él. No sé dónde tengo yo las manos. Creo que me he agarrado a él como si fuera un salvavidas, pero tengo todo el cuerpo entumecido, salvo la boca. Solo soy plenamente consciente de sus labios sobre los míos. No reconozco otra cosa que no sea su beso.

Solo quiero pensar en él.

Sin embargo, Trey se abre paso a la fuerza en mis pensamientos, ¡joder! Sin importar lo intensos que sean mis sentimientos por Owen, mi lealtad está con Trey. Los actos de Owen me obligaron a tomar una decisión, y ahora ambos tenemos que vivir con las consecuencias.

Me separo de él después de encontrar la fuerza para darle un empujón. Nuestras bocas se separan, pero mis manos permanecen apretadas contra él. Noto que el pecho le sube y le baja con fuerza, y saber que siente lo que yo siento casi me basta para que vuelva a acercarlo a mi boca.

—Trey —digo sin aliento—. Ahora estoy con Trey.

Owen cierra los ojos con fuerza, como si le doliera oír el sonido de su nombre. Tiene la respiración tan alterada que se ve obligado a recuperar el aliento antes de responder. Abre los ojos y clava su mirada en la mía.

—Con Trey solo está tu compromiso. —Levanta una mano y presiona la palma sobre el lugar donde me late el corazón, por encima de mi camisa—. El resto de tu persona está conmigo.

Esas palabras me afectan más que su beso. Intento inspirar, pero esa mano apretada contra mi corazón no me lo permite. Se acerca un paso más hasta que estamos pegados. No me aparta la mano del pecho, pero me rodea la parte baja de la espalda con el otro brazo.

—Auburn, él no le hace esto a tu corazón. No lo enloquece hasta el punto de que intenta salírsete del pecho.

Cierro los ojos y me inclino hacia él. Creo que mi cuerpo toma la decisión por mí, porque está claro que mi mente ha perdido todo el control. Le entierro la cara en el cuello y escucho en silencio nuestras respiraciones agitadas. Cuanto más tiempo pasamos aquí y más cosas me dice, más aumenta el anhelo. Lo noto en su forma de abrazarme. Lo oigo en la súplica desesperada de su voz. Lo siento en cada subida y bajada de su pecho.

—Entiendo por qué tuviste que elegirlo —sigue—. No me gusta, pero lo entiendo. También sé que darme una noche no va a hacer que desaparezca la posibilidad de que le entregues a él todo tu futuro, pero ya te he dicho que soy... egoísta. Y si solo puedo conseguir una noche contigo, lo acepto. —Me levanta la cabeza del hombro y me vuelve la cara para que lo mire—. Aceptaré todo lo que estés dispuesta a darme, porque sé que si sales por esa puerta, dentro de diez años… o de veinte… desearemos haber escuchado a nuestros corazones cuando recordemos esta noche.

—Eso es lo que me asusta —replico—. Tengo miedo de no ser capaz de silenciar los dictados de mi corazón si le hago caso una vez.

Owen acerca su boca a la mía y susurra:

—Ojalá tuviera esa suerte. —Su boca vuelve a unirse a la mía, y esta vez soy muy consciente de todo mi cuerpo.

Tiro de él para pegarlo a mí con la misma desesperación que demuestra él. Su boca está en todas partes mientras me besa con alivio, sabiendo que ese beso es mi consentimiento a todo lo que me está pidiendo. Es mi forma de decirle que le doy esta noche.

—Te necesito arriba —dice—. Ahora.

Empezamos a avanzar por el estudio, pero ninguno de los dos es capaz de apartar la boca o las manos del otro, así que tardamos un rato. Cuando llegamos a la escalera, él empieza a subirla hacia atrás, lo que nos dificulta todavía más la tarea de seguir besándonos. Cuando ve que así es imposible, me agarra una mano, se da media vuelta y tira de mí para que sigamos subiendo a su apartamento.

Después, su boca vuelve a encontrarse con la mía, pero es un beso completamente distinto del que acabamos de compartir. Me toma la cabeza entre las manos y me besa despacio. Con ternura y pasión. Es un beso lleno de matices.

Me besa como si fuera su lienzo.

Me aferra ambas manos, entrelaza sus dedos con los míos y une nuestras frentes cuando el beso llega a su fin.

Nadie me había hecho sentir tanto nunca. Ni siquiera Adam. Y a lo mejor lo que siento cuando me besa Owen es algo tan inusual que nunca volveré a experimentarlo después de esta noche.

Ese pensamiento me aterroriza y también sella mi destino hasta mañana por la mañana, porque no debería restarle importancia a lo que Owen me hace sentir. Ni siquiera por lealtad a Trey.

Y, la verdad, no me importa en qué clase de persona me convierte eso.

—Tengo miedo de no volver a sentir esto con nadie más —susurro.

Me da un apretón en las manos.

—Yo tengo miedo de que lo sientas.

Me echo hacia atrás y lo miro, porque necesito que sepa que mis sentimientos por Trey jamás se parecerán a lo nuestro.

—Nunca tendré esto con él, Owen. Ni se le acercará un poquito.

La expresión que pone no es de alivio, como yo esperaba. De hecho, parece que hubiera dicho algo que no quiere oír.

—Ojalá pudieras tenerlo —replica—. No quiero pensar que te veas obligada a pasar toda la vida con alguien que no te merece. —Me rodea con los brazos y vuelvo a enterrarle la cara en el cuello.

—No me refería a eso —le aseguro—. No digo que me merezca menos que tú. Solo que siento una conexión diferente contigo, y eso me asusta.

Me aferra la cabeza y acerca la boca a una oreja.

—Aunque creas que te merece en la misma medida que te merezco yo, a mí no me lo parece, Auburn. —Desliza las manos hacia abajo hasta agarrarme los muslos y luego me levanta. Atraviesa la habitación conmigo en brazos y me deja en la cama. Se tumba sobre mí y coloca los antebrazos a ambos lados de mi cabeza. Me besa la frente con ternura y, luego, la punta de la nariz. Sus ojos se cruzan con los míos y me mira con más sinceridad y honestidad que nunca—. Nadie te merece como yo.

Tantea con las manos hasta dar con el botón de mis vaqueros y me los desabrocha. Me entierra los labios en el cuello mientras sigue convenciéndome con palabras de que aquí es justo donde tenemos que estar.

—Nadie te conoce como yo.

Cierro los ojos y escucho el sonido de su voz. Espero a que me quite los vaqueros, anticipando el contacto de su mano en mi piel. Desliza las palmas por la parte exterior de mis piernas y luego me roza los labios con los suyos.

—Nadie te entiende como yo.

Se aprieta contra mí al mismo tiempo que me introduce la lengua en la boca. Gimo y la habitación empieza a dar vueltas a mi alrededor. La mezcla de sus palabras, sus caricias y su cuerpo sobre el mío son como gasolina arrojada al fuego. Empieza a tirarme de la camisa y del sujetador para quitármelos, pasándomelos por la cabeza, y no hago nada para ayudarlo o para detenerlo. Sus caricias me desarman.

—Nadie consigue que te lata el corazón como lo hago yo.

Me besa y solo se detiene para quitarse la camisa. Recupero el control de mis sentidos cuando me doy cuenta de que le estoy tirando de los vaqueros en un intento por quitárselos para sentir su piel contra la mía.

Presiona la palma de una mano contra mi corazón.

—Y nadie más merece estar dentro de ti si antes no ha logrado entrar aquí.

Sus palabras resbalan por mis labios como gotas de lluvia. Me besa con ternura y se levanta de la cama. Sigo con los ojos cerrados, pero oigo que sus vaqueros caen al suelo y lo oigo desgarrar un envoltorio. Siento sus manos en las caderas mientras me engancha los pantis con los dedos y tira de ellos hacia abajo. Hasta que no lo tengo encima de nuevo, no encuentro las fuerzas para abrir los ojos.

—Dilo —susurra, mirándome—. Quiero oírte decir que te merezco.

Le deslizo las manos por los brazos, por la curva de los hombros, por los lados del cuello y por el pelo. Lo miro directamente a los ojos.

—Me mereces, Owen.

Apoya la frente a un lado de mi cabeza y me agarra una pierna, levantándomela, para que le rodee la cintura.

—Y tú me mereces, Auburn.

Me penetra y no sé qué es más fuerte, si su gemido o mi repentino grito al exclamar:

—¡Ay, Dios mío!

Se entierra hasta el fondo en mí y se queda inmóvil. Me mira sin aliento y sonríe.

—No sé si lo has dicho porque te sientes de maravilla o si es una burla por lo que significan mis iniciales.

Sonrío entre jadeos.

—Las dos cosas.

Nuestras sonrisas se desvanecen en cuanto empieza a moverse. Mantiene su boca cerca de la mía, pero lo bastante lejos como para poder mirarme a los ojos. Entra y sale de mí despacio, y empieza a acariciarme los labios con besos suaves. Gimo porque necesito cerrar los ojos, pero su forma de mirarme es algo que quiero recordar cada vez que respire.

Vuelve a salir y a hundirse de nuevo hasta el fondo mientras me besa en la mejilla. Adapta el ritmo a sus besos y mantiene los ojos fijos en los míos con cada embestida.

—Esto es lo que quiero que recuerdes, Auburn —susurra—. No quiero que recuerdes lo que sientes cuando estoy dentro de ti. Quiero que recuerdes lo que sientes cuando te miro. —Sus labios rozan los míos con tanta delicadeza que casi no los siento—. Quiero que recuerdes cómo reacciona tu corazón cada vez que te beso. —Captura mis labios e intento grabarme en la memoria todas las sensaciones que me producen su beso y sus palabras. Me pasa una mano por el pelo y me levanta un poco la cabeza para darme un beso arrollador. Se aparta para que podamos recuperar el aliento y, mientras me mira de nuevo a los ojos, me dice—: Quiero que recuerdes mis manos y su afán por tocarte. —Su boca asciende despacio por mi mentón hasta llegar a una oreja—: Y necesito que recuerdes que cualquiera puede hacer el amor, pero que yo soy el único que merece hacerlo contigo.

Le rodeo el cuello con los brazos, y su boca se apodera de nuevo de la mía. Se entierra en mi cuerpo hasta el fondo y quiero gritar. Quiero llorar. Quiero suplicarle que no pare nunca, pero lo que más deseo es este beso. Quiero recordar cada parte de él. Quiero grabarme su sabor en la lengua.

Los siguientes minutos son un torbellino de gemidos, besos, sudor, manos y bocas. Él está encima de mí, yo encima de él y él encima de mí otra vez. Cuando siento el calor de su boca sobre mi pecho, me dejo llevar por completo. Echo la cabeza hacia atrás, cierro los ojos y dejo el corazón directamente en las palmas de sus manos.

Estoy tan excitada, tan mareada, tan agradecida por haber tomado la decisión de quedarme, que ni siquiera sé cuándo termino. Mi respiración sigue alterada y el corazón me martillea el pecho. No estoy segura de que llegar al clímax con Owen signifique el final de esta experiencia, porque los momentos posteriores son tan increíbles como el acto en sí.

Estoy tumbada sobre su torso, rodeada por sus brazos, y nunca pensé que volvería a estar en esta posición. Una posición en la que sé que estoy justo donde debo estar, pero no puedo hacer nada para mantenerme aquí.

Me recuerda al día que tuve que despedirme de Adam. Sabía que lo que sentíamos era mucho más de lo que pensaba la gente, y me costó una eternidad superar separarme de él sin estar preparada.

Y ahora está pasando lo mismo con Owen. No estoy preparada para decirle adiós. Tengo miedo de decirle adiós.

Sin embargo, tengo que despedirme, y es muy doloroso.

Si supiera cómo detener las lágrimas, lo haría. No quiero que me oiga llorar. No quiero que sepa lo triste que estoy porque no podemos tener esto todos los días de nuestras vidas. No quiero que me pregunte qué me pasa.

Cuando siente que mis lágrimas le caen sobre el pecho, no hace nada para detenerlas. Se limita a abrazarme con más fuerza y a apoyar una mejilla en mi cabeza. Me pasa una mano por el pelo con ternura.

—Lo sé, cariño —susurra—. Lo sé.

CAPÍTULO DIECIOCHO

Owen

Debería haber sabido que Auburn no estaría cuando yo me despertara. Anoche sentí su angustia cuando solo estaba pensando en tener que despedirse, así que el que se haya ido antes de tener que hacerlo no me sorprende.

Lo que sí me sorprende es la confesión que descansa sobre la almohada a mi lado. Extiendo una mano para leerla, no sin antes moverme hacia su lado de la cama. Todavía puedo olerla. Desdoblo el trocito de papel y leo sus palabras.

«Pensaré en anoche siempre, Owen. Incluso cuando no deba».

Dejo caer la mano sobre mi pecho y aprieto el puño.

Ya la echo tanto de menos que me duele, y seguramente solo haya pasado una hora desde que se fue. Releo su confesión varias veces. Se ha convertido en mi confesión preferida, pero también es la más dolorosa.

Me dirijo a mi taller, me llevo el lienzo con su retrato inacabado al centro de la estancia y lo preparo. Reúno todo el material que voy a necesitar y me pongo delante de su cuadro. Miro fijamente la confesión mientras me imagino su aspecto cuando la escribió y, por fin, tengo la inspiración que necesito para terminar el retrato.

Busco un pincel y la pinto.

No estoy seguro de cuánto tiempo ha pasado. Un día. Dos. Creo que he parado tres veces para comer, por lo menos. Afuera es de noche, eso lo sé.

Aunque por fin he terminado.

Es raro tener la sensación de que alguno de mis cuadros llega a un punto final. Siempre quiero añadir algo más, como unas pinceladas más u otro color. Pero llega un momento en cada cuadro en que tengo que dejarlo y aceptarlo tal y como es.

Estoy en ese punto con este cuadro. Seguramente sea el más realista que he plasmado en un lienzo.

Su expresión es justo como quiero recordarla. No es una expresión feliz. De hecho, parece un poco triste. Quiero pensar que es la misma expresión que pondrá cada vez que piense en mí. Una mirada que revela cuánto me echa de menos. Incluso cuando no debería.

Arrastro el cuadro y lo coloco contra la pared. Encuentro la confesión que me dejó en la almohada esta mañana y la pego a la pared junto a su cara. Saco la caja de confesiones que me ha dejado en las últimas semanas y las pego alrededor del cuadro.

Retrocedo un paso atrás y miro fijamente lo único que me queda de ella.

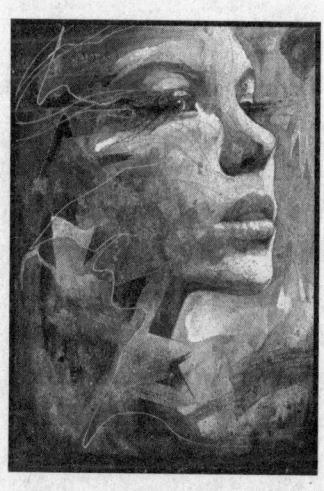

—¿Qué ha pasado entre Auburn y tú? —me pregunta Harrison.

Me encojo de hombros.

—¿Lo de siempre?

Meneo la cabeza.

—¡Qué va!

Levanta una ceja.

—¡Guau! —exclama—. Pues es una novedad. Estoy seguro de que quiero oír el resto de la historia. —Saca otra cerveza y la desliza por la barra hacia mí. Se inclina y abre la cuenta—. Pero dame la versión resumida. Cierro dentro de unas horas.

Me echo a reír.

—Tranquilo, es fácil. Ella es la razón de todo, Harrison.

Me mira con expresión desconcertada.

—Has pedido la versión resumida —le digo—. Esa es.

Harrison menea la cabeza.

—En ese caso, he cambiado de idea. Quiero la versión detallada.

Sonrío y miro el móvil. Ya son más de las diez.

—Quizá la próxima vez. Ya llevo aquí dos horas. —Dejo el dinero sobre la barra y bebo un último sorbo de cerveza. Se despide de mí con la mano mientras me doy media vuelta para volver a mi estudio. El cuadro que he pintado de ella debe de estar casi seco. Creo que será el primer cuadro que cuelgue en el dormitorio de mi apartamento.

Saco la llave del bolsillo y la meto en la cerradura, pero la puerta no está cerrada.

Sé que la cerré. Nunca salgo sin cerrarla.

Empujo la puerta para abrirla y, en cuanto lo hago, todo mi mundo se detiene. Miro a la izquierda. A la derecha. Me adentro en mi estudio y doy una vuelta sobre mí mismo mientras observo el daño que ha sufrido todo lo que poseo. Todo por lo que he trabajado.

Las paredes, el suelo y todos los cuadros de la planta baja están cubiertos de pintura roja. Lo primero que hago es correr hacia uno de los cuadros que tengo más cerca. Toco la pintura esparcida por el lienzo y veo que ya se está secando. Seguramente lleva una hora secándose. Quienquiera que haya hecho esto estaba esperando a que yo saliera del estudio esta noche.

Me entra el pánico de verdad en cuanto me acuerdo de Trey. Subo la escalera a toda prisa y voy directo a mi taller. Nada más abrir la puerta, me doblo por la cintura, con las manos apoyadas en los muslos. Suelto un enorme suspiro de alivio.

No lo han tocado.

Quienquiera que haya estado aquí no ha tocado el retrato de Auburn que acabo de pintar. Después de unos minutos para recuperarme, me levanto y me acerco al lienzo. Aunque no lo han tocado, noto algo distinto.

Algo está mal.

Y, entonces, me doy cuenta de la confesión que dejó en la almohada.

No está.

CAPÍTULO DIECINUEVE

Auburn

¿Esperas compañía? —le pregunto a Emory. Alguien llama a la puerta, así que miro el móvil. Son más de las diez.

Ella niega con la cabeza.

—No es para mí. No les gusto a los humanos.

Me río y echo a andar hacia la puerta. Cuando miro por la mirilla y veo a Trey, suelto un pesado suspiro.

—Sea quien sea, pareces decepcionada —dice Emory sin rodeos—. Seguro que es tu novio. —Se pone en pie y se va a su dormitorio, y agradezco que, por lo menos, haya aprendido lo que es la privacidad.

Abro la puerta para dejarlo entrar. Me desconcierta

un poco que esté aquí, la verdad. Son más de la diez de la noche y me dijo que estaría fuera de la ciudad hasta mañana.

En cuanto abro la puerta, entra en tromba. Me da un breve beso en la mejilla y dice:

—Necesito ir al baño.

Sus prisas me desconciertan un momento mientras lo veo sacarse las cosas del cinturón. La pistola, las esposas, las llaves del coche. Lo deja todo sobre la encimera y no se me escapa el sudor que le resbala por la sien. Parece nervioso.

—Adelante —le digo al tiempo que señalo hacia el baño—. Estás en tu casa.

Va directo al cuarto de baño y, en cuanto abre la puerta, me asalta el pánico de repente.

—¡Espera! —exclamo antes de correr tras él. Se aparta de la puerta, y lo rozo al pasar. Voy al lavabo y recojo todos los jabones con forma de caracola. Salgo del baño, y él me mira las manos con curiosidad.

—Y ahora ¿con qué me lavo las manos? —pregunta.

Señalo el armarito con la cabeza.

—Ahí dentro hay jabón líquido —contesto. Miro los jabones que tengo en las manos—. Estos no son para invitados.

Me cierra la puerta en las narices y me voy con los jabones a mi dormitorio, sintiéndome un poco ridícula.

Tengo problemas muy gordos.

Dejo los jabones en la mesita de noche y agarro el teléfono. Tengo varios mensajes que no he visto, y solo uno es de mi madre. Los ojeo, y todos son de Owen. Empiezo por el primero hasta llegar arriba.

Llámame.

Estás bien?

Es importante.

Vestido de carne.

Como no me contestes dentro de cinco minutos, voy a tu casa.

Le contesto de inmediato.

No vengas, Trey está aquí. Estoy bien.

Lo mando antes de teclear otro mensaje.

Estás bien?

Me contesta enseguida.

Alguien ha entrado en mi estudio esta noche. Lo ha destrozado todo.

Me llevo la mano a la boca para ahogar un jadeo.

Se ha llevado tu confesión, Auburn

Tengo el corazón en la garganta y echo una miradita para asegurarme de que Trey no está en la puerta de mi dormitorio. No quiero que vea mi reacción ahora mismo, porque querrá saber con quién me estoy mensajeando. Me apresuro a mandarle otro mensaje a Owen.

Has llamado a la policía?

Su mensaje me llega justo cuando oigo que se abre la puerta del cuarto de baño.

Y qué voy a decirles, Auburn? Que vengan a limpiar su mierda?

Leo el mensaje dos veces.

¿Su mierda?

Borro todos los mensajes enseguida. Suelto el teléfono e intento parecer tranquila, pero no dejo de darle vueltas al último mensaje de Owen. ¿Cree que ha sido cosa de Trey?

Quiero decir que Owen se equivoca. Quiero decir que Trey no sería capaz de hacer algo como lo que le han hecho a Owen, pero ya no sé qué creer ni en quién confiar.

Trey aparece en la puerta y observo su expresión en un

intento por encontrar algo en ella, pero solo me topo con una pared.

Lo miro con una sonrisa.

—Has vuelto antes de tiempo.

No me devuelve la sonrisa. Siento que el corazón se me quiere salir del pecho, y no por un buen motivo.

Entra en mi dormitorio y se sienta en la cama. Se quita los zapatos con los pies y los deja tirados en el suelo.

—¿Qué le ha pasado a la gata? —me pregunta—. ¿Cómo dijiste que se llamaba? ¿Chispas?

Trago saliva con dificultad. ¿Por qué está preguntando por la gata de Owen?

—Se escapó —contesto con tranquilidad—. Emory estuvo fatal durante una semana.

Asiente con la cabeza mientras aprieta los dientes. Extiende una mano y me agarra del brazo. Lo miro mientras tira de mí. Caigo sobre su pecho, tiesa como un palo. Me rodea con un brazo y me besa en la coronilla.

—Te echaba de menos, así que he vuelto antes de tiempo.

Está siendo amable. *Demasiado*. Así que no bajo la guardia.

—A ver si adivinas lo que he encontrado hoy —dice.

—¿El qué?

Me pone la mano en el pelo y me lo acaricia.

—Una casa.

Me aparto de su torso y lo miro justo cuando me coloca un mechón de pelo detrás de la oreja.

—No sabía que estabas buscando otra casa.

Sonríe.

—Se me ha ocurrido que podría comprar algo un poco más grande. Ahora que mi madre está en Dallas, he pensado que podría dejarle esa casa, ya que antes era suya. Seguramente sería mejor que tuviéramos más intimidad. La casa a la que le he echado el ojo tiene un patio vallado. Está en Bishop, cerca del parque. Es un barrio muy bueno.

No digo nada, porque parece que quiere decir que hoy ha encontrado una casa para *nosotros*. Pensar en eso me aterroriza.

—Mi madre me ha acompañado a verla. Le ha gustado mucho. Dice que a AJ le encantaría.

No me imagino a Lydia diciendo que a AJ le encantaría algo que no fuera de ella.

—¿De verdad ha dicho eso?

Trey asiente con la cabeza, y me imagino cómo sería. Poder vivir en la misma casa que AJ, en un buen barrio y con jardín. Y una vez más se me ocurre que, a lo mejor, merece la pena. Nunca querré a Trey como quería a Adam y nunca sentiré con él la conexión que tengo con Owen, pero Adam y Owen no pueden darme lo único que necesito en mi vida. Solo Trey puede hacerlo.

—¿Qué estás diciendo, Trey?

Me sonríe y, en ese momento, me doy cuenta de que quizá Owen se equivoca. Si Trey fuera el responsable de destruir su estudio, no estaría aquí diciendo las cosas que está diciendo ahora mismo. Estaría lívido, porque sabría que esa confesión era mía.

—Estoy diciendo que esto no es un juego para mí, Auburn. Quiero a AJ y necesito saber que estás conmigo en esto. Que estamos juntos en esto.

Se coloca encima de mí, se inclina hacia delante y me besa. Llevamos saliendo más de dos meses y nunca le he dejado hacer otra cosa que besarme. Todavía no estoy preparada para ir más lejos, pero sé que él sí. Y sé que se le ha estado agotando la paciencia.

Gime y me mete la lenga en la boca hasta el fondo. Cierro

los ojos con fuerza y detesto obligarme a fingir que me parece bien. Pero, por dentro, solo intento ganar tiempo, intento darme un momento para pensar qué debo hacer a continuación, porque los mensajes de Owen siguen rondándome la cabeza. Por no mencionar el hecho de que Owen podría estar viniendo hacia aquí.

Trey empieza a tocarme por todas partes con más insistencia, tirando de mí. Aparta la boca de la mía de repente y empieza a besarme donde puede mientras me desabrocha los botones de la camisa con una mano.

Quiero decirle que pare, pero todo está pasando tan deprisa que no encuentro el momento de apartarlo. Me está desabrochando los vaqueros y me está metiendo los dedos por debajo de los pantis cuando ya no aguanto ni un segundo más. Clavo los talones en el colchón y lo empujo mientras intento incorporarme.

Se aparta unos segundos y me mira, pero no me salen las palabras. Como no digo nada, vuelve a apoderarse de inmediato de mi boca, con más fuerza si cabe. No ha recibido un no verbal, así que supongo que eso significa que sí para él.

Me pega a su pecho.

—Trey, para.

Deja de besarme al punto y apoya la cara en la almohada. Gime, frustrado, y no sé qué decir a continuación. Acabo de hacer que se enfade.

Sigue teniendo la mano dentro de mis vaqueros y, aunque no lo estoy besando, sigue moviéndola más hasta que tengo que apartársela físicamente. Apoya la palma en el colchón a mi lado y levanta la cara hasta que la tengo a pocos centímetros de la mía. La rabia le brilla en los ojos, pero no es eso lo que me asusta.

Es el asco.

—¿Te follaste a mi hermano pequeño cuando tenías quince años, pero ahora no puedes hacer lo mismo conmigo de adulta?

Sus palabras me duelen. Me duelen tanto que tengo que cerrar los ojos y apartarme de él.

—No follé con Adam —replico. Miro despacio en su dirección una vez más, y lo miro a los ojos—. Hice el amor con Adam.

Baja la cara hasta que me deja los labios justo sobre la oreja. Su cálido aliento me pone el vello de punta.

—¿Y qué hacías cuando estabas con Owen en su cama? ¿Eso también *era* hacer el amor?

Aspiro una bocanada de aire.

Me tenso por completo, y sé que si intento huir, me lo impedirá. También sé que si no intento huir, lo más probable es que me haga daño.

Nunca he tenido tanto miedo.

Se queda encima de mí, con la boca junto a mi oreja. No vuelve a hablar, pero no hace falta. Deja claras sus intenciones cuando vuelve a meterme la mano en los vaqueros.

Durante una fracción de segundo, me pregunto si debería dejar que lo hiciera. Si me callo y le permito salirse con la suya, quizá sea suficiente para que perdone lo que pasó con Owen. No puedo dejar que esto se interponga entre mi hijo y yo.

Sin embargo, esos pensamientos solo duran una fracción de segundo, porque de ninguna manera voy a permitir que AJ crezca con una madre que se deja pisotear.

—No me toques.

No me hace caso. En cambio, levanta la cabeza y me mira con una sonrisa tan gélida que me da escalofríos. No sé quién es ahora. Nunca había visto esa faceta suya.

—Trey, por favor.

Me toca sin miramientos y aprieto las piernas, pero eso no le impide separarme los muslos a la fuerza. Intento empujarlo, pero mi debilidad es ridícula comparada con su fuerza. Vuelve a apoderarse de mi boca y, cuando intento volver la cabeza, me muerde el labio para obligarme a soportar su beso.

Saboreo la sangre.

Empiezo a llorar en cuanto empieza a desabrocharse los vaqueros.

Esto no está pasando.

—Te ha dicho que pares.

No es mi voz ni la de Trey, pero las palabras lo obligan a detenerse. Levanto la vista y veo a Emory de pie en la puerta, apuntándonos con una pistola. Trey se vuelve despacio hacia ella. Cuando la ve, se pone de espaldas con las manos levantadas y las palmas hacia fuera.

—¿Te das cuenta de que estás apuntando con un arma a un agente de policía? —pregunta Trey con calma.

Emory se ríe.

—Te das cuenta de que estoy deteniendo una agresión, ¿no?

Él se incorpora, despacio, y Emory levanta todavía más el arma, sin dejar de apuntar en su dirección.

—No sé qué crees que está pasando aquí, pero si no me entregas esa pistola, te vas a meter en un lío muy gordo.

Emory me mira, pero no deja de apuntarle a Trey.

—¿Quién crees que se va a meter en un lío, Auburn? ¿El agente que te estaba violando o la compañera de apartamento que se la cortó de un tiro?

Menos mal que su pregunta era retórica, porque estoy llorando demasiado fuerte como para contestar. Trey se pasa la palma de la mano por la boca y luego aprieta los dientes mientras intenta encontrar la manera de salir del lío en el que acaba de meterse.

Emory vuelve a mirarlo.

—Vas a salir de aquí y te vas a alejar hasta el final del pasillo. Dejaré tu pistola y tus llaves en el pasillo en cuanto estés lo bastante lejos.

Me doy cuenta de que Trey me mira, pero yo no le devuelvo la mirada. No puedo. Me acaricia el brazo con ternura.

—Auburn, sabes que nunca te haría daño. Dile que se ha equivocado. —Lo noto extender la mano hacia mi cara, pero la mano de Emory lo detiene.

—¡Que te vayas de una puta vez! —grita.

Trey vuelve a levantar las manos. Se pone de pie, despacio, y se abrocha los vaqueros. Se agacha en busca de sus zapatos.

—Déjalos ahí. Largo —dice Emory con firmeza, y retrocede despacio para dejar libre la puerta mientras Trey avanza. Le veo la parte posterior de la cabeza mientras enfila hacia la puerta de entrada, seguido de Emory—. Hasta el final del pasillo —le ordena, y pasan varios segundos antes de que diga—: Tírame sus zapatos, Auburn.

Me estiro sobre la cama y agarro los zapatos. Se los llevo a Emory, que los deja junto a la puerta principal. No le quita el ojo a Trey, que está al final del pasillo, mientras ella suelta el arma junto a los zapatos. En cuanto ya no la tiene en las manos, cierra de un portazo y echa el cerrojo y también la cadena. Ahora estoy de pie en la puerta de mi dormitorio, mirando para asegurarme de que Trey se ha ido. Emory se vuelve para mirarme, con los ojos como platos.

—Te dije que me gustaba el otro chico más.

De alguna manera, se me escapa una carcajada en medio de

las lágrimas. Emory se acerca y me abraza y, por rara que sea, le estoy más agradecida que a ninguna persona en toda mi vida.

—Muchísimas gracias por escuchar a hurtadillas.

Se echa a reír.

—Ha sido un placer. —Se aparta y me mira a los ojos—. ¿Estás bien? ¿Te ha hecho daño?

Niego con la cabeza y me llevo una mano al labio para ver si sigue sangrando. Pues sí, pero antes de que pueda volverme hacia la cocina, Emory ya está arrancando un trozo de papel del rollo que hay en el soporte. Abre el grifo justo cuando llaman a la puerta.

Las dos nos damos media vuelta y miramos hacia la puerta.

—Auburn. —Es la voz de Trey—. Auburn, lo siento. Lo siento mucho.

Está llorando. O eso, o es muy buen actor.

—Tenemos que hablar de esto. Por favor.

Sé que Owen seguramente esté de camino ahora mismo después de todos sus mensajes frenéticos, así que solo quiero deshacerme de Trey antes de que se enfrenten cara a cara. Es lo último que necesito esta noche. Me acerco a la puerta, pero no la abro.

—Hablaremos de esto mañana —le digo a través de la puerta—. Esta noche necesito espacio, Trey.

—Muy bien, mañana —replica al cabo de unos segundos.

CAPÍTULO VEINTE

Owen

Me meto en un aparcamiento subterráneo que hay delante de su edificio para que Trey no vea mi coche.

Cuando me bajo y cruzo la calle, no dejo de correr hasta que estoy aporreando su puerta.

—¡Auburn! —Sigo golpeando la puerta—. ¡Auburn, déjame entrar!

Oigo que se descorren los cerrojos uno a uno, y con cada cerradura que se abre, me pongo más nervioso. Cuando por fin abre la puerta y la veo de pie frente a mí, todo mi cuerpo respira aliviado, incluso mi corazón.

Tiene un rastro de lágrimas en las mejillas, y los dos segundos que tardo en entrar en su casa y estrecharla contra mí me parecen una hora larguísima.

—¿Estás bien?

Me rodea con los brazos, y yo extiendo uno para cerrar la puerta. Echo la llave y me pego a Auburn al pecho justo cuando asiente con la cabeza.

—Estoy bien.

Su voz dista mucho de estar bien. Parece muerta de miedo. La aparto un poco, lo que me permiten los brazos, y la examino.

Tiene el pelo alborotado.

La camisa, rota.

El labio le sangra.

Está meneando la cabeza, diciéndome que no. Ve la furia en mis ojos justo antes de que me dé media vuelta para abrir la puerta.

Que me joda a mí todo lo que quiera. Pero ella es el límite.

Me pone las manos en los brazos para apartarme de la puerta.

—Owen, para. —Abro la puerta de un tirón y salgo al pasillo, pero se planta delante de mí y me coloca las manos en el pecho—. Estás enfadado. Tranquilízate antes. Por favor.

Tomo aire y lo suelto en un intento por calmarme. Pero solo porque me lo ha pedido de favor. Espero que nunca descubra que solo con pronunciar esa palabra puede convencerme de hacer lo que ella quiera. Nunca.

Me obliga a entrar de nuevo en su casa. Me acerco a la encimera y apoyo los brazos antes de dejar caer la frente en ellos.

Cierro los ojos y me pongo a pensar.

Pienso en lo que Trey hará a continuación. Pienso en el lugar al que podría ir. Pienso en dónde necesita estar Auburn para mantenerse a salvo.

No tengo respuesta para ninguna de esas cosas salvo para la última. Necesita estar conmigo. No pienso perderla de vista esta noche.

Me pongo derecho y me doy media vuelta para mirarla.

—Ve a por tus cosas. Nos vamos.

Decido llevarla a un hotel a pasar la noche porque no me fío de que me acompañe a mi estudio. Todavía no sé muy bien qué ha pasado entre ellos y no tengo claro de lo que Trey es capaz a estas alturas.

Auburn me mira por encima del hombro durante todo el camino hasta nuestra habitación, así que la tomo de la mano e intento transmitirle la idea de que va a pasar la noche a salvo.

Una vez que estamos dentro de la habitación del hotel y cierro la puerta, parece como si el aire fuera distinto. Como si hubiera más, porque por fin puede respirar aliviada. Detesto que haya estado tan preocupada, y saber que Trey es una parte importante de su vida hace que me preocupe todavía más por ella.

Se quita los zapatos y se sienta en la cama. Me siento a su lado y vuelvo a tomarla de la mano.

—¿Me vas a contar qué ha pasado?

Ella toma aire despacio y asiente de nuevo con la cabeza.

—Ha aparecido justo antes de que viera tus mensajes. Al principio, no creí que fuera capaz de hacer algo como lo que sugerías, pero cuando entró en mi habitación, lo vi. Vi algo en su forma de mirarme. Lo primero que hizo fue preguntarme por Chispas.

No quiero interrumpirla, pero no tengo ni idea de a quién se refiere con «Chispas».

—¿Chispas?

Me mira con una sonrisilla, avergonzada.

—Le dije que Owen la Gata era de Emory y que se llamaba Chispas.

Meneo la cabeza, confundido.

—¿Por qué ha preguntado por mi gata? —En cuanto las palabras salen de mi boca, veo clara la respuesta—. Estaba en mi estudio —digo—. Ha debido de verla y ha sumado dos y dos. —Ella asiente con la cabeza, pero deja de hablar. Aunque espero a que continúe, no lo hace—. ¿Qué pasó después?

Se encoge de hombros.

—Solo…

Se echa a llorar, en silencio, así que le doy un minuto para que continúe a su ritmo.

—Empezó a hablar de AJ y de comprar una casa y… luego empezó a besarme. Cuando le pedí que parara… —Vuelve a hacer una pausa y toma una rápida bocanada de aire—. Dijo algo sobre nosotros dos en la cama y entonces supe que había leído mi confesión. Intenté escapar, pero me sujetó. Y ahí entró Emory.

Debería haber llegado antes, pero menos mal que estaba su compañera en el apartamento.

—Eso es todo lo que ha pasado, Owen. Se detuvo y se fue.

Levanto una mano para rozarle el labio, cerca de donde está sangrando.

—¿Y esto? ¿Te lo ha hecho él?

Agacha la mirada y asiente con la cabeza. Detesto ver la vergüenza en su cara. Eso debería ser lo último que está sintiendo ahora mismo.

—¿Has llamado a la policía? ¿Quieres llamar? —Hago ademán de levantarme de la cama en busca del teléfono, pero pone los ojos como platos y empieza a mover la cabeza de un lado a otro.

—No —dice—. Owen, no puedo denunciar esto.

Hago una pausa para asegurarme de que la he oído bien. La suelto y me siento más derecho, mirándola fijamente. Ladeo la cabeza, confundido.

—Trey te ataca en tu propia casa ¿y no vas a denunciarlo?

Aparta la mirada, con la vergüenza más presente en su cara.

—¿Sabes lo que pasaría si lo denuncio? Lydia me echaría la culpa. Nunca me dejaría ver a AJ.

—Mírame, Auburn. —Sin embargo, ella vuelve la cabeza y le tomo la cara entre las manos—. Te ha atacado. Puede que Lydia sea una cerda, pero nadie te culparía por denunciar algo así.

Se aparta de mis manos y niega despacio con la cabeza.

—Sabe que me acosté contigo, Owen. Es normal que se enfade después de descubrir que lo he engañado.

Cierro los ojos. El corazón me late muy fuerte, tanto que creo que necesita salir de esta habitación.

—¿Lo estás defendiendo?

El silencio que sigue me destroza. Me levanto y me alejo de la cama, hacia la ventana.

Intento entenderlo. Intento encontrarle sentido, pero es que no tiene ninguno, carajo.

—Tú no lo has denunciado por entrar en tu estudio. Es lo mismo.

Me doy media vuelta enseguida y la miro.

—Eso es solo porque he arruinado mi credibilidad, Auburn. Parecería un patético acto de venganza si le echara la culpa a Trey de eso. Él se saldría con la suya y yo solo me complicaría más las cosas. Pero a ti te ha *agredido* físicamente.

No hay ninguna razón en el mundo que justifique que no denuncies algo así. No denunciarlo hará que crea que es una invitación para que lo repita.

En vez de discutir conmigo, se levanta tranquilamente y se acerca a mí. Me rodea la cintura con los brazos y me entierra la cara en el pecho. Yo la rodeo con los brazos. De repente, estoy mucho más tranquilo que hace unos segundos.

—Owen —dice, y sus palabras quedan un poco amortiguadas, porque las pronuncia contra mi camisa—, no eres padre, así que no puedo esperar que entiendas mis decisiones. Si lo denuncio, solo empeorará las cosas. Tengo que hacer lo que sea para mantener intacta la relación con mi hijo. Si eso incluye perdonar a Trey y tener que disculparme con él por lo que pasó entre tú y yo…, pues eso es lo que tengo que hacer. No puedo esperar que lo entiendas, pero necesito que me apoyes. No sabes lo que es renunciar a toda tu vida por alguien.

Sus palabras no solo me hieren físicamente, sino que también me aterrorizan. Incluso después de lo que ha pasado, sigue sin ver lo peligroso que es ese hombre.

—Si quieres a tu hijo, Auburn…, deberías mantenerlo lo más lejos posible de Trey. Perdonarlo es la peor decisión que puedes tomar.

Me aparta la cara del pecho y me mira.

—No tengo elección, Owen. No puedo decidir otra cosa porque no tengo más opciones. No las tengo. Es lo que tengo que hacer.

Cierro los ojos y le tomo la cara entre las manos. Pego la frente a la suya y me quedo así con ella, sin más. Asimilo lo que me dice e intento encontrarles sentido a sus palabras. Quiere convencerse de que no la entiendo porque nunca he estado en su situación. Cree que todos los errores que he cometido en el pasado han sido por egoísmo y no por total desinterés.

Sin embargo, somos más parecidos de lo que ella cree.

—Auburn —le digo en voz baja—, entiendo perfectamente que quieras estar con tu hijo, pero a veces para salvar una relación hay que sacrificarla primero.

Se aparta de mí. Se aleja de mí varios pasos antes de darse media vuelta.

—¿Qué relación has tenido que sacrificar?

Levanto la cabeza despacio, mirándola con todo lo que llevo dentro.

—La nuestra, Auburn. He tenido que sacrificar *nuestra* relación.

CAPÍTULO VEINTIUNO

Auburn

Estoy sentada en la cama con él, intentando asimilar todo lo que dice, pero es difícil.

—Esto es… —Meneo la cabeza—. ¿Por qué no me contaste todo esto desde el principio? ¿Por qué no me dijiste que Trey sabía que las pastillas no eran tuyas?

Owen suspira y me da un apretón en las manos.

—Quería hacerlo, Auburn, pero casi no te conocía. Contarle la verdad a alguien podría haber puesto en peligro la carrera profesional de mi padre. Por no mencionar el detalle de que Trey amenazaba con causar problemas y no quería meterte en líos como consecuencia de mi relación con mi padre.

Si antes pensaba que había terminado con Trey, a estas alturas lo tengo *más* que claro. No me puedo creer que haya puesto a Owen en esta situación porque se sentía amenazado por él. He pasado todo este tiempo intentando ver la cara buena de Trey, pero empiezo a dudar de que *tenga* alguna.

—Me siento como una tonta.

Owen menea la cabeza.

—No seas tan dura contigo misma. Debería habértelo dicho antes. Iba a hacerlo, pero después de enterarme de que tenías un hijo, me di cuenta de lo mucho que te jugabas. Eso complicó las cosas, porque ya era demasiado tarde para volver atrás y decir que las pastillas no eran mías. Y era imposible que Lydia y Trey te hubieran permitido estar con alguien como yo. Era un callejón sin salida.

Me tumbo bocarriba en la cama y junto las manos sobre el abdomen. Miro al techo, más confusa sobre lo que debo hacer que cuando entramos.

—No confío en Trey después de esto. No lo quiero cerca de AJ, pero si intentara llevarlo a juicio, Lydia se pondría furiosa. Usaría mis visitas con AJ en mi contra y es posible que nunca más vuelva a verlo. —La realidad de la situación empieza a golpearme y levanto las manos para presionarme las palmas contra los ojos. No quiero llorar. Quiero mantener la calma y encontrar una solución.

Owen se tumba a mi lado en la cama. Me pone una mano en una mejilla y me vuelve la cabeza para que lo mire.

—Auburn, escúchame —me dice, mirándome con absoluta sinceridad—. Si tengo que confesar lo de mi padre y llevar a Trey a los tribunales, lo haré. Mereces estar en la vida de AJ, y si seguimos permitiendo que nuestras decisiones se vean afectadas por las amenazas de Trey, nunca dejará de hacerlo. Nunca permitirá que estemos juntos y hará lo que sea para alejarte de AJ a menos que estés con él. Con ese tipo de gente, lo que importa es el poder, y debemos impedir que sea él quien lo tenga. —Me seca una lágrima con el pulgar—. Lo que haya que hacer, lo haremos juntos. No voy a irme a ninguna parte. Y no volverás a hablar con Trey sin que yo esté presente, ¿de acuerdo?

Sus palabras me llenan de una mezcla de alivio y temor. Me siento muy bien sabiendo que está de mi lado, pero la idea de enfrentarme a Trey me aterroriza. Sin embargo, es la única opción que tenemos en este momento. O lo solucionamos como adultos, o me enfrento a él en los tribunales.

Y no pararé hasta ganar.

Owen me estrecha contra él y me abraza en silencio durante tanto tiempo que me quedo dormida. Me despierto con el sonido de la ducha, e inmediatamente miro alrededor de la habitación del hotel, intentando ubicarme. Cuando la bruma se disipa y los acontecimientos del último día se repiten en mi mente, siento que me invade una sorprendente sensación de calma. Es increíble que no te des cuenta de lo sola y asustada que estás hasta que tienes a alguien a tu lado para apoyarte. Owen ha sacrificado mucho por su padre y ahora está haciendo lo mismo por mí. Es justo el tipo de hombre que AJ necesita como modelo en su vida.

Miro el móvil y veo varias llamadas perdidas de Trey. No quiero que sospeche ni que vuelva a aparecer por mi apartamento esta noche, así que le envío un mensaje.

Necesito un tiempo a solas, Trey. Te prometo que mañana hablamos.

No quiero que piense que estoy tan enfadada con él como

lo estoy en realidad. Solo quiero apaciguarlo por ahora, hasta que Owen y yo podamos enfrentarnos juntos a él.

De acuerdo.

Respiro aliviada con su respuesta y suelto el teléfono. Me levanto y voy al cuarto de baño, pero me detengo cuando veo a Owen en el espejo del pasillo. La puerta del baño está entreabierta, al igual que la cortina de la ducha. Solo veo atisbos de él mientras se lava el pelo, pero me basta para saber que preferiría estar ahí dentro con él que aquí sola.

De repente, estoy nerviosa y no sé por qué. Ya lo hemos hecho antes.

Me quito la camisa, que dejo sobre la cómoda, y luego los vaqueros. Me miro en el espejo y me avergüenzo de verme el rímel corrido bajo los ojos. Me lo limpio y retrocedo un paso. Tengo moretones en varios sitios del cuerpo por el forcejeo con Trey, y casi me dan ganas de cambiar de opinión sobre lo que voy a hacer.

Sin embargo, no lo hago. Trey ya nos ha mantenido demasiado tiempo separados a Owen y a mí, así que decido sacármelo de la cabeza. No quiero volver a pensar en él hasta que estemos sentados frente a él mañana.

Sigo hacia el cuarto de baño y me detengo junto a la puerta. Me quito el sujetador y luego los pantis. Me debato entre apagar o no la luz. Cuando me acosté con Owen, estaba a oscuras, así que mis inseguridades eran casi inexistentes. Sin embargo, él nunca me ha visto así. ¡Y yo a *él* tampoco!

Ese último pensamiento me da el valor necesario para entrar en el cuarto de baño.

—¿Auburn? —dice él desde la ducha. Se está preguntando si soy yo la que acaba de entrar, así que supongo que eso demuestra que los dos seguimos teniendo los nervios un poco de punta.

—Soy yo —respondo y cierro la puerta.

Asoma la cabeza por detrás de la cortina de la ducha y la sonrisa que normalmente aparece en sus labios cuando me ve, se desvanece al verme… *desnuda*. Siento que me arden las mejillas al instante y alargo el brazo hacia el interruptor para apagar la luz. Creía que podía hacerlo, pero no es así. Ningún chico, ni siquiera Adam, me ha visto nunca desnuda con la luz encendida. No me había dado cuenta de la enorme falta de confianza que sufro.

Lo oigo reír, pero no puedo verle la cara en la oscuridad.

—A ver, dos cosas —dice con voz firme—. Vuelve a encender la luz. Y ven aquí.

Niego con la cabeza, aunque no pueda verme.

—Ahora mismo voy, pero no voy a encender la luz.

Oigo que descorre la cortina de la ducha y que unos pies mojados caminan sobre las baldosas. Antes de darme cuenta, un brazo me rodea la cintura desnuda y la luz vuelve a encenderse. Tiene la cara frente a la mía y está sonriendo. Deja la luz encendida, me levanta y me lleva con él. Me mete en la ducha y me cubro al instante todo lo que puedo con las manos.

Él retrocede unos cuantos pasos, y no puedo evitar fijarme de lo seguro que se siente completamente desnudo delante de mí. Tiene motivos para estar seguro de sí mismo. Yo… pues no tantos.

Echa la cabeza hacia atrás para quitarse el jabón del pelo, pero no lo suficiente como para no poder mirarme, que es lo que sigue haciendo con una sonrisa satisfecha mientras se enjuaga el pelo.

—¿Sabes lo que me gusta mucho? —me pregunta.

Mantengo los brazos y las manos delante de mí, cubriéndome, y me encojo de hombros.

—Me encanta cuando me lavas el pelo —sigue—. No sé por qué. Es que me siento mejor cuando lo haces.

Sonrío.

—¿Quieres que te lave el pelo?

Niega con la cabeza y se vuelve para enjuagarse la cara.

—Ya me lo he lavado —contesta con naturalidad.

Ahora no puedo evitar mirar su espalda. Es *perfecta*.

Me tenso todavía más, consciente de que yo *no* soy perfecta. No me siento así porque tenga la autoestima baja, y tampoco estoy fingiendo sentirme acomplejada para que él me haga un cumplido. Solo soy una mujer que ha tenido un hijo, y los cuerpos no tienen el mismo aspecto después de tener hijos. Tengo el abdomen cubierto de estrías blancas y la cicatriz de la cesárea en el centro, justo encima de lo que debería ser una de las zonas más atractivas para un hombre.

Y mejor no entrar en lo que les hace el embarazo a los pechos. Cierro los ojos solo de pensarlo.

—Es como cuando alguien te prepara un bocadillo —dice Owen.

Abro los ojos. Ve mi cara de confusión y se ríe.

—Cuando me lavas el pelo. —Lo dice como si fuera una explicación—. Con los bocadillos pasa lo mismo. Aunque use los mismos ingredientes y me haga un bocadillo igual, no sé por qué está mucho más rico cuando lo prepara otra persona. Pues lo mismo me pasa cuando me lavas el pelo. Me gusta más cuando lo haces tú. Y luego me lo peino mejor.

Aquí estoy, casi temblando por los nervios, y él hablando tan tranquilo de bocadillos y lavados de cabeza.

Se acerca un paso y me pone las manos en los codos, girándome hasta que estoy debajo del agua.

—Quiero lavarte el pelo —me dice al tiempo que levanta el botecito de champú, que ya está medio vacío. Me echa la cabeza hacia atrás y me pasa las manos por el pelo, ya empapado por el agua. Yo no soy como él, no puedo mantener los ojos abiertos mientras me toca el pelo, así que los cierro. Me enjabona y no sé qué me gusta más, si sus dedos masajeándome el cuero cabelludo o esa parte de él que me está presionando el abdomen—. Relájate —me dice mientras empieza a enjuagarme el pelo.

No me relajo. No sé cómo hacerlo.

Como si lo supiera, se acerca. Su cercanía me tranquiliza. Es cuando está a varios pasos de distancia y me somete a su escrutinio cuando me pongo nerviosa.

Ahora empieza a extenderme el acondicionador, y tiene toda la razón. Me han lavado el pelo otras personas, mientras estudiaba cosmetología. Y es muy agradable, como un masaje. Pero esto es más. Sus manos son mucho más.

Acerca los labios a los míos y me besa con suavidad. Sus manos pasan de mi pelo a mis brazos y me los separa del cuerpo para invitarme a rodearle la cintura, de manera que acabamos pegados. Abro los ojos por fin y lo miro mientras empieza a enjuagarme el acondicionador del pelo.

—Es agradable, ¿verdad? —me pregunta con una sonrisilla traviesa.

Sonrío.

—No quiero volver a lavarme el pelo en la vida.

Me besa la frente.

—Pues verás cuando pruebes mis bocadillos.

Me río, y la ternura que aparece en sus ojos al oír mi risa

hace que me dé cuenta de que eso es lo que quiero. *Generosidad*. Esa debería ser la base de toda relación. Si una persona se preocupa de verdad por ti, obtendrá más placer con lo que *te* hace sentir que con lo que tú le haces sentir a *ella*.

—Quiero que sepas una cosa —me dice, besándome en el cuello—. Y no lo digo solo para que te sientas mejor. —Desliza una mano por mi cintura y la sube hasta llegar a un pecho, donde se detiene—. Lo digo porque quiero que lo creas. —Se aparta de mi cuello para mirarme a los ojos—. Eres preciosa, Auburn. De la cabeza a los pies. Por todas partes. Por fuera, por dentro, cuando estás debajo de mí, encima de mí, pintada en un lienzo. —Sus ojos se clavan en los míos, y los cierro, porque los suyos irradian demasiada verdad—. Preciosa —susurra.

Empieza a besarme el cuello hasta que el calor de su aliento me acaricia el pecho. Me toma uno de ellos con la boca y suelto un gemido. Le coloco las manos en la nuca y cierro los ojos, esperando que me lleve a la cama antes de acabar desmayada en el suelo.

Me desliza las manos por la cintura para luego bajar por los muslos y sigue el mismo sendero con la boca. Jadeo en cuanto me lame el ombligo. En parte por la sensación, y en parte porque quiero que deje de ir en la dirección que va. No quiero que se acerque a esas partes de mi cuerpo que me provocan las mayores inseguridades.

Se coloca de rodillas delante de mí. Ya no me besa, y me rodea con las manos la parte posterior de los muslos. Siento su aliento en el abdomen, pero como no hace nada, la curiosidad me lleva a abrir los ojos y a mirarlo.

Me está observando. Sonríe un poco y mueve una mano

para recorrer con los dedos la cicatriz que me marca el abdomen.

—Esto... —dice, mirándola— es lo más bonito que he visto en una mujer.

Siento el escozor de las lágrimas en los ojos y me niego a llorar en un momento así, pero creo que me acabo de enamorar oficialmente de este hombre.

Acerca los labios y me besa la cicatriz con ternura. Sube por mi cuerpo dejando un reguero de besos hasta que se endereza por completo y me mira de nuevo a los ojos.

—¿Cuántos días nos hemos visto desde que nos conocimos?

Quiero reírme por lo aleatorio de su pregunta, porque creo que esa faceta suya es lo que más me gusta de él. Me encojo de hombros.

—No sé. ¿Cuatro? ¿Cinco?

Niega despacio con la cabeza.

—Si cuentas hoy, son siete —dice al tiempo que me acaricia el pelo con una mano—. Así que dime, Auburn, ¿cómo es posible que ya me esté enamorando de ti?

Atrapa mi jadeo con los labios y me levanta del suelo, sacándome de la ducha y llevándome directamente a la cama.

Esta vez no me pierdo en sus caricias. Ni en su beso. Ni en lo que siento cuando me penetra.

No me pierdo en absoluto, porque es la primera vez que siento que alguien me ha encontrado de verdad.

~

—Aparcaré en el garaje —dice—. Llévate mi llave y entra por la puerta de atrás. —Detiene el coche y yo abro la puerta para salir. Antes de que lo haga, me agarra del brazo y tira de mí hacia él. Sus labios se encuentran con los míos y su beso me transmite una promesa—. No tardaré nada en subir —me asegura.

Me apresuro hacia la puerta trasera de su estudio. Introduzco la llave en la cerradura, la cierro con la misma rapidez y subo la escalera a toda prisa. Una vez arriba, por fin respiro aliviada. No sé por qué pensaba que Trey estaría esperando ahí fuera. Es desconcertante, porque no me ha mandado ningún mensaje desde que le dije que hoy hablaría con él. O me está dando el espacio que necesito, o sabe que estoy tramando algo.

Owen la Gata aparece a mis pies, y la levanto y me la llevo a la cocina. La dejo en la encimera y saco una botella de vino. Después de los dos días que llevo, necesito una copa. Estoy segura de que Owen también, así que le sirvo una, justo cuando lo oigo detrás de mí.

Me rodea con los brazos por detrás y me pega a él. Dejo la cabeza en su hombro y apoyo las manos en sus brazos.

En cuanto lo toco, abro los ojos de golpe y estoy a punto de soltar un grito, pero lo cortan las palabras que me susurran al oído.

—¿Ni siquiera reconoces al hombre que te abraza?

La voz de Trey hace que se me tense todo el cuerpo. Me aprieta más la cintura y ahora es cuando noto la diferencia. La diferencia de altura. La diferencia en sus manos. La diferencia en su forma de abrazarme.

—Trey —susurro, con voz temblorosa.

—Ahórratelo, Auburn —masculla, hablándome al oído. Me vuelve y me empuja contra el frigorífico, inmovilizándome los brazos—. ¿Dónde está?

Trago saliva, aliviada de que no sepa dónde está Owen. A lo mejor lo oye y puede hacer algo para protegerse.

Niego con la cabeza.

—No lo sé.

La rabia hierve en sus ojos y me agarra con fuerza por los brazos.

—No sé si podré soportar otra mentira tuya. ¿Dónde cojones está?

Cierro los ojos y me niego a responder. Su boca se apodera con brusquedad de la mía e intento apartarlo de mí. Se separa y me abofetea.

Las rodillas me fallan al instante, pero me sostiene antes de que me caiga y vuelve a pegarme la boca a la oreja.

—Grita su nombre.

No lo hago.

Me agarra la nuca con la mano y me da un apretón.

—Grita su nombre —repite.

Separo los labios para mandarlo a la mierda, pero oigo la voz de Owen.

—Suéltala.

Abro los ojos con cautela. La sonrisa de Trey al oír la voz de Owen me asusta más que lo que acaba de pasar entre nosotros. Me pega a él, me obliga a girar y me aprieta el torso contra la espalda. Ahora estamos los dos frente a Owen, que se encuentra a unos metros de distancia sin otra cosa en las manos que el móvil y las llaves del coche. Me recorre el cuerpo con una mirada frenética para ver si me ha hecho daño.

—¿Te ha hecho daño?

Niego con la cabeza, pero Trey sigue agarrándome. Owen está inmóvil, sin quitarle los ojos de encima.

—¿Qué quieres, Trey?

Trey suelta una carcajada gutural y vuelve la cabeza para mirarme al tiempo que me recorre el mentón despacio con los nudillos.

—Ya has manchado lo que quiero, Owen.

Veo que la rabia se apodera de Owen, y el miedo me hace poner los ojos como platos. Meneo la cabeza para que se calme. Solo le faltaba que vuelvan a detenerlo. Está en libertad condicional, y atacar a un policía es seguramente lo que Trey espera que haga.

—Owen, no. Quiere que le pegues. No lo hagas.

Trey presiona su mejilla contra la mía, y veo que los ojos de Owen siguen la trayectoria de su mano, que baja por mi garganta, entre los senos y el abdomen. La deja entre los muslos, y siento que me sube la bilis a la garganta. Cierro los ojos con fuerza, porque la mirada de Owen me demuestra que no va a permitir que Trey me haga esto.

Lo oigo correr justo antes de que Trey me tire a un lado. Caigo al suelo y, cuando me vuelvo, Owen ya le ha dado un puñetazo. Trey se agarra a la encimera con una mano y con la otra busca la pistola.

Owen está de pie frente a mí, mirándome, asegurándose de que estoy bien. No me salen las palabras, pero quiero decirle que se dé media vuelta, que corra, que se agache, pero no me sale nada. Owen me toma la cara entre las manos y me dice:

—Auburn. Baja y llama a la policía.

Trey se ríe, y Owen ve que aparece un nuevo tipo de miedo en mis ojos. Se da media vuelta y me bloquea con su cuerpo, alejándome todavía más de Trey.

—¿Que llame a la policía? —dice Trey, entre risotadas—.

¿Y a quién van a creer? ¿Al adicto y a la puta que se quedó embarazada a los quince años o al poli?

Ni Owen ni yo hablamos mientras asimilamos las palabras que acaban de salir de la boca de Trey.

—¡Ah, y no olvidemos las drogas que tienes escondidas por todo el estudio! También está eso.

Siento que todos los músculos del cuerpo de Owen se tensan.

Trey le ha tendido una trampa.

Entró en su estudio no para robarle, sino para dejar las drogas.

Pongo las manos en la espalda de Owen, temiéndome lo peor.

—¿Qué quieres, Trey? —le pregunta él con un deje derrotado en la voz. Ha llegado al límite con Trey, y eso no es bueno.

—Quiero que te vàyas para siempre —contesta Trey—. Has sido un problema desde que nos conocimos, y no hay manera de que te desaparezcas. —Se acerca varios pasos y Owen me empuja más hacia atrás, protegiéndome con su cuerpo—. Auburn necesita ser una madre para ese niño, y AJ necesita que yo sea su padre. Mientras le estés lavando el cerebro, eso no pasará nunca. —Me mira directamente por encima del hombro de Owen—. Algún día me lo agradecerás, Auburn. —Se lleva la radio a la boca—. Voy de camino a la comisaría seis —dice—. Sujeto detenido por agresión a un agente.

—¿¡Qué!? —grito—. ¡Trey, no puedes hacer esto! Está en libertad condicional.

No me hace ni caso y sigue hablando por la radio. Owen se vuelve hacia mí.

—Auburn —dice, y me mira con expresión seria y concentrada—, diles lo que él quiera que digas. Si dice la verdad y ha escondido droga en mi estudio, me pasaré mucho tiempo en la cárcel. Es mejor que me arresten por agresión, porque no es un delito tan grave. Hablaré con mi padre por la mañana y ya veremos lo que hacemos.

Me niego a estar de acuerdo con lo que dice. No ha hecho nada malo.

—Si les digo la verdad, no tendrás problemas, Owen.

Lo veo cerrar los ojos y soltar el aire, recurriendo a la paciencia en una situación que no la merece. Cuando vuelve a abrirlos, su expresión es todavía más concentrada.

—Está enfadado. Trey sabe lo que ha pasado entre nosotros y quiere vengarse. Y tiene razón. Van a creerle a él antes que a nosotros, sobre todo con mi historial.

Siento el escozor de las lágrimas en los ojos e intento permanecer tan tranquila como él en este momento, pero no lo consigo. Mucho menos cuando Trey lo aparta de mí. Owen pone las manos a la espalda, y Trey le pone las esposas. Owen ni siquiera se resiste, y yo estoy llorando demasiado como para intentar detenerlo.

Los sigo escaleras abajo, atravieso el estudio y salgo por la puerta principal hacia la patrulla de Trey, donde lo mete en el asiento trasero antes de volverse hacia mí.

—Sube, Auburn. Te llevaré a casa —dice al tiempo que abre la puerta del pasajero.

Lo hago, pero solo porque no pienso permitir que Owen pase otro día en la cárcel sin merecerlo.

CAPÍTULO VEINTIDÓS

Owen

Estoy callado. Ella también.

Sé que ninguno de los dos habla ahora mismo porque estamos intentando encontrar una forma de salir de esto. Debe de haber una forma de que ella consiga a su hijo sin tener que pasar por Trey. Y debe de que haber una forma de que yo salga de la situación en la que Trey me ha metido sin que afecte a Auburn y a su relación con AJ.

La miro desde el asiento trasero mientras ella habla con Trey.

—¿Qué crees que va a pasar ahora? —le pregunta—. ¿Crees que voy a olvidar que me has agredido, que has destrozado el estudio de Owen? ¿Qué le estás tendiendo una trampa?

«No lo hagas, Auburn. No lo cabrees todavía más».

Él vuelve la cabeza para mirarla, pero ella no se acobarda, pese a su silencio.

—Nunca te amaré como amé a Adam.

En cuanto las palabras salen de su boca, Trey se desvía hacia la cuneta y se detiene. Se abalanza sobre ella y le aprieta el mentón, con la cara a escasos centímetros de la suya.

—¡*No* soy Adam! ¡Soy *Trey*! Y te sugiero que, si quieres seguir siendo la mierda de madre que eres para mi sobrino, empieces a decir lo que a mí me salga de los cojones que digas.

Una lágrima resbala por la mejilla de Auburn. Tengo los puños apretados y quiero golpear la barrera para que la suelte, pero no puedo. Me ha esposado las manos a la espalda y no puedo hacer nada desde el asiento trasero para detenerlo. Levanto los pies y empiezo a patear su asiento.

—¡Quítale las manos de encima!

Trey no se mueve. Sigue apretándole el mentón hasta que ella cede y asiente. La suelta y se desliza hacia su asiento.

Ella me mira, y nunca me he sentido tan impotente. Veo que se le mueve la garganta al tragar.

Se lleva las rodillas al pecho y empieza a llorar con más fuerza. Apoya la cabeza en el respaldo del asiento y la espalda en la puerta del pasajero. Me doy cuenta del dolor que siente. De lo asustada que está. Me acerco a ella y aprieto la frente contra el cristal, intentando estar lo más cerca posible. La miro para tranquilizarla, queriendo que sepa que, pase lo que pase, estamos juntos en esto. Mantiene los ojos fijos en los míos hasta que llegamos a la comisaría.

Trey para el coche.

—Esto es lo que ha pasado. Me llamaste para que fuera a recogerte a tu apartamento porque se habían peleado —dice—.

Y cuando llegué, me agredió. Por eso lo arresté. ¿Entendido?
—Se echa hacia delante por encima del asiento para tomarla
de la mano—. Owen tiene que estar entre rejas, donde debe
estar, porque, de lo contrario, nunca me perdonaré que tú o AJ
acaben heridos. Él es el único motivo por el que estoy haciendo
esto, Auburn. Quieres que tu hijo esté a salvo, ¿verdad?

Ella asiente en silencio, pero hay algo en sus ojos. Algo que
sé que no es sumisión, y eso me asusta. No quiero que entre en
la comisaría y me defienda.

—Hazle caso, Auburn.

La puerta se abre y me sacan del coche. Justo antes de
apartar la mirada de ella, aprieta un puño y se lo lleva al pecho.

CAPÍTULO VEINTITRÉS

Auburn

No hice lo que Trey me pidió. De hecho, no hice nada. No dije nada. No contesté ni una sola pregunta.

A cada pregunta que me hacían, apretaba más y más los labios.

Tal vez Owen no quiera que les diga la verdad, pero si Trey cree que voy a mentir por él, está peor de lo que imaginaba.

Cuando me informaron de que podía irme, Trey me dijo que me llevaría a casa. Le contesté que no, gracias, y pasé de largo. Ahora estoy en la puerta de la comisaría, esperando a que llegue el taxi que acabo de llamar. Trey se acerca y se pone a mi lado. Su sola presencia hace que me frote los brazos con las manos para librarme de los escalofríos.

—Te daré un par de días para que te calmes —me dice—. Luego iré a verte. Tenemos que hablar de esto.

No digo nada. No entiendo cómo cree que voy a estar dispuesta a perdonarlo después de lo que ha hecho.

—Sé que estás molesta, pero es mejor que veas las cosas desde mi perspectiva. Owen tiene antecedentes penales. No sé qué clase de control tiene sobre ti, pero no deberías culparme por pensar en la seguridad de tu hijo, Auburn. No debería molestarte que intente hacer lo mejor sacándolo de tu vida para que puedas centrarte en AJ.

Me cuesta mucho no replicar. Sigo con la mirada clavada al frente hasta que lo oigo suspirar y vuelve a entrar en la comisaría.

Cuando llega el taxi, subo. El taxista me pregunta la dirección justo cuando saco el móvil del bolsillo. Escribo «Dirección de Callahan Gentry» en el buscador y espero a que aparezcan los resultados.

⁓

No sé qué esperaba encontrarme cuando aparecí en la puerta de Callahan Gentry, pero el hombre que estaba delante de mí desde luego que no era. Se parecía muchísimo a Owen. Sus ojos son como los de su hijo, pero los suyos parecían cansados. Eso podía deberse a que era de madrugada, pero percibí que era algo más que eso. Me recordó a cuando Owen dijo que había visto cómo a su padre se le escapaba la vida por los ojos y, al tenerlo delante, comprendí de verdad lo que quería decir.

—¿Puedo ayudarte? —me preguntó su padre.

Negué con la cabeza.

—No. Pero puede ayudar a su hijo.

Al principio, se puso a la defensiva después de oír mi respuesta, pero luego fue como si algo encajara y me dijo:

—Tú eres la chica de la que hablaba. Con la que comparte el segundo nombre, ¿verdad?

Asentí con la cabeza, y me invitó a entrar en su casa. Me senté en el sofá en frente de él y empecé a contarle lo que había ocurrido, cada vez más nerviosa, pensando que mi plan a lo mejor no funcionaba. Sin embargo, en cuanto aceptó ayudarme, me relajé al instante. Sabía que no podía luchar sola.

Ahora mismo me tiemblan las manos, aunque el padre de Owen está sentado a mi lado. No creo que nada pueda calmarme en este momento, porque como esto no salga bien para Owen y para mí, habré empeorado mucho las cosas. Tengo el corazón en la garganta mientras esperamos la llegada de Lydia.

Llevo despierta más de veinticuatro horas, pero la adrenalina me corre por las venas y me mantiene alerta. Ni siquiera estaba segura de que la llamada por teléfono del padre de Owen podría convencerla de venir, pero su secretaria acaba de usar el interfono para anunciar que ha llegado.

En cuestión de segundos, estaré cara a cara con Lydia.

Espero que se enfade. Espero que discuta. Lo que no espero es encontrarme al hombre que la sigue cuando entra por la puerta. Los ojos de Trey se cruzan con los míos, y puedo ver la curiosidad en su rostro. Al contrario que a Lydia. En su cara solo hay fastidio en cuanto me ve aquí sentada.

Menea la cabeza y se detiene delante de nosotros.

—¿Esta era la emergencia? —pregunta mientras hace un gesto con la mano en mi dirección. Pone los ojos en blanco y se vuelve para mirar a Trey—. Siento haberte metido en esto —le dice—. No sabía que tenía que ver con Auburn.

La expresión de Trey es tensa mientras me mira y luego mira al padre de Owen.

—¿Qué pasa aquí? —pregunta.

El padre de Owen, que insistió en que lo llamara Cal en cuanto se enteró de que conocía a su hijo, se levanta y les indica que tomen asiento. Trey prefiere quedarse de pie, pero Lydia se sienta justo en frente de mí. Veo que se fija en el corte que tengo en el labio, pero no me pregunta nada. Desvía la mirada hacia Cal mientras cruza los brazos sobre la mesa.

—Tengo que irme dentro de media hora para recoger a mi nieto de la escuela. ¿Por qué estoy aquí?

Cal me mira brevemente. Le advertí sobre ella, pero creo que pensó que exageraba. Endereza los documentos que tiene delante y se acomoda en la silla.

—Tengo aquí unos documentos para firmar —dice, señalando dichos documentos—. Auburn solicita la custodia de su hijo.

Lydia se ríe. Se ríe y me mira como si yo me hubiera vuelto loca. Hace ademán de levantarse.

—En fin, pues ha sido rápido —dice—. Creo que hemos acabado.

Detesto que descarte la idea con tanta facilidad. Se da media vuelta para salir por la puerta y miro a Trey, que sigue mirándome. Sabe que estoy tramando algo y mi confianza lo asusta.

—Trey —digo, justo cuando Lydia llega a la puerta—, dile a tu madre que todavía no hemos terminado.

Trey aprieta los dientes y entrecierra los ojos sin dejar de mirarme. No le dice nada a Lydia, pero tampoco hace falta. Lydia se vuelve hacia mí y luego mira a su hijo. Trey no la mira porque está demasiado ocupado intentando amenazarme con la mirada, así que ella me mira de nuevo.

—¿Qué pasa, Auburn? ¿Por qué estás haciendo esto?

Decido no responderle. En cambio, dejo el móvil sobre la mesa. Abro el archivo y pulso *play*.

«¿Crees que voy a olvidar que me has agredido, que has destrozado el estudio de Owen? ¿Qué le estás tendiendo una trampa?».

Pongo en pausa la grabación y veo que Trey se queda blanco. Casi puedo oír sus pensamientos por la claridad con la que los tiene escritos en la cara. Está intentando recordar lo que nos dijo anoche a Owen o a mí de camino a la comisaría. Porque sabe que todo lo que se dijo dentro de ese vehículo está en mi móvil como prueba.

No mueve ni un músculo, aparte de tensar los brazos y los hombros.

—¿Reproduzco el resto de nuestra conversación de anoche, Trey?

Cierra los ojos y mira al suelo. Levanta una pierna y le da una patada a la silla que tiene delante.

—¡Carajo! —grita.

Lydia da un respingo. Nos mira a Trey y a mí, pero él sigue con la mirada fija en el suelo mientras se pasea de un lado para otro.

Sabe que tengo su carrera profesional en mis manos.

Y que Lydia vuelva a sentarse demuestra que ella también lo sabe. Está mirando mi teléfono con expresión derrotada, y por mucho que quiera decir que esa expresión me agrada, no es así. Nunca quise llegar a esto.

—Me quedaré en Dallas —le digo—. No volveré a Portland. Podrás seguir viéndolo. Mientras no vivas en la misma casa que Trey, incluso dejaré que tengas visitas los fines de semana. Pero es mi hijo, Lydia. Necesita estar conmigo. Y si tengo que usar a tu hijo para recuperar al mío, que Dios me ayude, porque voy a hacerlo.

Cal empuja los documentos hacia ella. Me inclino sobre la mesa y, por primera vez en mi vida, no me da miedo la mujer que tengo sentada enfrente.

—Si firmas los papeles de la custodia y Trey retira la denuncia contra Owen, no reenviaré el mensaje de correo electrónico donde les adjunto esta conversación a todos los agentes de la comisaría.

Antes de coger el bolígrafo, Lydia se vuelve y mira a su hijo.

—Si eso ocurre y alguien se hace con lo que ella tenga en esa grabación… ¿tu carrera profesional se verá afectada? ¿Está diciendo la verdad, Trey?

Trey deja sus frenéticos paseos y me mira directamente. Asiente despacio con la cabeza, pero es incapaz de hablar. Lydia cierra los ojos y suelta el aire.

La elección está en sus manos. O me permite ser una madre para mi hijo, o me aseguraré de que el suyo pague por lo que le ha hecho a Owen. Por lo que estuvo a punto de hacerme a mí.

—Te das cuenta de que esto es chantaje —me dice Trey.

Lo miro y asiento con un gesto calmado de la cabeza.

—He tenido los mejores maestros.

La estancia se queda en silencio, y casi puedo oírlo intentando encontrar una salida. Al ver que Trey no ofrece ninguna alternativa, Lydia comprende que no tienen elección y acepta el bolígrafo. Firma los documentos y los desliza por encima de la mesa hacia mí.

Intento mantener la calma, pero me tiemblan las manos mientras se los entrego a Cal. Lydia se levanta y echa a andar hacia la puerta. Antes de salir, vuelve a mirarme. Me doy cuenta de que está a punto de llorar, pero sus lágrimas no son nada comparadas con las que yo he derramado por su culpa.

—Lo recogeré de la escuela de camino a casa. Ven dentro de unas horas. Así me dará tiempo para preparar sus cosas.

Asiento con la cabeza, incapaz de hablar debido al sollozo que se me queda atascado en la garganta. En cuanto la puerta se cierra detrás de Lydia y Trey, rompo a llorar.

Cal me rodea con un brazo y me acerca a él.

—Gracias —le digo—. ¡Ay, Dios, muchas gracias!

Siento que menea la cabeza.

—No, Auburn. Soy yo quien debería darte las gracias.

No me explica por qué quiere darme las gracias, pero no puedo evitar esperar que, de alguna manera, ser consciente de los sacrificios que su hijo ha hecho por nosotros le dé fuerzas para hacer lo que tiene que hacer.

CAPÍTULO VEINTICUATRO

Owen

Cuando entro en la habitación y veo la cara de mi padre en vez de la de Auburn, se me cae el alma a los pies. Hace más de veinticuatro horas que no la veo ni hablo con ella. No tengo ni idea de lo que ha pasado ni de si está bien.

Tomo asiento frente a mi padre, en absoluto preocupado por lo que sea que quiera discutir conmigo.

—¿Sabes dónde está Auburn? ¿Está bien?

Asiente con la cabeza.

—Está bien —confirma, y esas palabras me tranquilizan al instante—. Se ha retirado la denuncia en tu contra. Eres libre de irte.

No me muevo, porque no estoy seguro de haberlo entendido bien. La puerta se abre y alguien entra en la habitación. El agente me hace un gesto para que me levante y, cuando lo hago, me quita las esposas de las muñecas.

—¿Tienes alguna pertenencia que necesites recuperar antes de marcharte?

—La cartera —contesto al tiempo que me masajeo las muñecas.

—Cuando termines, avísame para que firme tu salida.

Vuelvo a mirar a mi padre, que puede ver la sorpresa que todavía se me refleja en la cara. Y sonríe de verdad.

—Auburn es increíble, ¿no?

Le devuelvo la sonrisa, porque «¿Cómo lo has hecho, Auburn?».

La luz ha vuelto a los ojos de mi padre. Una luz que no había visto desde la noche del desastre. No sé cómo, pero sé que Auburn tiene algo que ver con esto. Ella es como una luz, que ilumina sin querer los rincones más oscuros del alma de un hombre.

Tengo muchísimas preguntas, pero me las guardo hasta después de firmar los papeles, cuando ya estamos fuera.

—¿Cómo? —suelto antes de que la puerta se cierre a nuestra espalda—. ¿Dónde está? ¿Por qué ha retirado Trey la denuncia?

Mi padre vuelve a sonreír, y no me había dado cuenta de cuánto lo echaba de menos. He echado de menos su sonrisa casi tanto como la de mi madre.

Al doblar la esquina, llama a un taxi. Cuando el coche se detiene, abre la puerta y le da al taxista la dirección de Auburn. Retrocede un paso.

—Creo que deberías hacerle esas preguntas a ella.

Lo miro con cautela, debatiéndome entre subir al taxi e ir

en busca de Auburn o comprobar si tiene fiebre. Me abraza con fuerza.

—Lo siento, Owen. Por muchas cosas —me dice sin soltarme. Me estrecha todavía más entre sus brazos y siento la disculpa en el gesto. Cuando se aparta, me alborota el pelo como si yo fuera un niño.

Como si yo fuera su hijo.

Como si él fuera mi padre.

—No te veré hasta dentro de unos meses —sigue—. Voy a estar fuera durante una temporada.

Capto algo en su voz que no había oído antes. *Fuerza.* Si tuviera que pintarlo ahora mismo, lo pintaría del mismo tono de verde que tienen los ojos de Auburn.

Retrocede varios pasos y me observa mientras subo al taxi. Lo miro fijamente desde la ventanilla y sonrío.

«Callahan Gentry y su hijo van a estar bien».

⁓

Despedirme de él ha sido casi tan duro como este momento. Plantarme delante de la puerta de Auburn mientras me preparo para hablar con ella.

Levanto la mano y llamo.

Pasos.

Tomo una bocanada de aire para calmarme y espero a que se abra la puerta. Parece como si los últimos dos minutos hubieran durado dos vidas enteras. Me seco las manos en los vaqueros. Cuando por fin se abre la puerta, clavo la mirada en la persona que tengo delante.

Es la última persona que esperaba ver. Ver al niño en la puerta de la casa de Auburn, sonriéndome, es sin duda un momento que algún día pienso pintar.

«No sé cómo lo has hecho, Auburn».

—¡Hola! —me saluda AJ con una sonrisa de oreja a oreja—. Me acuerdo de ti.

Le devuelvo la sonrisa.

—Hola, AJ —replico—. ¿Está tu madre en casa?

AJ mira hacia atrás y abre un poco más la puerta. Antes de invitarme a pasar, me hace un gesto con el dedo y me pide que me agache. Cuando lo hago, sonríe y susurra:

—Ahora tengo los músculos muy grandes. No le he dicho a nadie lo de nuestra tienda. —Se rodea la boca con las manos como para susurrar—. Y sigue aquí.

Me echo a reír justo cuando él se da media vuelta al oír los pasos acercándose.

—Cariño, no abras nunca la puerta sin mí —la oigo decirle.

AJ abre más la puerta, y la mirada de Auburn se clava en la mía.

Se detiene de inmediato.

No creí que verla me dolería tanto. Me duele todo. Me duelen los brazos por el deseo de abrazarla. Me duele la boca por el deseo de tocar la suya. Me duele el corazón por el deseo de amarla.

—AJ, ve al dormitorio y dale de comer a tu nuevo pez.

Su voz es firme y decidida. Todavía no ha sonreído.

—Ya le he dado de comer —replica AJ.

Auburn aparta la mirada de mí hacia su hijo.

—Puedes darle dos bolitas más como premio, ¿sí? —Señala en dirección a su dormitorio. Él debe saber lo que significa esa mirada, porque se apresura a meterse en el dormitorio.

En cuanto AJ desaparece, retrocedo un paso con rapidez porque Auburn se me acerca corriendo. Salta a mis brazos con tanta fuerza y rapidez que me veo obligado a retroceder varios pasos más, hasta golpearme con la pared para no caernos. Me rodea el cuello con los brazos y me besa, me besa, me besa como nunca me han besado. Saboreo sus lágrimas y su risa, y es una combinación increíble.

No estoy seguro de cuánto tiempo nos quedamos besándonos en el pasillo, porque los segundos no son suficientes cuando los paso con ella.

Al final, baja los pies al suelo, me rodea la cintura con los brazos y me pega la cara al pecho. Le pongo una mano en la nuca y la abrazo como pienso hacerlo todos los días a partir de hoy.

Está llorando, no porque esté triste, sino porque no sabe cómo expresar lo que siente. Sabe que no hay palabras suficientes para este momento.

Así que ninguno de los dos habla, porque yo tampoco encuentro las palabras que le hagan justicia. Le pego la mejilla a la cabeza y me quedo mirando el interior de su apartamento. Miro el cuadro de la pared del salón. Sonrío mientras recuerdo la primera noche que entré en su apartamento y lo vi. Sabía que tenía el cuadro en algún sitio, pero verlo expuesto en su salón fue una sensación increíble. Era surrealista. Aquella noche quise mirarla y contárselo todo. Quise contarle mi relación con él. Quise contarle mi relación con ella.

Sin embargo, no lo hice, y nunca lo haré, porque no me corresponde a mí compartir esta confesión.

Esta confesión le pertenecía a Adam.

Owen

Estoy sentado en el suelo del pasillo, junto a la habitación de hospital que ocupa mi padre. La veo salir de la habitación de al lado.

—¿Los estás tirando? —pregunta con incredulidad. Sus palabras van dirigidas a la mujer a la que acaba de seguir al pasillo. Sé que la mujer se llama Lydia, pero todavía no conozco el nombre de la chica. Claro que no es por falta de ganas.

Lydia se da media vuelta y veo que lleva una caja en los brazos. Mira su contenido y luego vuelve a mirar a la chica.

—Hace semanas que no pinta. Ya no le sirven para nada y solo ocupan espacio. —Lydia se vuelve de nuevo y deja la caja en el mostrador de las enfermeras—. ¿Puede encontrar algún sitio donde tirarlas? —le dice a la enfermera de guardia.

Antes de que la enfermera acepte, Lydia entra en la habitación y regresa unos segundos después con varios lienzos en blanco. Los deja sobre el mostrador, junto a la caja de lo que supongo que son materiales de pintura.

La chica mira fijamente la caja, incluso después de que Lydia regrese a la habitación del hospital. Parece triste. Casi como si despedirse de sus cosas fuera tan difícil como despedirse de él.

La observo durante varios minutos mientras sus emociones empiezan a brotar en forma de lágrimas. Se las seca y mira a la enfermera.

—¿Tiene que tirarlos? ¿No puede dárselos a alguien por lo menos?

La enfermera capta la tristeza de sus palabras. La mira con una cálida sonrisa y asiente con la cabeza. La chica le devuelve el gesto, se da media vuelta y entra despacio en la habitación.

No la conozco, pero yo seguramente tendría la misma reacción si alguien tirase algo de mi padre.

Nunca he intentado pintar, pero de vez en cuando dibujo. De repente, me veo de pie, dirigiéndome hacia el mostrador de las enfermeras. Miro la caja llena de pinturas y pinceles.

—¿Puedo…?

No he terminado la frase siquiera cuando la enfermera ya está empujando la caja hacia mí.

—Por favor —dice—. Llévatela. No sé qué hacer con ella.

Me llevo la caja con los materiales a la habitación de mi padre. La dejo sobre la única superficie disponible. El resto de la habitación está llena de flores y plantas que han ido llegando durante las últimas semanas. Seguramente debería hacer algo con ellas, pero todavía tengo la esperanza de que se despierte pronto y las vea todas.

Después de buscar sitio para la caja, me acerco a la silla que hay junto a la cama de mi padre y me siento.

Lo miro.

Lo miro durante horas, hasta que me aburro tanto que me levanto e intento encontrar otra cosa que mirar. A veces, me quedo mirando el lienzo en blanco de la mesa. No sé ni por dónde empezar, así que me paso todo el día siguiente dividiendo mi atención entre mi padre, el lienzo y los paseos ocasionales que doy por el hospital.

No sé cuántos días más podré aguantar. Es como si no pudiera hacer el duelo como es debido hasta que sepa que él puede hacerlo conmigo. Detesto que, en cuanto se despierte (si llega a despertarse), lo más probable es que tenga que repasar con él hasta el último detalle de aquella noche, cuando lo único que quiero es olvidarlo.

«Nunca mires el móvil, Owen», dijo mi padre.

«Atento a la carretera», agregó mi hermano desde el asiento trasero.

«Usa los intermitentes. Manos a las diez y a las dos. No enciendas la radio».

Yo era un novato absoluto al volante, y todas y cada una de las instrucciones que salían de sus bocas me lo recordaba. Todas menos la única que ojalá me hubieran dado: «Cuidado con los conductores borrachos».

Nos embistieron por el lado del pasajero, justo cuando el semáforo se puso en verde y yo crucé la intersección. El accidente no fue culpa mía, pero de haber tenido más experiencia, habría sabido que tenía que mirar a izquierda y derecha antes, aunque yo tuviera el semáforo en verde para continuar.

Mi hermano y mi madre murieron en el acto. Mi padre sigue en estado crítico.

Estoy destrozado desde el momento que ocurrió.

Paso aquí la mayor parte de mis días y mis noches, y cuanto más tiempo estoy sentado, esperando a que se despierte, más solo me siento. Las visitas de familiares y amigos han cesado. Hace semanas que no voy a clase, pero eso es lo que menos me preocupa. Solo espero.

Espero a que se mueva. Espero a que parpadee. Espero a que hable.

Normalmente, al final de cada día, estoy tan agotado por todo lo que no está pasando, que tengo que tomarme un respiro. Durante las dos primeras semanas, las tardes fueron lo más duro para mí. Sobre todo porque significaba que otro día en el que no mostraba signos de mejora llegaba a su fin. Pero últimamente, las tardes se han convertido en algo que espero con impaciencia.

Y tengo que agradecérselo a ella.

Puede que sea su risa, pero también creo que el amor que le profesa a la persona a quien visita me hace sentir esperanza. Viene a verlo todas las tardes de cinco a siete. Adam, creo que se llama.

Me he dado cuenta de que cuando ella lo visita, los demás miembros de su familia salen de la habitación. Supongo que Adam lo prefiere así para poder estar a solas con ella. A veces me siento culpable, sentado aquí en el pasillo, apoyado contra la pared entre su puerta y la de mi padre. Pero no hay ningún otro sitio donde pueda ir y sentir lo mismo que siento cuando oigo su voz.

Cuando ella lo visita es el único momento en el que lo oigo reír. O hablar mucho. He escuchado suficientes conversaciones procedentes de su habitación en las últimas semanas como para saber cuál es su destino, así que el hecho de que sea capaz de reír cuando está con ella lo dice todo.

Creo que su inminente muerte también es lo que me da un poco de esperanza. Sé que suena morboso, pero supongo que Adam y yo tenemos más o menos la misma edad, así que me pongo en su lugar muchas veces cuando empiezo a sentir lástima de mí mismo. ¿Preferiría estar en mi lecho de muerte con un pronóstico de solo unas semanas de vida o preferiría estar en la situación en la que me encuentro?

A veces, en los días malos de verdad, cuando pienso en que nunca volveré a ver a mi hermano, creo que preferiría estar en el pellejo de Adam.

Sin embargo, luego hay momentos en los que escucho cómo le habla ella y las palabras que le dice, y pienso: tengo suerte de no estar en su pellejo. Porque todavía tengo una oportunidad de que alguien me ame algún día. Y me siento mal por Adam, que sabe la clase de amor que ella siente por él y también sabe que eso es lo que está dejando atrás. Debe de ser duro para él.

Claro que también significa que ha tenido la suerte de encontrarla antes de que se le acabara el tiempo. Eso tiene que hacer que la muerte sea un poco más soportable, aunque solo sea por un segundo.

Vuelvo al pasillo y me deslizo por la pared hasta quedarme sentado en el suelo, a la espera de la risa de esta noche, pero no llega. Me acerco a su puerta y me alejo de la de mi padre mientras me pregunto por qué esta noche es distinta. Por qué esta noche no tiene lugar la visita alegre.

—Pero supongo que también me refiero a nuestros padres, por no entender esto —escucho que le dice Adam—. Por no permitirme tener lo único que quiero a mi lado ahora mismo.

En cuanto me doy cuenta de que es su despedida, se me parte el corazón por ella y también se me parte por Adam, aunque no conozco a ninguno de los dos. Escucho durante unos minutos más hasta que lo oigo decir:

—Cuéntame algo sobre ti que nadie sepa. Algo que pueda guardarme para mí.

Siento que estas confesiones deberían quedar entre ellos dos. Siento que si alguna vez escuchara una de ellas, Adam no podría quedársela para sí, porque yo también la tendría. Por eso siempre me levanto y me alejo en esos momentos, aunque deseo conocer sus secretos más que nada en el mundo.

Me dirijo a la sala de espera junto a los ascensores y tomo asiento. En cuanto lo hago, se abren las puertas del ascensor y aparece el hermano de Adam. Sé que es su hermano y que se llama Trey. También sé, basándome únicamente en las breves visitas que le hace a su hermano, que no me cae bien. Lo he visto cruzarse con ella en el pasillo un par de veces y no me gusta cómo se da la vuelta y la mira mientras se aleja.

Mira el reloj y anda deprisa hacia la habitación donde Adam y ella se están despidiendo. No quiero que oiga sus confesiones ni que interrumpa su despedida, así que lo sigo y le pido que se detenga. Dobla la esquina del pasillo antes de darse cuenta de que le estoy hablando. Se da media vuelta y me mira de arriba abajo, analizándome.

—Dales unos minutos más —le digo.

Me doy cuenta por el cambio en su expresión que está enfadado por mi intromisión. No lo he hecho de forma intencionada, pero parece que es de los que se enfadan por casi cualquier cosa.

—¿Y se puede saber quién eres tú?

Me cae fatal de inmediato. Tampoco me gusta que parezca

tan enfadado, porque salta a la vista que es mayor que yo, más corpulento y muchísimo más agresivo.

—Owen Gentry. Soy amigo de tu hermano —le miento—. Es que... —Señalo hacia el final del pasillo, hacia la habitación en la que están Adam y ella—. Necesita unos minutos más con ella.

A Trey parece importarle una mierda cuántos minutos necesita Adam con ella.

—Para que lo sepas, *Owen Gentry*, tiene que subirse a un avión —replica, irritado porque le estoy haciendo perder el tiempo. Continúa por el pasillo y entra en la habitación. Ahora oigo sus sollozos. Es la primera vez que la oigo sollozar y no lo soporto. Me doy media vuelta y vuelvo a la sala de espera, mientras siento su dolor y el de Adam en mi propio pecho.

A continuación, lo que oigo son sus súplicas pidiendo más tiempo y sus «te quiero» mientras Trey la arrastra del brazo por el pasillo.

En la vida había deseado tanto hacerle daño a alguien.

—Ya basta —le dice Trey, irritado porque ella sigue intentando volver a la habitación de Adam. Le rodea la cintura con un brazo y la pega a él para que no pueda escapar—. Lo siento, pero tenemos que irnos.

Ella le permite que la sujete, y sé que es solo porque ahora está destrozada. Pero su forma de recorrerle la espalda con las manos me hace agarrar los reposabrazos de la silla para no apartarlo físicamente de ella. Ella está de espaldas a mí, lo que significa que él está de frente ahora que la tiene abrazada. Una sonrisilla ufana aparece en sus labios al ver el enfado en mi cara y me guiña un ojo.

«El cabrón acaba de guiñarme un ojo».

Cuando por fin se abren las puertas y la suelta, ella mira

hacia la habitación de Adam. Veo que titubea mientras Trey espera a que ella entre primero en el ascensor. Retrocede un paso, deseosa de volver con Adam. Está asustada porque sabe que no volverá a verlo si entra en el ascensor. Mira a Trey y le dice:

—Por favor. Déjame despedirme. Una última vez. —Susurra, porque sabe que si intenta hablar más alto, no le saldrá la voz.

Trey menea la cabeza.

—Ya te has despedido —dice—. Tenemos que irnos.

Trey no tiene corazón.

Él sujeta las puertas para que entre en el ascensor, y ella se lo piensa. Pero en un abrir y cerrar de ojos, sale corriendo en la dirección contraria. Mi corazón se alegra por ella, porque quiero que pueda volver a despedirse de él. Sé que eso es lo que Adam quiere también. Sé lo mucho que significaría para él verla correr de vuelta a su habitación por última vez y darle un último beso y permitirle decir: «Te querré siempre, incluso cuando no pueda» una última vez.

Veo en los ojos de Trey que tiene toda la intención de detenerla. Se da media vuelta para correr detrás de ella, para hacerla retroceder, pero, de repente, me planto delante de él y le bloqueo el paso. Me empuja, y le doy un puñetazo, que sé que no es lo correcto, pero lo hago de todas formas, a sabiendas de que estoy a punto de que me lo devuelva. Pero un puñetazo vale la pena, porque a ella le ofrecerá el tiempo suficiente para regresar a la habitación de Adam y decirle adiós otra vez.

En cuanto su enorme puño choca con mi mandíbula, caigo al suelo.

¡Carajo, eso me dolió!

Pasa por encima de mí para correr detrás de ella. Lo agarro

del tobillo y tiro de él, lanzándolo al suelo. Una enfermera oye el alboroto y dobla la esquina a toda prisa, justo cuando él me da una patada en el hombro y me manda a la mierda. Vuelve a ponerse en pie y corre por el pasillo, y yo ya estoy de pie.

Ya casi he vuelto a la habitación de mi padre cuando la oigo decirle a Adam:

—Te querré siempre. Incluso cuando no deba.

Me hace sonreír, aunque me duela la boca y la tenga llena de sangre.

Entro en la habitación de mi padre y voy directo a la mesa donde están apilados los materiales de pintura. Agarro un lienzo vacío y rebusco en la caja mientras inspecciono lo que hay.

¿Quién iba a pensar que mi primera pelea por una chica sería por una que ni siquiera es mía?

La oigo llorar mientras la arrastran de nuevo por el pasillo en lo que sé que de verdad es la última vez. Me siento en la silla y miro fijamente la caja llena con los materiales de pintura de Adam. Empiezo a sacarlos uno a uno.

⁓

Pasaron ocho horas y ya casi era de día cuando por fin terminé el cuadro. Lo dejé a un lado para que se secara y me dormí hasta que oscureció. Sé que ella no estará en su habitación esta noche y eso me entristece por los dos, e incluso un poco por mí de forma egoísta.

Me quedo un rato delante de la puerta y espero a llamar para asegurarme de que su hermano no está dentro. Después de varios minutos de silencio, doy unos golpecitos en la puerta.

—Adelante —dice, aunque su voz es tan débil esta noche que tengo que esforzarme para oírla. Abro la puerta y entro unos pasos en la habitación. Adam me ve y, al no reconocerme, intenta incorporarse unos centímetros. Parece que le cuesta.

¡Por Dios, es muy joven!

Sé que tiene más o menos la misma edad que yo, pero la muerte lo hace parecer más joven de lo que debería. La muerte solo debería conocer a los viejos.

—Hola —lo saludo mientras me adentro más en la habitación—. Siento molestarte, pero… —Miro hacia la puerta antes de mirarlo de nuevo—. A ver, esto es raro, así que lo voy a soltar y ya. Te… Te he hecho una cosa.

Sostengo el lienzo con una mano, temeroso de darle la vuelta para que lo vea. Él desvía la mirada hacia la parte posterior e inspira hondo antes de intentar incorporarse más en la cama.

—¿Qué es?

Me acerco más a él y señalo el sillón, pidiéndole permiso para sentarme. Adam asiente con la cabeza. No le enseño el cuadro de inmediato. Tengo la sensación de que debería explicarlo primero o explicarme yo o, al menos, presentarme.

—Soy Owen —le digo después de sentarme. Señalo la pared que tiene detrás—. Mi padre lleva en la habitación contigua varias semanas.

Adam me mira un momento antes de preguntar:

—¿Qué le pasa?

—Está en coma. Accidente de tráfico.

A sus ojos asoma una expresión compasiva genuina, y hace que me caiga bien casi de inmediato. También me dice que no se parece en nada a su hermano.

—Conducía yo —añado.

No sé por qué se lo aclaro. Quizá para demostrarle que,

aunque no soy yo quien se está muriendo, mi vida no tiene mucho que envidiar.

—La boca... —dice al tiempo que señala con un gesto débil el moratón que me ha salido por el rifirrafe de anoche en el pasillo—. ¿Fuiste tú quien se peleó con mi hermano?

Me quedo de piedra un segundo, sorprendido de que lo sepa. Asiento con la cabeza.

Suelta una risilla.

—Me lo contó la enfermera. Me dijo que lo hiciste tropezar en el pasillo cuando intentaba impedir que Auburn me dijera adiós otra vez.

Sonrío. «Auburn», repito para mis adentros. Llevo tres semanas preguntándome cómo se llama. Por supuesto que se llama Auburn. Nunca he conocido a nadie con ese nombre; le sienta de maravilla.

—Gracias —sigue Adam. Pronuncia las palabras en voz baja y con deje dolorido. Detesto obligarlo a hablar tanto cuando sé que le hace daño.

Levanto un poco más el cuadro y lo miro.

—Anoche, después de que se marchara —le digo—, podría decirse que me inspiré para pintar esto para ti. O quizá para ella. Para los dos, supongo. —Lo miro de inmediato—. Ojalá que no te parezca raro.

Se encoge de hombros.

—Depende de lo que sea.

Me levanto y le acerco el cuadro, dándole la vuelta para que pueda verlo.

Al principio, no muestra reacción alguna. Se queda mirándolo sin más. Dejo que lo sostenga entre las manos y me alejo, un poco avergonzado por haber creído que querría algo así.

—Es la primera vez que intento pintar —le explico para excusar el hecho de que seguramente le parezca horrible.

Me mira a los ojos enseguida, y la expresión de su rostro es cualquier cosa menos indiferencia. Lo señala con el dedo.

—¿Es la primera vez? —pregunta con incredulidad—. ¿En serio?

Asiento con la cabeza.

—Sí. Seguramente también sea la última.

Se apresura a menear la cabeza.

—Espero que no —replica—. Es increíble. —Alcanza el mando y pulsa el botón para levantar la cabecera de la cama unos centímetros más. Señala una mesa junto al sillón—. Dame ese boli.

No le hago preguntas. Le doy el bolígrafo y veo que le da la vuelta al cuadro para escribir algo en el reverso del lienzo. Extiende un brazo hacia la mesilla junto a la cama y arranca una hoja de papel de un bloc de notas. Escribe algo en la hoja y me da el cuadro y el trozo de papel.

—Hazme un favor —me dice al tiempo que le quito ambas cosas de las manos—. ¿Le mandas esto por correo? ¿De mi parte? —Señala el trozo de papel que tengo en las manos—. Su dirección es la de arriba y la de abajo es la dirección del remitente.

Miro el papelito que tengo en las manos y leo su nombre completo.

—Auburn Mason Reed —digo en voz alta.

¿Qué probabilidad hay?

Sonrío y acaricio las letras de su segundo nombre con el pulgar.

—Compartimos el segundo nombre.

Vuelvo a mirar a Adam, que baja de nuevo la cama con una sonrisilla en los labios.

—Quiero que sepas que podría ser cosa del destino.

Meneo la cabeza y le resto importancia al comentario.

—Estoy bastante seguro de que ella es tu destino. No el mío.

—Ojalá ella tenga más de un destino, Owen —dice con los ojos cerrados. Le cuesta hablar y tiene que hacer un esfuerzo tremendo para ponerse de costado.

No vuelve a abrir los ojos. Se queda dormido, o tal vez solo necesita descansar de hablar. Vuelvo a mirar su nombre y pienso en las palabras que acaba de pronunciar.

«Ojalá ella tenga más de un destino».

Me hace sentir bien saber que, por mucho que la quiera, también sabe que ella seguirá adelante después de su muerte y lo acepta. Incluso parece que quiere eso para ella. Por desgracia, si esto fuera realmente cosa del destino, nos habríamos conocido en otras circunstancias y en un momento mucho mejor.

Vuelvo a mirarlo, y sigue con los ojos cerrados. Se arropa los brazos con la sábana, de modo que salgo en silencio de la habitación, con el cuadro en la mano.

Le mandaré el cuadro por correo porque él me lo ha pedido. Y luego tiraré su dirección. Intentaré olvidar su nombre, aunque sé que nunca lo haré.

¿Quién sabe? Si nuestro destino es estar juntos y existe de verdad, tal vez un día de estos ella acabe llamando a mi puerta. Quizá sea Adam el que, de alguna manera, logre que eso suceda.

Sin embargo, hasta que llegue ese día, estoy seguro de que tengo algo que me mantendrá ocupado. Creo que es posible que con la ayuda involuntaria de Adam y de Auburn haya descubierto mi vocación.

Miro el cuadro que tengo entre las manos y le doy la vuelta. Leo las últimas palabras que Adam le ha escrito.

«Te querré siempre. Incluso cuando no pueda».

Le doy de nuevo la vuelta al cuadro para tenerlo de frente y lo recorro con los dedos. Toco el espacio entre las dos manos y pienso en todo lo que las separa.

Y tengo la esperanza de que Adam tenga razón, por el bien de Auburn. Tengo la esperanza de que le espere un segundo destino.

Porque ella se lo merece.

Agradecimientos

Antes que todo, quiero darle las gracias de todo corazón a Danny O'Connor por contribuir con las ilustraciones de *Confesiones*. Después de buscar hasta debajo de las piedras obras que creyera que podían representar a Owen, tu trabajo destacó sobre todos los demás. Tienes un talento increíble, y tus fans (entre las que me incluyo) tienen suerte de poder disfrutarlo.

Como siempre, muchas gracias a Johanna Castillo, Ariele Fredman, Judith Curr, Kaitlyn Zafonte y todo el equipo de Atria Books.

A mi agente, Jane Dystel, y todo el equipo de Dystel y Goderich.

A las Weblich, por asegurarse de que siempre tengo fotos de Harry, latas de Diet Pepsi y mucha energía positiva. A las CoHort, por recordarme a diario por qué hago esto. Y a mis mayores apoyos, a los que someto a diez versiones distintas de cada capítulo, pero nunca se quejan: Kay Miles, Kathryn Perez, Chelle Northcutt, Madison Seidler, Karen Lawson,

Marion Archer, Jennifer Stiltner, Kristin Phillips-Delcambre, Salie-Benbow Powers, Maryse y tantos otros.

A Murphy, por ser la mejor hermana y asistente, todo en una, que existe. A Stephanie, por estar ahí desde el principio, como jefa y mejor amiga. A mi madre, a mi hermana, a mi marido, a mis hijos y a todas las demás personas que me apoyan de forma incondicional y sin quejarse.

A todos los que se arriesgan y abren uno de mis libros, gracias por la oportunidad de vivir mi sueño.

Y, por supuesto, muchísimas gracias a dos de las personas que han llegado a mi vida gracias a esta profesión: Tarryn Fisher y Vilma González. Ustedes han sido mis piedras angulares este año.

Sobre la autora

Colleen Hoover es una autora superventas según la lista del *New York Times* con más de veintitrés novelas, entre las que se incluyen *Volver a empezar, Romper el círculo, All Your Perfects, Ugly Love: Pídeme cualquier cosa menos amor* y *Verity: La sombra de un engaño*. Colleen vive en Texas con su marido y sus tres hijos. Para más información, visita ColleenHoover.com.